ALMUDENA GRANDES

BIBLIOTECA ALMUDENA GRANDES

ALMUDENA GRANDES

LAS EDADES DE LULÚ

MAXI
TUSQUETS
EDITORES

PEFC Certificado

Este libro procede de bosques gestionados de forma sostenible

PEFC

PEFC/14-38-00305 www.pefc.es

1.ª edición en La Sonrisa Vertical: marzo de 1989
1.ª edición en colección Andanzas: septiembre de 2004
1.ª edición en colección Maxi: febrero de 2010
1.ª edición en esta presentación en colección Maxi: abril de 2026

Diseño de la cubierta: Maxi Tusquets / Área Editorial Grupo Planeta

Fotografía de la cubierta: © Alberto García-Alix, VEGAP, Barcelona, 2026

Tusquets Editores, S. A. - Avda. Diagonal, 662-664. 08034 Barcelona
www.maxitusquets.com

ISBN: 978-84-1107-779-8
Depósito legal: B. 24.786-2026
Impreso en España

Índice

Prólogo
Quince años después

Empecé a escribir *Las edades de Lulú* en otoño de 1987. Tenía veintisiete años y, hasta donde podía recordar, siempre había querido ser escritora, aunque en aquella época, después de haber empezado varias decenas de novelas sin haber sido nunca capaz de acabar el segundo capítulo de ninguna, mi fe comenzaba a flaquear. Ahora supongo que el trabajo con el que me ganaba la vida entonces era uno de los principales agentes de mi desesperanza. Y sin embargo, también sé que, si no lo hubiera desempeñado durante aquellos años, nunca habría podido empezar a escribir.

Desde 1982, yo trabajaba como escritora de encargo –lo que en el argot editorial se llama «trabajar de negro», «de negra» en mi caso– para diversas editoriales dedicadas sobre todo al libro de texto, los fascículos y las obras de consulta y/o divulgación, en un ambiente muy similar al que, en 1998, se convertiría en el escenario de mi cuarta novela, *Atlas de geografía humana.* No tenía contrato fijo y dependía de los encargos que pudiera enganchar aquí y allá. Mi trabajo consistía en redactar textos –pies de fotos, definiciones de términos para enciclopedias, entradillas y solapas, artículos de apoyo, cuadros sinópticos, recuadros y resúmenes– sobre lo que hiciera falta, pero siempre del tamaño, estilo y tono que me indicara el editor del libro. Algunas veces sabía algo del tema sobre el que escribía y otras, la mayoría, no tenía ni idea, pero daba igual. Fusilaba –es decir, copiaba alterando el léxico y la sintaxis del texto original– todo lo que podía, y cuando no podía, me lo inventaba. En ese trance, mi creatividad alcanzó un nivel bastante notable que sin embargo, y apunto este tanto en la lista de mis méritos, nunca comprometió mi estabilidad laboral. Por lo demás, tampoco mis textos eran sometidos a un control de calidad demasiado riguroso, y ninguno de los autores que se suponía que los habían escrito –porque yo casi nunca los firmaba– se quejó nunca de mis invenciones, si es que alguna vez llegaron a leerlas, que lo dudo.

La escritura de encargo me hizo escritora, pero también me inspiró una peligrosa condescendencia conmigo misma. De una parte, me permitió aprender el oficio y me familiarizó con la disciplina cotidiana de la escritura, pero de otra, depreció de manera inevitable ante mí misma el valor de lo que no tenía más remedio que considerar mi producción escrita. Yo trabajaba a destajo, tantos folios entregaba, tantos folios cobraba, y el precio de mi trabajo –una media de mil quinientas pesetas por cada holandesa de treinta líneas a sesenta espacios– no incentivaba precisamente mi esfuerzo. Y sin embargo, cuando ya estaba empezando a creer que el encargo sería el único horizonte al que podría acceder desde el teclado de un ordenador, sucedió algo que puso en marcha un mecanismo íntimo, secreto, que siempre ha extraído lo mejor y lo peor de mí misma.

En 1987 ya había empezado a trabajar, en una peculiar combinación de pluriempleo y exclusiva, para el grupo editorial Anaya. Por las mañanas, acudía al flamante edificio de la calle Josefa Valcárcel y me dedicaba a coordinar una colección de guías turísticas. Naturalmente no tenía un contrato fijo, nunca lo tuve, pero por una vez sí tenía un despacho para mí sola, detalle que me hizo mucha ilusión durante algunas semanas y me permitió, durante muchas otras, escribir en los huecos de mi actividad laboral buena parte de *Las edades de Lulú* en un cuaderno que todavía conservo. Cuando terminaba mi jornada matinal, me iba a casa, donde me dedicaba a redactar por las tardes los pies de fotos de la Biblioteca Iberoamericana, la gran apuesta editorial del grupo de cara a los fastos de 1992, que ya se veían venir. Por decirlo con palabras de aquellos tiempos, la Biblioteca era mía. Yo me había ocupado de escribir los pies de fotos de todos los tomos desde que apareció la colección, e intenté seguir haciéndolo y coordinar las guías al mismo tiempo, porque necesitaba dinero. Me había metido en una hipoteca criminal, una de aquellas hipotecas de los ochenta, y sólo podía pagarla a duras penas, así que lo intenté, pero no pude. Cuando se hizo evidente que no daba más de mí, mi jefe contrató a otra redactora para que nos repartiéramos el trabajo. Era periodista de formación, creo recordar, y estaba casada con un ejecutivo del grupo, detalle que, por cierto, no la hizo muy popular en el equipo. De todos modos era simpática y, por fortuna, muy lenta, quizás porque el dinero le daba igual, así que apenas llegó a quitarme la mitad del trabajo del que debería haberse hecho cargo. Nos llevábamos bien, tanto que mi despacho fue uno de los lugares a los que acudió una mañana con una botella de vino en una mano y un montón de vasos de plástico en la otra.

Si tuviera que definirme a mí misma por una virtud, no sabría cuál escoger. Ninguna de mis virtudes, muchas o pocas, podrá competir jamás en intensidad con mi defecto, mi pecado principal, al que no dudaría ni un instante en recurrir para definirme a mí misma. Porque si yo soy es porque soy soberbia. Tan sobremanera, tan extremadamente soberbia, que a esta debilidad le debo gran parte de mi fortaleza. La soberbia está en el origen de mi ambición y de mi tenacidad, la soberbia me libera de pasiones tan literarias como la vanidad o la envidia –que sólo pueden experimentarse cuando se considera que los demás están a la misma altura que uno mismo–, y la soberbia, además, ha sido la responsable de la mayor parte de los disgustos, decepciones, fracasos y ridículos que he padecido en mi vida. No existe caída más dura que la caída de una persona soberbia, ni un estupor semejante al que un soberbio prueba al caer. Tampoco existe, o al menos yo no lo conozco, un estímulo tan feroz como el que aprieta los dientes de una soberbia despechada.

Aquella pobre mujer, que no tenía la culpa de nada, me invitó a una copa de vino para celebrar que había ganado un accésit en un certamen literario de cuento –creo que era el Hucha de Oro, pero no estoy muy segura, tal vez estuviera patrocinado por Renfe– cuyo primer premio, para mayor vergüenza mía, había quedado desierto. Y ella estaba entusiasmada, y quería celebrarlo, y tenía todo el derecho, todas las razones del mundo para hacerlo. Pero ahí estaba yo –YO–, que era la escritora de la casa, la que algún día iba a escribir, la que siempre andaba anunciando en la máquina del café que estaba a punto de empezar una novela. Yo, desplazada por un mísero accésit de un premio desierto, yo, condenada a ver y escuchar las expresiones de una admiración ajena, yo, con una sonrisa más falsa que el beso de Judas y los dientes apretados hasta que empezaron a dolerme las mandíbulas. Entonces, como tantas otras veces en mi vida, grité con los labios cerrados, grité hacia dentro y hacia el mundo al mismo tiempo, grité sin mover un solo músculo de la cara pero con los músculos del alma estrujados en un puño.

Os vais a enterar, eso fue lo que grité. Y aquella vez fue verdad.

Aquella vez se enteraron.

Yo tenía un cajón lleno de primeros capítulos de novelas. En aquel cajón había de todo, proyectos de novelas de espionaje, de intriga, psicológicas, decimonónicas, modernas, graciosas, tristísimas, épicas, cómicas, trágicas, y un montón de versiones de lo que con el tiempo, y por fin, acabaría siendo el principio de mi segunda novela terminada, *Te llamaré Viernes,* que apareció en 1991. En aquel cajón, sobre el que me lancé como una posesa cuando todavía conservaba en el paladar un amargo regusto a vino tinto, había también media docena de folios que testimoniaban un amor juvenil, tremendo e incondicional por Boris Vian. Quizás por eso aquellos folios fueron también lo único que fui capaz de leer sin sentir el irremediable impulso de romperlos a continuación. Aquella tarde quemé mis naves. Aquella noche, el primer episodio de mi aprendizaje literario bajó a la calle dentro de la bolsa de la basura. Sólo indulté aquellos seis folios, y la versión que me pareció menos espantosa del encuentro fortuito que, ante la verja del Jardín Botánico, une los destinos de un chico muy feo y una chica de pueblo que vende pendientes de alambre por las noches en un cartapacio que, de día, le da el aspecto de una estudiante de Bellas Artes.

Así, como un cantaor flamenco que decide de repente por qué palo va a arrancarse a cantar, decidí yo arrancarme a escribir «por Boris Vian». O más precisamente por Vernon Sullivan, el pseudónimo tras el que el escritor francés se escondió al publicar *Escupiré sobre vuestra tumba,* un libro que me impresionó muchísimo cuando lo leí y que me sigue impresionando hoy, cada vez que pienso que el pobre Boris se murió a los treinta y nueve años y sin problemas de salud aparentes, sólo un par de horas después de asistir a un pase privado de la versión cinematográfica de su novela. *Escupiré...* siempre me había parecido un libro fascinante por su radicalismo y por su ambigüedad moral, esa problemática condición de una novela que es bestial en primer lugar por la deliberada voluntad de su autor, pero además y sobre todo porque éste cuenta de antemano con que los criterios del escándalo de sus lectores no van a coincidir en absoluto con los que inspiran su propio escándalo, y aun así, y sospechando que no va a servir de nada, elige concluir la historia de su héroe –un negro de piel blanca tan inteligente como rencoroso, violador y asesino de rubias reinas de belleza de la América sureña, seudoaristocrática y tontorrona–, en el instante en el que su cadáver llega a su pueblo natal, diciendo que «los vecinos le colgaron igual, porque era negro».

Yo no me atreví a llegar tan lejos y escogí un modelo más modesto y asequible, inspirado directamente en *Con las mujeres no hay manera,* otra novela de Boris/Vernon Vian/Sullivan, protagonizada por un niño pijo y detective aficionado que se traviste para resolver un caso y acaba cayendo en las garras de una banda de chicas duras, lesbianas y delincuentes. Como el resto de las obras de la serie, *Con las mujeres...* oscila entre el género negro y el erótico, sin renunciar a la bestialidad programática que su autor formuló por primera vez en *Escupiré sobre vuestra tumba.* Ése iba a ser también mi programa, y el origen de aquellos seis folios que alteraron para siempre mi relación con lo que yo misma había escrito. Lo único que hay que hacer es darle la vuelta al argumento de la novela de Boris, pensé. Parecía fácil, pero no lo era.

El caso es que cogí a una mujer de treinta años, de buena familia, casada pero, por razones obvias, no muy respetable, y la situé en el centro del lumpen gay. Hasta ahí todo iba bien. Parecía un tema original y lo era, parecía un principio brillante y quizás lo fuera, pero sólo si asumía de antemano que no me llevaba a ninguna parte. Enseguida comprendí que el problema no era adónde llegaba mi protagonista, sino de dónde venía, qué clase de vida, de historia, la habían llevado a un lugar tan extravagante como aquel en el que yo pretendía encontrarla. Entonces tuve que preguntarme por ella. Y lo que averigüé me interesó más que mi proyecto inicial. Sólo entonces, meses después de haber creído que estaba empezando a trabajar en una novela, abandoné una hipotética *Con los hombres no hay manera* y me dediqué a escribir de verdad *Las edades de Lulú.*

Hoy, quince años después, no me arrepiento de haberlo hecho.

Me parece importante aclarar este punto porque hace tiempo que vengo observando que la pregunta «¿De qué se arrepiente Almudena Grandes?» se repite con una frecuencia sospechosa –muy superior en todo caso a la que detecto en las entrevistas que les hacen a mis colegas– en los cuestionarios a los que contesto. Por eso, antes de nada, quiero dejar muy claro que *Las edades de Lulú* me sigue gustando, que me sigue pareciendo un buen libro, seguramente el mejor que yo habría podido empezar en 1987, y que, sobre todo, me sigue inspirando una inmensa gratitud. Pocos libros han hecho tanto por sus autores como esta novela hizo por mí, cuando me regaló la oportunidad de emprender la vida que yo siempre había querido vivir. Esta edición corregida, me gustaría pensar que definitiva, de aquella novela, es por tanto el resultado del amor, no del arrepentimiento.

No suelo releer mis novelas después de publicarlas, pero en los últimos años he tenido que asomarme a sus páginas con alguna frecuencia, para contestar a las preguntas, a veces extremadamente precisas, que me han ido enviando por correo electrónico los estudiantes de doctorado que han tenido la generosidad de trabajar sobre mi obra. En ese trance, ocupada casi siempre en la escritura de otros libros que ya me parecían muy alejados del primero, al consultar *Las edades de Lulú* me fui dando cuenta de que, en algunos aspectos concretos, la novela estaba muy mal escrita. Cuando, a principios del 2004, mi editor, Antonio López Lamadrid, me recordó que ya habían pasado quince años desde 1989 y que deberíamos renovar el primer contrato que firmamos porque la novela se seguía vendiendo, me encontré ante una oportunidad inmejorable para evitar, de una vez por todas, que los dientes me siguieran chirriando cada vez que leyera una sola frase con cinco adverbios de modo terminados en *mente.* Ésa es la justificación de un proceso en el que he pretendido limpiar el texto sin reescribir el libro, es decir, corregir sin hacer trampas.

He de reconocer, en cualquier caso, que ganas no me han faltado. Si no hubiera estado tan convencida de la necesidad de ser leal a mi propio trabajo, habría tomado medidas mucho más drásticas ante algunos episodios, personajes y diálogos que ahora me resultan insufribles por su ingenuidad. Sin embargo, casi por definición, las primeras novelas son ingenuas. Por eso, Chelo sigue siendo bisexual de esa manera suya tan pintoresca, y Lulú anhela nada más y nada menos que un pase de *Milagro en Milán* –una película que yo adoro, de todas formas– para planear su frustrada vuelta a casa, antes de encontrarse a una prostituta que tirita de frío en la puerta de la casa de Encarna, etc. Es verdad que he suprimido algunos fragmentos, por lo general brevísimos, y he añadido otros, sobre todo para que el libro refleje detalles que yo siempre conocí y que no atiné a explicar la primera vez, o para darle consistencia novelesca a algunas situaciones, pero debo aclarar que eso ha sucedido sólo de forma excepcional, y cuando no me sentía capaz de soportar determinados excesos de pretenciosidad o de cursilería.

Los criterios generales que adopté después de leer la novela con atención son pocos y precisos. He suprimido decenas de puntos y a parte, porque fragmentaban el texto de una manera tan excesiva como innecesaria –de hecho, en ningún caso he tenido que añadir ni una sola palabra para que los párrafos resultantes tuvieran coherencia en sí mismos– y tal vez un centenar de adverbios de modo, aunque me gustaría aclarar, en mi descargo, que mi extraordinaria afición por esa familia de palabras era proporcional a los servicios que me habían prestado durante muchos años de escritura de encargo. Uno de los primeros trucos que aprendí del oficio consistía en que una docena de adverbios terminados en *mente* y bien puestos, valían mil quinientas pesetas, las que ganaba de más cuando conseguía que el texto se estirara hasta ocupar dos o tres líneas de una última página que no existía antes de incluirlos.

Ahora Lulú llora menos –«pero esta chica es una llorona», me dijo Óscar Ladoire, viejo amigo mío que leyó la novela antes de que fuera publicada, «está todo el rato llorando... Yo creo que entre el pabellón del Real Madrid y Neptuno no hay distancia suficiente para que haga todas las cosas que hace y le dé tiempo a llorar, encima»–, describe sus estados de ánimo con un vocabulario menos monótono –«¿por qué tiene que estar repitiendo todo el tiempo que es feliz?», me preguntó Francisco Javier Satué el día que le conocí, después de hacerme una entrevista en Radio Nacional en la que se atrevió a decir, antes que nadie, que le había gustado mucho mi novela, «"feliz" es un adjetivo complicado, demasiado extraordinario. Si se repite pierde valor, en lugar de ganarlo»–, y le ahorra al lector alguna que otra tontería, pero sigue reflejando la ingenuidad, el entusiasmo y la inexperiencia de la escritora que la creó, y que quince años más tarde sigue enterneciéndose ante detalles como la angustia de su personaje por la cantidad de café que está derramando mientras intenta cargar una cafetera con dedos temblorosos de nostalgia y nerviosismo. «Aquella cafetera me iba a costar una fortuna», leo ahora, y recuerdo la época en la que me preocupaba desperdiciar el café, y me asombro de todo lo que nos ha pasado a las dos, a Lulú y a mí, desde entonces hasta hoy.

Ely es un caso distinto. Durante muchos años me he sentido en deuda con ella por no haberla tratado como se merecía y, lo que aún resulta más desconcertante, no he sido capaz de explicarme por qué. Al escribir el libro, puse mucho cuidado en despojarla de cualquier aderezo sórdido, cómico o patético, para convertirla en una amiga de la familia, cariñosa, leal, peculiar desde luego, pero también y sobre todo, normal. Ése era el tipo de transgresión de ida y vuelta que me interesaba, y sin embargo, y aunque creo que el resultado reflejó en un grado aceptable mis intenciones, no pude evitar tratarla en masculino. Ese tratamiento era lo que yo misma no me podía explicar algunos años después de publicar la novela, un misterio que sólo he logrado resolver ahora, después de enfrentarme al texto como si acabara de terminarlo. Entonces he descubierto cuán complicado es escribir sobre un transexual –el propio artículo lo indica– en femenino, y hasta qué punto esa dificultad se multiplica cuando sucede en una novela erótica. La definitiva feminización literaria de Ely ha sido el aspecto más engorroso y arduo con el que me he tropezado en este proceso, hasta el punto de que llegué a pensar que tal vez cometía un error al emprenderla. Ahora estoy satisfecha de haberla completado. Sólo puedo añadir que espero que ella también lo esté.

Sobre *Las edades de Lulú* tanta gente ha dicho tantas cosas, que no me resisto a la tentación de añadir mi opinión a las suyas, aunque me atrevería a afirmar que el paso del tiempo, y la consecuente caducidad del impacto inicial de un éxito no sólo abrumador, sino también tan complejo que en algún momento estuvo a punto de aplastarme, ha modificado considerablemente la recepción de esta novela. En otras palabras, diría que desde hace años tengo la impresión de que soy yo la que trabaja para *Lulú*, después de que, en el momento de su aparición, fuera ella quien trabajó para mí con tanta eficacia. Por lo tanto, ahora, cuando ya no tiene sentido valorar aquella novela como un fenómeno abrupto, aislado y sospechoso, creo que se comprenderán mejor mis opiniones sobre mi propio trabajo.

Yo estoy convencida de que la fortuna de esta novela se debe, ante todo y en primer lugar, a la acogida que le deparó una generación concreta de lectores españoles, que coincide más o menos con la mía. Por encima de las reacciones contrarias que cristalizaron en la cruzada que un periódico madrileño y conservador desató contra mi humilde persona –«no te puedes figurar la envidia que me das», me decía Juanjo Millás cada vez que nos encontrábamos en aquella época–, más allá del presunto escándalo que ciertos líderes de opinión radiofónica intentaron propagar sin demasiado éxito, aquellos lectores acogieron la historia de Pablo y Lulú como una crónica sentimental de su propia generación, una crónica radical y hasta exasperada en algunos aspectos, pero también universal en otros. Creo que esa lectura generacional amplió de forma decisiva el horizonte de la novela, que llegó a muchas personas que ni frecuentaban entonces ni han vuelto a frecuentar después la literatura erótica. Los motivos de que ahora mismo la novela siga llegando a lectores mucho más jóvenes, adolescentes del siglo XXI, son más difíciles de entender, hasta el punto de que no me siento muy capaz de desentrañarlos, pero si para ellos no vale la lectura generacional, más allá de las batallitas político-festivas que sus padres puedan contarles en las sobremesas de los domingos, mucho menos vale la lectura del escándalo, a estas alturas de lo que algunos pretenden que ya es la no historia.

La novela tampoco se leyó de la misma manera en todos los países donde fue publicada. Si en Latinoamérica y en el sur de Europa, por razones obvias, suscitó fenómenos más o menos análogos al español, en otros lugares, sobre todo en los países escandinavos, y en cierta medida también en lugares como Holanda o Alemania, *Las edades de Lulú* y yo misma nos convertimos en un producto sorprendente, casi exótico. Para mí tampoco dejaba de serlo el hecho de que los entrevistadores que me preguntaban si mis conciudadanos me insultaban por la calle o si mi hijo había tenido problemas en el colegio, hubieran veraneado alguna vez en Tenerife, o en Ibiza, o en Sitges, o en Denia, o en Torremolinos, o en Tarifa, o en Isla Cristina. Entonces les recordaba que la Gran Muralla china no estaba en España y se me quedaban mirando, muy perplejos.

Mi propia perplejidad se había convertido, por otra parte, en el elemento principal de mis relaciones con el mundo exterior. Nunca había vivido tiempos tan confusos, ni había afrontado una sobredosis tan brutal de experiencias insólitas. Aquel éxito resultó demasiado precoz, y tan complicado que, en lugar de aplomo, me deparó una enorme inseguridad, una paradójica y extraordinaria -en sentido literal- falta de confianza en mí misma. Pero, incluso asumiendo las consecuencias de tal condición, mi memoria se niega a admitir que yo haya articulado alguna vez muchas de las explosivas declaraciones que me colgaron en aquella época. Como no tiene sentido que este prólogo sea más largo que el libro, me voy a limitar a desmentir categórica y definitivamente dos de ellas. Yo, créanme, jamás he podido decir que el Marqués de Sade sea mi escritor favorito, y tampoco he dicho nunca que *Las edades de Lulú*, es decir, mi libro, sea un cuento de hadas. Esta última afirmación, que ha hecho correr ríos de tinta al otro lado del océano a pesar de provenir de una publicación poco rigurosa -el hecho de que en las universidades españolas no tengan en cuenta a las revistas femeninas a la hora de elaborar las bibliografías es cuando menos esperanzador-, fue sacada de contexto por un entrevistador con quien me limité a comentar que la pasión ferviente e incondicional que une a Pablo y a Lulú durante quince años, sin desfallecer jamás, no me parecía propia del mundo real, sino más bien de un cuento de hadas. Y nada más, excepto que en 1989 yo creía de verdad que una historia de amor no podía durar de ninguna manera tanto tiempo, y ahora, por fortuna para mí, sé que en 1989 yo estaba equivocada.

De lo que sí estoy segura es de que no creo en la reencarnación y de que nunca, ni remotamente, he sido hombre en una vida anterior. Tal vez, los críticos de ambos sexos que me han reprochado durante años que la sexualidad de mi personaje sea ficticia, y un simple reflejo de los tradicionales anhelos masculinos –es decir, un personaje hecho a la medida de lo que los hombres sueñan que sean las mujeres–, hayan tenido una experiencia distinta de la mía, y se hayan reencarnado ya un montón de veces, lo que les permite discernir con implacable rigor las fantasías y deseos propios de cada sexo pese a que, en apariencia, sólo han tenido ocasión de conocer uno de las dos. En tal caso, convendría que compartieran con nosotros los avatares de su espíritu. Recuerdo incluso una afirmación radical de una periodista que, con ocasión de la aparición de alguna novela mía posterior, no sé si *Malena* o *Atlas*, llegó a escribir en un suplemento de un diario que «las mujeres no nos reconocimos en *Las edades de Lulú*». Así, sin anestesia. Yo no sé qué o quiénes son *las mujeres*, pero en la medida en que tengo dos cromosomas X, menstrúo con regularidad y jugué mucho a las casitas de pequeña, creo que tengo algún derecho a decir que yo, al menos, no me reconozco en ese no reconocimiento.

Por encima de los juegos de palabras, cabe considerar el carácter profundamente reaccionario, y desde luego machista, de quienes, tal vez sin ser muy conscientes de las consecuencias últimas de sus criterios, prolongan la tradicional discriminación de las mujeres hasta el más remoto confín de la conciencia. Porque los deseos o fantasías masculinos se pueden calificar, y de hecho han sido calificados, con la mitad de los adjetivos que aparecen en cualquier diccionario, pero ninguno ha merecido nunca la reprobación definitiva de la desnaturalización. Así, los hombres pueden llegar a obedecer impulsos sexuales de naturaleza criminal, brutal, inhumana, pero nunca, hasta donde yo sé, la sexualidad masculina se ha considerado impropia de sí misma, ni siquiera en el ámbito de la cultura homosexual. Sin embargo, cualquier posición femenina heterodoxa frente a una nebulosa ortodoxia que tampoco se ha formulado jamás con precisión –más allá de que la penetración es en sí misma una práctica sospechosa–, no merece siquiera el consuelo de la incorrección política. Es, directamente, impropia, falsa, imposible, y por tanto, para abreviar, porque parece que los matices molestan, masculina.

Yo creo que la literatura no tiene que ver con las respuestas, sino con las preguntas. Un buen escritor no es el que intenta iluminar a la humanidad, respondiendo a las grandes cuestiones universales que angustian a sus congéneres, sino el que se hace preguntas a sí mismo y las traslada en sus libros al lector, para compartir con él quizás no lo mejor, pero sí lo más esencial que posee. Desde este punto de vista, las certezas son mucho menos valiosas que las dudas, y las contradicciones representan más un estímulo que una dificultad. Las verdades como puños, eso sí, hay que buscarlas en otros libros. Tal vez la mejor prueba de que los míos no valen para eso sea una paradójica lectura del final de *Las edades de Lulú,* en la que muchas de las voces de ambos géneros que antes me habían reprochado la falsedad masculina e intrínseca de la sexualidad de mi personaje, terminan reprochándome también el desenlace sonrosado, aburguesado y convencionalmente feliz de la esposa descarriada que vuelve con su marido al hogar conyugal. Hasta ese momento, parecían tener muy clara la frontera entre el Bien y el Mal, una línea gruesa –gruesísima– que se asentaba en sus convicciones de que Pablo no es más que un prototipo de macho mediterráneo e inmundo sádico sin escrúpulos, y Lulú, una especie de masoquista tonta y sumisa, ignorante del peso de sus cadenas y esclava de unos deseos intolerables por lo equivocados, pero todo se les olvida de repente. Y ahí sí que echo de menos a antagonistas de más envergadura, como la curia católica, sin ir más lejos. Al menos, los jesuitas siempre han tenido muy claro que si un personaje es la encarnación del Mal y vence en la contienda, el final de la historia es perverso de necesidad. Amén.

Pero *Las edades de Lulú* le debe mucho más a otros lectores, que apoyaron con decisión aquella novela primeriza y problemática, que contaba más o menos con el mismo número de enemigos entre la progresía y la reacción, cuando no era fácil hacerlo. No quiero dejar de recordarles aquí.

Recuerdo y recordaré siempre a Juan García Hortelano, que ya era uno de mis novelistas favoritos cuando defendió mi novela con entusiasmo en su condición de miembro del jurado de la XI edición de La Sonrisa Vertical, aun sin saber que él mismo aparece en el libro como figurante involuntario. El escritor mayor, consagrado y de vuelta de todo, que se queda mirando a Lulú cuando la ve acercarse con Pablo a la puerta del pabellón, siempre ha sido él. Me lo preguntó, se lo confesé, y se me quedó mirando con una sonrisa extraña, como si la idea, que le gustaba, se le hubiera pasado en algún momento por la cabeza.

Las edades de Lulú ya contaba con una aliada radical en aquel jurado. Beatriz de Moura, directora literaria de Tusquets y mi editora de toda la vida, me había invitado a asistir a la entrega del premio para conocerme, porque la novela le había gustado tanto que estaba decidida a publicarla de todas formas, ganara o no. Después he escuchado algunas veces de otros editores que semejante dosis de fe y de generosidad no tenía valor alguno, porque cualquiera habría apostado por una novela como ésta. Ellos,

Beatriz y yo sabemos que eso no es verdad, y quiero dejar constancia de ello.

Nunca podré recompensar a Daniel Fernández por el arrojo que demostró al firmar la única crítica positiva –y la suya era más que positiva– que recibió mi novela en un medio importante, tan importante como el suplemento literario de *El País.* Y, aunque se sonroje, porque se pone colorado siempre que se lo digo, tampoco puedo olvidar que él volvió a ser el único que, un año después, votó en el mismo periódico por mi novela en una encuesta sobre los libros más significativos de los últimos años.

Ya he mencionado a Javier Satué. Ahora quiero darle las gracias a Jorge Edwards, que le dedicó a *Lulú* un larguísimo artículo, también en *El País*, pero en la sección de Opinión, siempre mucho más visible, cuando yo era tan inexperta que ni siquiera conocía el valor de un texto como el suyo. Y quiero citar también a mi amigo, a mi hermano Eduardo Mendicutti, que escribió un prólogo tan excesivo por su generosidad como por su inteligencia, para una de las ediciones de quiosco que ha conocido esta novela. La lista de mis gratitudes incluye nombres como los de Luis Antonio de Villena, Mario Vargas Llosa, José Manuel Caballero Bonald, Guillermo Cabrera Infante o Luis Landero, que hablaron bien de mi libro en entrevistas, o hicieron correr la voz de que merecía la pena en presentaciones y cócteles literarios. Pero, aunque parezca una insolencia, de nada estoy tan orgullosa como de un comentario anónimo que puedo reproducir literalmente porque después de leerlo lo coloqué en un marco, y me ha hecho compañía durante todos estos años desde una pared de mi estudio.

Es la reseña de una edición de bolsillo de *Ana Karenina* que se publicó sin firma en el *Abc Literario,* el día 26 de mayo de 1990, en una sección titulada «Escaparate».

«No es ser inactual el prestar atención a una nueva edición de la inmortal novela de León Tolstói, a la que precede una breve pero sustanciosa presentación de Juan López Morillas. He aquí una de las grandes novelas del deseo y la muerte. La pasión de Ana Karenina por el conde Vronski es infinitamente más poderosa y está mucho más cargada de vida que esas seudonovelas romas de imaginación y abundantes de Lulús, en las que el estilo es apenas el desaguadero de aficionados colados de rondón "progre" en los circuitos de la literatura.

»Recomendar la lectura de *Ana Karenina* es, al mismo tiempo, decir no a la frecuentación, por exigua que sea, de lo que no es literatura, sino manuales a lo Thiamer Toth, pero al revés, y que, sin embargo, halla el respaldo de editoriales presuntamente serias, que abren colecciones para ofrecer lo que antes se vendía en algunos quioscos y debidamente plastificado.»

Evidentemente, *Ana Karenina,* novela inmortal, no se merecía esto. Evidentemente, su inmortal autor tampoco se lo merece. Pero no creo que ningún otro escritor en el mundo pueda presumir de que alguien haya utilizado nada más y nada menos que a León Tolstói como arma arrojadiza contra su primera novela. Y tampoco se me ocurre una carta de presentación mejor.

Almudena Grandes
Madrid, 1 de julio de 2004

Las edades de Lulú

Supongo que puede parecer extraño pero aquella imagen, aquella inocente imagen, resultó al cabo el factor más esclarecedor, el impacto más violento.

Ellos, sus hermosos rostros, flanqueaban a derecha e izquierda al primer actor, a quien ya no pude identificar, tal era la confusión en la que aquella radiante amalgama de cuerpos me había sumido. La carne perfecta, reluciente, parecía hundirse satisfecha en sí misma sin trauma alguno, sujeto y objeto de un placer total, redondo, autónomo, distinto del que sugieren esos anos mezquinos, fruncidos, permanentemente contraídos en una mueca dolorosa e irreparable, tan tristes, pensé entonces.

Ellos se miraban, sonrientes, y miraban la abierta grupa que se les ofrecía. En los bordes, la piel era tensa y rosa, tierna, luminosa y limpia. Antes, alguien había afeitado toda la superficie con mucho cuidado.

Aquélla era la primera vez en mi vida que veía un espectáculo semejante. Un hombre, un hombre grande y musculoso, un hombre hermoso, hincado a cuatro patas sobre una mesa, el culo erguido, los muslos separados, esperando. Indefenso, encogido como un perro abandonado, un animalillo suplicante, tembloroso, dispuesto a agradar a cualquier precio. Un perro hundido, que escondía el rostro, no una mujer.

Había visto decenas de mujeres en la misma postura. Me había visto a mí misma, algunas veces.

Fue entonces cuando deseé por primera vez estar allí, al otro lado de la pantalla, tocarle, escrutarle, obligarle a levantar la cara y mirarle a los ojos, limpiarle la barbilla y untarle con sus propias babas. Deseé haber tenido alguna vez un par de esos horribles zapatos de charol con plataforma que llevan las putas más tiradas, unos zancos inmundos, impracticables, para poder balancearme sobre sus altísimos tacones afilados, armas tan vulgares, y acercarme despacio a él, penetrarle con uno de ellos, herirle y hacerle gritar, y complacerme en ello, derribarle de la mesa y continuar empujando, desgarrando, avanzando a través de aquella carne inmaculada, conmovedora, tan nueva para mí.

Ella se me adelantó. Entreabrió los labios y sacó la lengua. Sus ojos se cerraron y empezó a trabajar. Siempre de riguroso perfil, como una doncella egipcia, recorría aplicadamente con la punta de la lengua la exigua isla rosa que rodeaba la sima deseada, lamía sus contornos, resbalaba hacia dentro, se introducía por fin en ella. Su compañero al principio se limitaba a mirarla con una sonrisa amable, indulgente, pero pronto la imitó. También él abrió la boca y cerró los ojos, y acarició con la lengua esa piel intensa, la frontera del abismo. Al mismo tiempo, con su mano libre, la única mano que estaba al alcance de la cámara, palmeó la grupa del desconocido, que comenzó a moverse adelante y atrás, marcando un ritmo constante que parecía responder a un secreto aviso. El agujero, empapado de salivas ajenas, se contrajo varias veces.

De vez en cuando sus lenguas se encontraban, y entonces se detenían un instante, se enredaban entre sí y se lamían mutuamente, para desligarse un instante después y volver por separado a su tarea original. Ella dejaba que sus dedos, sus larguísimas uñas pintadas de rojo oscuro, color de sangre seca, se deslizaran sin prisa de arriba abajo, dejando tras de sí leves surcos blanquecinos que señalaban su territorio. Él, mientras tanto, amasaba la carne clara con la mano, la pellizcaba y la estiraba, imprimiendo sus huellas en la piel. Ninguno de los dos permitió a su lengua el más breve descanso hasta que, de repente, la cámara les abandonó, me abandonó a mí, a mi pobre suerte.

Tras la primera sacudida, asombro y alborozo, había experimentado la inefable sensación de un cambio de piel. Estaba muy alterada, pero comprendía. Era adorable así, mezquino, encogido, la cara oculta. Yo le deseaba. Deseaba poseerle. Aquélla era una sensación inaudita. Yo no soy, no puedo ser un hombre. Ni siquiera quiero ser un hombre. Mis pensamientos eran turbios, confusos, pero a pesar de todo comprendía, no podía dejar de comprender.

Luego, apenas un instante después de la metamorfosis, la acostumbrada sensación de estar portándome mal, un frío húmedo, un desagradable chasquido, la piel erizada, acabo de salir de un baño templado, asqueroso de puro tibio, y los baldosines están helados, y no hay toalla, no puedo secarme, tengo que permanecer de pie encogida, frotándome todo el cuerpo con las manos, con las yemas sarmentosas, arrugadas como los garbanzos del cocido familiar, el inevitable cocido de los sábados. Desvalimiento. Quiero regresar al útero materno, empaparme en ese líquido reconfortante, encogerme y dormir, dormir durante años.

Siempre ha sido así, la misma repugnante premonición del arrepentimiento. Desde que tengo memoria, siempre lo mismo, aunque entonces, hace tantos años, sufría más. Atracarme de chocolate, pegarme con mis hermanos, mentir, suspender las matemáticas, apagar la luz, despegar con dedos ansiosos los recónditos labios con la mano izquierda y rozar aquello cuyo nombre aún no conozco con la yema del índice diestro, para describir círculos leves e infinitos capaces de provocar al fin la escisión. Me parto en dos, una indescifrable espada me atraviesa y mis muslos se separan para siempre. Noto la grieta que me corre por la espalda. Me corro, me abro, me escindo en dos seres completos. Como una ameba. Elemental, feliz y babosa. Pero cuando vuelvo a ser una, un solo ser superior, las baldosas están heladas y no tengo nada con que secar esas gotas de agua tibia y asquerosa que me dan ganas de llorar.

Entonces el desconocido volvió, y con él mi cuerpo a convertirse en un lugar caliente, confortable. Ahora lo tenía delante, en todo su esplendor. Sus acólitos permanecían a su lado, pero ya no se ocupaban en él. Se miraron un momento, tan sonrientes como al principio, y luego comenzaron a besarse de una manera salvaje, urgente, insólita en una película pornográfica. Antes les había visto hablar, intercambiar gestos y gruñidos de tanto en tanto, como si en realidad se conocieran bien. Tal vez fuera así, no lo sé. De todos modos, el beso, su sorprendente, sincero beso, cesó pronto, y su final fue tan abrupto como su comienzo. De nuevo retornaron a la formación original, y de nuevo fue ella quien tomó la iniciativa.

De pronto, sin previo aviso, la mirada fija en la de su compañero, introdujo uno de sus aguzados dedos en el desconocido, que esta vez no pareció acusar el cambio de situación. Las uñas eran tan largas y tan afiladas que parecían animales, casi repugnantes. Supuse que debía de hacerle daño, tenía que estar haciéndole daño cuando, a pesar de que él había engullido sin una sola queja todo el dedo, hasta la base, siguió empujando, retorciendo la mano en torno a la entrada, mientras increpaba jocosamente al otro hombre, que la miraba con gesto divertido. Como si estuviera muy complacida por esa respuesta, ella se dedicó durante un rato a parlotear y gesticular como una niña pequeña excitada por una sorpresa. Frunció los labios en un morrito suplicante, ladeó su cabecita rubia y menuda, dejó ver la aguda punta de su lengua y, sin volverse a mirar siquiera en su dirección, le metió al desconocido otro dedo, el segundo. Entonces comenzó a mover la mano más deprisa, con más energía, y su brazo comenzó a temblar, todo su cuerpo se movía en pos de su mano mientras sus gestos se hacían más explícitos, todavía más femeninos, sus labios contraídos en una mueca brutal, ridícula. Luego penetró al desconocido por tercera vez. Fue enloquecedor.

No fui capaz de experimentar ninguna sensación cercana a la compasión, a pesar de que me aferraba a la idea de que todo aquello debía de ser muy doloroso para él. Está siendo castigado, pensé, sometido a un castigo tan arbitrario como el premio que ha recibido antes. Era justo. Aquel pequeño dolor, un dolor tan ambiguo, a cambio de tanta belleza. La visión del desconocido, penetrado al fin y al cabo, me nublaba el cerebro.

Sólo después, recobrada la calma, deseché la gozosa hipótesis del castigo y el sufrimiento. Recordé todos mis pequeños tormentos voluntarios, aquellos a los que quizás se entregan todos los niños pero que yo no he podido abandonar todavía. Apretar una goma en torno a la falange de un dedo, dar vueltas y vueltas hasta que la piel se vuelve morada y la carne empieza a arder. Clavar todas las uñas a la vez en la palma de la mano, hincar los dedos con fuerza y contemplar después las señales, pequeñas e irregulares medias lunas de color rojizo. Y el mejor, introducir una uña en la estrecha ranura que separa dos dientes y presionar hacia arriba, contra la encía. El dolor es instantáneo. El placer es inmediato.

El desconocido comenzó a moverse de nuevo. Seguramente se retorcía de placer.

Entonces el otro, el hombre de pelo amarillo y águila tatuada, azul, en el antebrazo, abandonó su pasiva condición de espectador. Se puso de pie y posó su mano izquierda sobre el desconocido, cuyo rostro, sumido entre dos enormes hombros, no pude ver aún. Su mano derecha empuñaba una verga gloriosa. Los cambios afectaron también a la mujer, que extrajo muy despacio sus tres dedos, miró todavía una última vez al hombre rubio, ahora completamente erguido, y desapareció por la derecha, andando de rodillas como una penitente. Los dos hombres se quedaron solos, y fue entonces cuando advertí que el desconocido iba a ser sodomizado.

Sentí un extraño regocijo, sodomía, sodomizar, dos de mis palabras predilectas, eufemismos frustrados, mucho más inquietantes, más reveladores que las expresiones soeces a las que sustituyen con ventaja, sodomizar, verbo sólido, corrosivo, que desata un violento escalofrío a lo largo de la columna vertebral. Nunca había visto follar a dos hombres, a los hombres les gusta ver follar a dos mujeres, a mí no me gustan las mujeres, nunca me había parado a pensar que alguna vez podría ver follar a dos hombres, pero entonces sentí un extraño regocijo y recordé cómo me gustaba pronunciar esa palabra, sodomía, y escribirla, sodomía, porque su sonido evocaba en mí una noción de virilidad pura, virilidad animal y primaria. Tanto el desconocido como su inmediato amante, sodomitas, eran sin duda ganado de gimnasio. Cuerpos intachables, músculos elásticos, ahora tensos, piel lustrosa, impecable bronceado, jóvenes y hermosos griegos de las playas de

California. Carne perfecta. No había nada de femenino en ellos.

El hombre rubio fue a colocarse justo detrás del desconocido. El ritmo de su mano derecha acentuaba las enormes proporciones de su sexo, enorme, rojo y reluciente, tieso. Las gruesas venas moradas, torturadas por la piel escasa, parecían a punto de estallar, un magnífico presagio, pero él se acariciaba con mucha calma, los pies clavados en el suelo, los ojos, serenos, vigilando el movimiento de la mano, el rostro serio, sobrio incluso, mientras su compañero de reparto seguía esperando, clavado a gatas sobre la mesa.

Yo también esperaba. Por un momento sospeché con horror que al final todo se iba a reducir a esto, una ridícula pantomima. Un par de meneos más y el rubio se correría sobre el desconocido, fuera del desconocido, salpicando su piel con chorros de semen mil veces inútil, rechazando esa carne deliciosa, obsesiva, objeto de mi mezquina iniciación, si es que se puede llamar así a un absurdo tan impreciso, que ahora amenazaba con terminar antes de haber empezado. Ignorante de mi ansiedad, el hombre rubio se masturbaba despacio, ocupándose solamente de sí mismo. Al mismo tiempo, su mano libre acariciaba sin demasiado interés la grupa del desconocido. De pronto, sin alterarse en absoluto, la apartó de él, la levantó y la dejó caer con fuerza. El azote resonó como un latigazo. Aquél era un nuevo signo, la contraseña esperada. Todo volvía a ocurrir muy deprisa. El hombre rubio entreabrió los labios. Volvía a sonreír.

El desconocido se estremecía bajo los golpes, cada vez más violentos, que estallaban en mis oídos con el bíblico estrépito de las trompetas de Jericó. Su piel enrojecía, sus muslos se doblaban, su duro y liso cuerpo de atleta, machacado en tantas infernales máquinas de musculación, se agitaba ahora, impotente. Su culo temblaba como los muslos de una virgen añosa en su noche de bodas. El volumen de la banda sonora, un espantoso popurrí de temas de siempre al piano, disminuyó poco a poco hasta cesar por completo, a favor del chasquido de los azotes. El desconocido resoplaba. El hombre rubio no había perdido la calma. Alguno de los dos gritó, y después se separaron.

Esta vez el intervalo fue muy breve, y sorprendente. El rostro del desconocido llenó de golpe toda la pantalla. Era hermoso, más guapo que su verdugo, moreno, los ojos castaños, las cejas y los labios perfectamente dibujados, casi femeninos, la mandíbula en cambio ancha y potente. Se desvelaba el secreto, el desconocido dejaba de serlo, acababa de nacer y, por tanto, necesitaba un nombre. Le llamé Lester.

Le pegaba llamarse Lester, nombre de colegial británico, bello adolescente martirizado por la perversa vara de un maestro enjuto, levita raída y miembro miserable, que saboreaba de antemano cualquier travesura de nuestro pequeño, y le obligaba a quedarse después de clase para inclinarle sobre un pupitre, bajarle los pantalones y descargar sobre su culo blanco y duro un alud de mezquinos golpes de vara, mientras su lamentable picha, tiesa sólo a medias, saltaba dentro de sus pantalones. Retrato-robot del sodomita perfecto, Lester, que en la edad adulta sintió nostalgia de los ritos de la niñez y buscó un nuevo maestro, un hombre rubio, más fuerte que él, para que le enseñara cómo se hacen las cosas.

Y allí estaba, Lester. Tenía las mejillas arreboladas, de color púrpura. Sudaba. Los regueros de sudor habían dibujado en su cara extrañas pistas, como las que nacen de las lágrimas. Miraba hacia ninguna parte. Seguía esperando.

Cuando la cámara volvió al hombre rubio, éste adelantaba de nuevo, pero ahora con suavidad, la mano libre, que se posó sobre la enrojecida piel, la acarició un instante y presionó después sobre la carne, carne perfecta y deliciosamente tumefacta, para abrirse camino con el pulgar. El hueco me pareció enorme. Se inclinó hacia delante, Lester se hundió todavía más, la cabeza ladeada, la mejilla pegada contra el tablero, y yo perdí los nervios.

El mando a distancia estaba sobre la mesa. Lo cogí y volví para atrás. Volví al principio, cuando aún la mujer los acompañaba. Intentaba reconstruir la secuencia paso a paso, procurando mantener la cabeza fría y comprenderlo todo bien, seria y atenta como siempre que me planteo una tarea que está por encima de mis capacidades. Quería conocerlos, pero supe renunciar a tiempo. Al fin y al cabo, no eran otra cosa que actores, follaban por dinero, cualquier intento de atisbar dentro de ellos a partir de ahí resultaría inútil. No tenía sentido retrasarlo más.

Allí estaban, ambos, todavía dos siluetas distintas, separadas. Entonces, con una facilidad pasmosa, ajenos por completo a mí, a mis convulsiones, el hombre rubio entró, literalmente entró, en el niño grande, le apoyó una mano en la cintura, le agarró con la otra de los pelos –eso me encantó, desde luego, Lester, eres un perro– y comenzó a moverse dentro de él.

Les miraba, y no era capaz de procesar mis propias sensaciones. Poco a poco el hombre rubio dejó de serlo, su pelo se volvió negro, dentro de mi cabeza, salpicado de canas blancas y tiesas, se echó unos cuantos años más encima, de repente, y ahora tenía un nombre, pero yo no me atrevía a pronunciarlo, ni siquiera me atrevía a pensar en él. La cámara se centró en el rostro de Lester. Sudaba más, ahora, los ojos casi cerrados, los labios tensos. Se lo estaba pasando muy bien.

Yo le repetía sin cesar, en silencio: Eres un niño malo, Lester. No deberías haberlo hecho. Eres tan cruel. Has enfadado a papá y esta vez va en serio. ¡Pobre papá! Tan joven aún, tan vigoroso, toda la vida mimando el césped, y tú lo has destrozado entero en un minuto. Este año ya no irás a Eton, y papá te castigará, lo está haciendo ya. Mírale, mírate en el espejo grande del comedor, Lester. Estoy segura de que él no hubiera querido hacerlo, pero es tan honrado, siempre tan riguroso. Te mereces los azotes, tú te los has buscado al perforar el jardín con el colador chino de la cocina para fabricar tu estúpido campo de golf. Lo he oído comentar antes, ése será el castigo supremo. Papá te va a penetrar con el chino, Lester, te va a meter por el culo ese gran embudo de aluminio perforado y lo va a sacar goteando sangre. No te lo imaginas. Pero todo tiene su lado bueno, no creas. El chino abrirá un hueco tal que cuando papá te ataque con la polla para resarcirse siquiera mínimamente de los irreparables daños que has infligido a su pradera ni siquiera vas a enterarte, y eso es una ventaja, te lo digo yo, que lo sé por experiencia, hermanito, querido Lester...

Los acontecimientos de la pantalla me devolvieron a la realidad. El hombre rubio, rubio otra vez, acababa de correrse. Cuando el primer chorro de semen salió disparado, signo incontrovertible de la ausencia de fraude, penetró de nuevo en el que ahora, después de todo, no dejaba de ser un desconocido.

Pero mi cuerpo ardía.

Un denso hilo de baba transparente me colgaba del labio inferior.

Fue un día desastroso, extraño, un día raro desde el principio, y no sólo por el calor, este calor seco, africano, tan poco habitual ya a finales de septiembre.

Mi cuñada me llamó a primera hora. Quería saber si teníamos un hueco para ella, y contarme de paso que a Pablo le iba muy bien con su chica nueva, la llamó así, su chica, a esa especie de musa desteñida jovencísima a la que se había ligado en la Menéndez Pelayo. Aquel verano, el primero que no pasábamos juntos desde que volvió de Estados Unidos, se había apuntado a todos los bolos del mundo, dos meses de curso en curso mientras nuestra hija veraneaba con mis padres, en la sierra. Yo me había quedado sin vacaciones, hacía muy poco tiempo que había empezado a trabajar, pero me escapaba a Miraflores los fines de semana y allí me enteré de que venía a recoger a la niña de vez en cuando, siempre en días laborables. No volví a verle hasta que me lo encontré en la puerta del colegio de Inés, el primer día del curso. Su hija se alegró tanto de que hubiera venido que él le prometió que aquella semana iría a recogerla al cole todas las tardes, y había cumplido su promesa, pero nunca la llevaba a mi casa después del parque. La dejaba en casa de Marcelo, que estaba muy cerca de la mía, cinco minutos antes de que yo llegara. Inés ya conocía a la pelirroja, le caía muy bien, decía que era muy simpática, y ahora Milagros llamaba para recordármelo. No era la mejor manera de empezar el día.

Yo trabajaba en una agencia de servicios editoriales que no andaba demasiado bien. Susana me había metido allí por amistad, y no porque de verdad hiciera falta gente. Milagros, por lo que me contó, necesitaba nuestro tiempo más de lo que nosotros necesitábamos su dinero, pero le contesté que estábamos muy ocupados y que no podíamos hacernos cargo de otro libro. Así fue como me aseguré de seguir sintiéndome mal durante todo el día, y luego, lo demás también se complicó. No fui capaz de encontrar una mecanógrafa disponible, la composición no entregó a tiempo los positivos del anuncio de los alemanes y uno de nuestros clientes más constantes anuló un encargo de cierto volumen. Me pasé la mañana entera colgada del teléfono para nada. Mi puesto de trabajo pendía de un hilo, y si no llamé a mi cuñada para suplicar su encargo a destiempo fue porque estaba segura de que ya lo habría aceptado alguien en alguna empresa de la competencia. El sector no estaba muy boyante, y tampoco era fácil que existiera otra editora tan imbécil como yo.

A mediodía recibí una llamada del colegio de Inés. La tutora quería quedar una tarde conmigo para hablar de mi hija. En mayo había ido a verla, le había explicado que Pablo y yo íbamos a separarnos, le había pedido que observara a la niña, y a final de curso ella me aseguró que la encontraba normal, igual que siempre. Ahora era distinto. Eso suele pasar, ¿sabes?, me dijo, hay niños que reaccionan antes y otros después, pero encuentro a Inés un poco ausente, desanimada, tristona, no os preocupéis, no es nada grave, pero deberíais estar un poco pendientes de ella, al fin y al cabo sólo tiene cuatro años. Cuando colgué, estaba tan deprimida que decidí ser indulgente conmigo misma, pero Pablo tenía el contestador automático puesto. Había pensado invitarle a comer con el pretexto de comentarle los problemas de Inés, y el verdadero propósito de comprobar hasta qué punto había perdido mi poder sobre él, pero no me atreví a dejarle ningún mensaje. Después, por si todo lo demás fuera poco, Chelo llamó a primera hora de la tarde.

Estaba peor que yo, con una de esas depresiones húmedas que le disparan las secreciones, lágrimas, mocos, babas, la lengua gorda, sílabas ininteligibles, sórdidos sonidos viscerales que saltan no se sabe cómo a la línea telefónica, la víctima goza, saborea su último llanto sobre la piedra de los sacrificios, el acero sobre su cuello frágil, dispuesto para ejercer la justicia, la injusticia suprema.

Esta vez me contó algo acerca del tribunal de las oposiciones, casi se podrían llamar «sus» oposiciones, después de tantos años, y le colgué el teléfono. No la soporto, no soporto sus accesos de histeria. No soy una persona sensible, al parecer. Me he acostumbrado a vivir bajo esa sombra.

Todavía puedo recordarlo como si estuviera empezando a vivirlo.

Cuando volví del colegio, mi hermano Marcelo estaba en la cama, y Pablo, que ya era su mejor amigo cuando yo nací, sentado a sus pies. Tenía veintisiete años, era profesor de Filología Hispánica en la Complutense, y acababa de publicar su primer libro de poemas, que había tenido críticas muy buenas, aunque no tan abundantes como las que los periódicos habían dedicado a su edición crítica del *Cántico espiritual*. De todas formas, eso todavía no me impresionaba, quizás porque no se parecía nada a los poetas que aparecían en mi libro de Literatura. Era alto, grande, y ya tenía algunas canas. Yo le conocía desde que tenía memoria, y le amaba de una manera vaga y cómoda, sin esperanzas.

Aquella tarde, un cantautor de moda iba a dar en Madrid un recital muy esperado, todo un acontecimiento para la castigada oposición democrática. Pablo insistía en que tenían que ir, y Marcelo le escuchaba con cara de pena, los ojos cerrados como si no tuviera fuerzas ni para levantar los párpados, creo que ésta es la peor resaca de mi vida, dijo por fin, la peor, en serio, ten piedad de mí... Entonces me ofrecí, era ya como un reflejo. Improvisé una expresión ansiosa, cerré los puños, intenté que mis ojos brillaran y repetí como un papagallo que me encantaría, me encantaría, me encantaría, de verdad que me encantaría ir contigo, Pablo, si Marcelo no puede salir, voy yo y así no desperdiciáis la entrada... Nunca había dado resultado, pero esta vez me miró de arriba abajo y le pidió a mi hermano su opinión. Marcelo, con una cara que, para mi asombro, expresaba más recelo que otra cosa, meditó un momento, le recordó mi edad y luego le dijo que hiciera lo que quisiera. Pablo volvió a mirarme. Yo estaba tranquila porque sabía que me iba a rechazar. No lo hizo.

Se levantó, me cogió del brazo y empezó a meterme prisa. Si no salíamos enseguida llegaríamos tarde, y no había demasiadas esperanzas de que el recital durara más de diez minutos. Si nos perdíamos el principio, apenas llegaríamos a escuchar las sirenas de los coches de policía. Yo intenté resistirme. No me había dado tiempo a cambiarme, llevaba puesto el uniforme del colegio, y sólo el jersey era nuevo, de mi talla. Ya era la más alta de todas mis hermanas. La falda la había heredado de Isabel y me quedaba muy corta, un palmo por encima de la rodilla. La blusa era de Amelia, otra herencia, los botones parecían a punto de estallar. Cuando comenzó el curso, mi madre se había mostrado menos dispuesta que nunca a gastar dinero, total, aquél era mi último año. Las medias estaban desgastadas, el elástico se había aflojado y no podía dar dos pasos sin que se me enrollaran en el tobillo. Los zapatos eran espantosos, con una suela de goma de esa que parece tocino cocido de dos dedos de alto. Y todo, excepto la trenka verde, perteneciente en origen a uno de mis hermanos varones, de un espantoso color marrón. Cuando una nace la séptima de nueve hermanos, sobre todo cuando los dos últimos son mellizos, no suele estrenar ni el uniforme, por eso le pedí que me dejara cambiarme de ropa, le prometí que no tardaría nada, pero fue inútil. No estaba dispuesto a esperar ni un minuto, aunque teníamos tiempo de sobra.

–Estás muy guapa así.

Cuando salíamos por la puerta, Marcelo me llamó, y me dijo que era mejor que Pablo se fuera primero y que, mientras tanto, yo le contara algo a Amelia, que me iba a estudiar a casa de Chelo, o algún otro cuento por el estilo. No comprendí el sentido de aquella advertencia, pero Pablo sí pareció entenderlo, se le quedó mirando y le dijo algo todavía más extraño.

–¡Vamos, Marcelo, pero por quién me tomas!

Mi hermano se rió y no dijo nada más.

Él salió primero. Cuando bajé, me estaba esperando en el portal. Faltaba menos de un mes para Navidad. Hacía frío. La trenka no era más larga que la falda, y el borde áspero me rozaba los muslos al andar, pero eso no me molestaba tanto como su aspecto masculino, tosco, feo, más propio de un colegial de doce años que juega al fútbol en el patio del colegio que de una chica mayor que va a un concierto. Para intentar arreglarlo, me abroché el primer botón y me levanté la capucha, pero al mirarme de reojo en el pequeño espejo empotrado en la fachada de una mantequería, decidí que tampoco me favorecía. Me di cuenta también de que no se me veía una sola punta del uniforme. Podría no haber llevado ropa debajo del chaquetón verde.

Pablo tenía un 1500 de segunda mano, bastante destartalado, pero coche al fin. Yo estaba muy excitada, era la primera vez que salía con él, la primera vez que salía de noche y la primera vez que salía con un tío que tuviera coche.

El trayecto fue largo. La Castellana estaba atascada de punta a punta, pero él no perdió la calma en ningún momento. Tampoco dejó de hablar, en un tono siempre malévolo, chismoso, contándome chistes, historias inverosímiles, exagerando, el tipo de conversación con la que antes solía desarmar a mi madre cada vez que llegaba a casa y se encontraba a Marcelo castigado sin salir. Entonces pensé que me trataba como a una niña. Le pillé un par de veces mirándome las piernas y no fui capaz de sacar conclusiones.

Cuando aparcamos, bastante lejos del pabellón, se volvió hacia mí y empezó a darme instrucciones. No debería separarme de él para nada. Si aparecía la policía, no tenía que ponerme nerviosa. Si había hostias, no tenía que chillar ni llorar. Si había que correr, le daría la mano y saldríamos de naja, sin rechistar. Le había prometido a Marcelo devolverme entera a casa. Dramatizaba deliberadamente, para excitarme con la perspectiva del riesgo y la carrera, y al terminar, me preguntó si sería capaz de comportarme como una niña buena y obediente. Yo le contesté que sí, muy seria, porque me lo había creído todo. Él se acercó a mí y me besó dos veces, primero posando apenas los labios en el centro de mi mejilla izquierda, después sobre el borde de la mandíbula, casi en la oreja. Mientras tanto, había aprovechado mi rapto de muchachita en peligro para ponerme una mano en el muslo. Ya tenía mucha facilidad para sobar a las mujeres con elegancia.

En la puerta comenzó el rito de los saludos, los besos y las enhorabuenas. Me sentía ridícula entre tantos adultos, con mi trenka verde y las medias enrolladas en los tobillos. Pablo parecía absorto en su propio éxito social, así que le solté el brazo e intenté retrasarme. Pero a pesar de las apariencias, estaba marcándome de cerca. Me agarró de la muñeca y me obligó a quedarme a su lado. Luego, siempre sin mirarme, me cogió de la mano, no me la dio como se la suelen dar los novios, los dedos entrecruzados, sino que tomó mi mano y la apretó entre su índice y su pulgar, como se coge a los niños pequeños en los pasos de cebra. Nunca me daría la mano de otra manera.

Un hombre mayor de aspecto socarrón, un escritor consagrado que destacaba entre la multitud por su expresión desganada, como si en realidad le importara muy poco el acontecimiento, fue el único que reparó en mi presencia. Me miró mucho tiempo, sonriente. Cuando pasamos a su lado, ensanchó la sonrisa y se volvió hacia nosotros, hablando en voz muy baja.

–¡Vaya, Pablito...!

El aludido soltó una carcajada.

–Le has gustado. ¿Sabes quién es?

Sí, lo sabía.

La gente empezaba a desfilar, y fuimos a ponernos en la cola. Poco después comenzó el barullo. Los maromos de la puerta, servicio de orden, bloquearon la entrada y se pusieron a chillar que allí no entraba nadie sin pagar. Los causantes del conflicto, un grupo de quince o veinte adolescentes, contestaron que no estaban dispuestos ni a pagar ni a moverse de allí. Así estuvimos un buen rato, hasta que alguien empezó a empujar desde el fondo de la cola. La primera carga me descolocó. Ahora estaba detrás de Pablo, pegada a Pablo, su nuca me rozaba la nariz. Los de atrás volvieron a chillar, como si quisieran tomar impulso, y desencadenaron una segunda avalancha. Los seis botones de mi trenka, una especie de barritas de plástico marrón veteado de blanco que pretendían imitar la apariencia del cuerno de algún animal, se clavaron en su espalda.

Le pregunté si le había hecho daño. Me contestó que sí, un poco. Me desabroché la trenka. La multitud daba calor. Desde atrás seguían empujando. El aire se volvió espeso, olía a gente. Pablo me cogió de las muñecas y me obligó a abrazarle. Tenía que sentir mi cuerpo contra el suyo, mi aliento en la nuca. Yo estaba bien. Sentía que aquella muchedumbre me garantizaba cierta impunidad. No me atrevía a besarle, pero comencé a restregarme contra él. Lo hacía por mí, solamente, para tener algo que recordar de aquella noche, estaba segura de que él no se daba cuenta. Me movía muy despacio, pegándome y despegándome de él, clavando mis pechos en su espalda y mordiendo diminutas porciones de su jersey granate hasta que la aspereza de la lana me chirrió en los dientes. Entonces, el tumulto se deshizo en un instante, igual que se había formado. Volvía a hacer frío. Me desasí de Pablo, lo más deprisa que pude. Y él comenzó a comportarse de una forma extraña.

Primero miró el reloj, estuvo un buen rato mirándolo, como si necesitara fijar los ojos en él para poder pensar en otra cosa. Luego se apartó de la cola y comenzó a caminar en dirección contraria, muy decidido.

–Vámonos.

Obedecí, sin comprender muy bien qué había pasado.

–¿Fumas canutos?

El tono de su voz había cambiado, ya no lo reconocía. Permanecí callada porque no sabía qué decir.

–Contéstame.

Sí los fumaba, pero no se lo dije. Había dejado de confiar en él. Negué con la cabeza, muy seria, y él sonrió, como si supiera que acababa de mentirle. Después, sin dejar de andar, sacó una china de un bolsillo, la calentó y me pasó un cigarrillo. No me atreví a preguntarle qué quería que hiciera con él. Lamí el papel, lo despegué y vacié el tabaco en la palma de la mano. Entonces se detuvo un momento para cogerlo y liar un canuto. Lo encendió, le dio dos chupadas y me lo ofreció, pero yo me quedé parada y volví a negar con la cabeza.

–¡Por Dios, Lulú, deja de portarte como una imbécil!

Él, Chelo y mi padre eran las únicas personas que me seguían llamando así. Marcelo solía llamarme Pato, Patito, porque era, lo sigo siendo, muy torpe.

Por fin cogí el canuto, lo chupé un par de veces y se lo devolví. Seguimos andando, y fumando, como si no hubiera pasado nada. Al rato me atreví a preguntar.

–¿Por qué no hemos entrado?

Él volvió a sonreír.

–¿De verdad te gusta ese tipo?

–No... –sólo dije la verdad a medias. En realidad, por aquel entonces ni siquiera sabía que cantaba en catalán.

–A mí tampoco me gusta. Así que... ¿por qué íbamos a entrar?

Pasamos al lado de su coche pero él siguió adelante.

–¿Adónde vamos?

No me contestó. Nos metimos por una calle pequeñita. A pocos pasos de la esquina había un toldo rojo con letras doradas. Pablo abrió la puerta. Antes de entrar me fijé en los dos laureles pochos que flanqueaban la entrada, y en la luz amarillenta que despedía el quinqué atornillado en el muro. Dentro estaba oscuro.

–¡Ten cuidado, Pato! Hay escalones. –A pesar de todo, estuve a punto de caerme.

Pablo descorrió una pesada cortina de cuero y entramos en un bar. Me quedé paralizada de vergüenza. La mayoría de los hombres llevaban corbata. La edad media de las mujeres no debía de bajar mucho de los treinta años. Las mesas camillas, diminutas, en torno a las que estaban sentados, casi todos por parejas, estaban vestidas con faldas de tonos rojizos. La luz era escasa y la música muy baja. Los pelos se me habían escapado de la coleta y me caían sobre la cara. La conciencia del uniforme me torturaba. Sentía que todos me miraban, y aquella vez era verdad. Todos me estaban mirando.

Nos sentamos en la barra. El taburete era alto y redondo, muy pequeño. Las tablas de la falda se desparramaron sobre mis muslos. Ahora parecía todavía más corta. Crucé las piernas y resultó peor, pero ya no me atreví a moverme otra vez.

Pablo hablaba con el camarero, que me miraba de reojo.

–¿Qué quieres? –Me quedé pensando, en realidad no lo sabía–. No me irás a decir que también eres abstemia...

El camarero se rió y me sentí mal. Engolé la voz y pedí un gin-tonic. Pablo se dirigió al camarero, sonriendo.

–Se llama Lulú...

–¡Oh!, le pega llamarse Lulú...

–Lo que pasa es que me llamo María Luisa –no sé por qué me sentí en la obligación de dar explicaciones.

–Lulú, saluda al caballero. –Pablo apenas podía hablar, se reía a carcajadas, yo no entendía nada.

–Tengo hambre.

No se me ocurrió nada mejor que decir. Tenía hambre. Me pusieron delante un platito con patatas fritas y comencé a devorar. Él me regañó enseguida, aunque su sonrisa desmentía el rigor convencional, casi proverbial, de sus palabras.

–Las señoritas bien educadas no comen tan deprisa.

Volvía a mostrarse amable y risueño, pero su voz seguía sonando distinta. Me trataba con una desconcertante mezcla de firmeza y cortesía, él, que nunca había sido firme conmigo, y mucho menos cortés.

–Ya, pero es que tengo hambre.

–Y las señoritas bien educadas siempre dejan algo en el plato.

–Ya...

Bebía ginebra con hielo. Apuró su copa y pidió otra. Yo había terminado la mía e hice ademán de imitarle.

–Tú, de momento, ya no bebes más. –Antes de que dispusiera del tiempo necesario para despegar los labios y empezar a protestar, lo repitió con firmeza–: No bebes más.

Cuando nos marchamos, el camarero se despidió de mí con mucha ceremonia.

–Eres una niña encantadora, Lulú.

Pablo volvió a reírse. Yo ya estaba harta de sonrisitas enigmáticas, harta de que me trataran como a un corderito blanco con un lazo rosa alrededor del cuello, harta de no controlar la situación. No es que no fuera capaz de imaginar posibles desarrollos, es que los descartaba de antemano porque me parecían inverosímiles, inverosímil que él quisiera de verdad perder el tiempo conmigo, no entendía por qué insistía de hecho en perder el tiempo conmigo, por qué lo perdía.

Fuera hacía mucho frío. Él me pasó un brazo por los hombros, un signo que no quise interpretar, derrotada por el desconcierto, y anduvimos en silencio hasta el coche, pero cuando estaba abriendo la puerta volví a preguntar, aquélla fue una noche cargada de preguntas.

–¿Me vas a llevar a casa?

–¿Quieres que te lleve a casa?

En realidad sí quería, quería meterme en la cama y dormir.

–No.

–Muy bien.

Dentro, todavía se quedó un instante mirándome. Después, en un movimiento tan bien sincronizado como si lo hubiera ensayado muchas veces, me metió la mano izquierda entre los muslos y la lengua en la boca y yo abrí las piernas y abrí la boca y traté de responderle como podía, como sabía, que no era muy bien.

–Estás empapada...

Su voz, palabras que expresaban más satisfacción que asombro, sonaba muy lejos. Su lengua estaba caliente, y olía a ginebra. Me lamió toda la cara, la barbilla, la garganta y el cuello, y entonces decidí no pensar más, por primera vez no pensar, él pensaría por mí.

Intenté abandonarme, echar la cabeza hacia atrás, pero no me lo permitió. Me pidió que abriera los ojos. Se volvió contra mí e insertó su pierna izquierda entre mis dos piernas, empujando para arriba, obligándome a bascular contra su pantalón vaquero. Yo sentía calor, sentía que mi sexo se hinchaba, se hinchaba cada vez más, era como si se cerrara solo, de su propia hinchazón, y se ponía rojo, cada vez más rojo, se volvía morado y la piel estaba brillante, pegajosa, gorda, mi sexo engordaba ante algo que no era placer, nada que ver con el placer fácil, el viejo placer doméstico, esto no se parecía a ese placer, era más bien una sensación enervante, insoportable, nueva, incluso molesta, a la que sin embargo no era posible renunciar.

Me desabrochó la blusa pero no me quitó el sujetador. Se limitó a tirar de él para abajo, encajándomelo debajo de los pechos, que acarició con unas manos que me parecieron enormes. Luego me mordió un pezón, solamente uno, una sola vez, apretó los dientes hasta hacerme daño, y sus dos manos me abandonaron al mismo tiempo, aunque la presión de su muslo se hacía cada vez más intensa. Entonces escuché el inequívoco sonido de una cremallera. Me cogió la mano derecha, me la puso alrededor de su polla y la meneó dos o tres veces.

Aquella noche, su polla también me pareció enorme, magnífica, única, sobrehumana, y seguí yo sola. De repente, me sentía segura. Ésa era una de las pocas cosas que sabía hacer, pajas. El verano anterior, en el cine, había practicado bastante con mi novio, un buen chico de mi edad que nunca había sido capaz de emocionarme. Lo que sentía en aquel momento era muy distinto. Estaba conmovida, deslumbrada, excitada, contenta, un poco asustada también. Por eso procuré concentrarme, hacérselo bien, pero él me corrigió enseguida.

–¿Por qué mueves la mano tan deprisa? Si sigues así, me voy a correr.

No entendí su advertencia. Yo creía que había que mover la mano muy deprisa. Yo creía que él quería correrse y que nos iríamos a casa. Yo creía que eso era lo natural, pero, por alguna extraña inspiración, no lo dije.

Su mano agarró mi muñeca para imprimirle un nuevo ritmo a mi mano, un ritmo perezoso, cansino, y la condujo hacia abajo, ahora le estoy rozando los huevos, y otra vez hacia arriba, ahora tengo la punta del pellejo entre los dedos, muy despacio. Estuvimos así un buen rato. Yo miraba mi mano, estaba fascinada, él me miraba a mí, sonreía. Entretanto, habían desaparecido las ansias, la violencia inicial. Ahora todo parecía muy suave, muy lento. Mi sexo seguía hinchado, se abría y se cerraba.

–Siempre he confiado mucho en ti –su voz era dulce.

Aquel pedazo de carne resbaladiza y enrojecida se había convertido en la estrella de la velada. Él ya no me tocaba, no me hacía nada. Se había ido moviendo muy despacio, para no estorbarme, hasta recuperar la posición inicial. Volvía a ocupar el asiento del conductor, el cuerpo arqueado hacia delante, los brazos colgando hacia atrás. Cuando tuvo algo más que decir, se limitó a mover la cabeza para acercar la boca a mi oreja.

–¿Has...? –no terminó la frase, se quedó callado, pensativo, como si estuviera eligiendo las palabras–. ¿Le has comido la polla a un tío alguna vez?

Dejé de mover la mano, levanté los ojos y los clavé en los suyos.

–No –aquella vez no mentía, y él se dio cuenta.

No dijo nada, seguía sonriendo. Alargó la mano y giró la llave de contacto. El motor se puso en marcha. Los cristales estaban empañados. Fuera debía de estar helando, una cortina de vapor se escapaba del capó. Él volvió a reclinarse contra el asiento, me miró, y yo me di cuenta de que el mundo se estaba viniendo abajo, el mundo se me estaba viniendo abajo.

–Me da asco.

–Lo comprendo.

Puso un pie encima del acelerador y lo apretó dos o tres veces. Ya sólo le faltaba meter la marcha atrás, y nos iríamos de allí, y todo se habría acabado. Entonces me mordí la lengua. Suelo morderme la lengua durante una fracción de segundo antes de tomar una decisión importante.

Bajé la cabeza, cerré los ojos, abrí la boca y decidí que,

después de todo, no había nada malo en asegurarse primero.

–No me mearás, ¿verdad?

Aquello le hizo mucha gracia, casi todas mis palabras, casi todas mis acciones le hicieron mucha gracia aquella noche.

–No, si tú no quieres.

Me puse muy seria.

–No quiero.

–Ya lo sé, tonta, era sólo una broma.

Su sonrisa no me tranquilizó demasiado, pero ya no podía volverme atrás, de modo que volví a bajar la cabeza, y a cerrar los ojos, y abrí la boca y saqué la lengua. Era mejor empezar con la punta de la lengua, primero, la idea de lamerla me resultaba menos intolerable. Pablo se arqueó aún más, se estiró como un gato y me puso una mano encima de la cabeza. Empuñé su polla con la mano derecha y empecé por la base, apoyé la lengua contra la piel y la mantuve quieta un momento. Después comencé a subir, muy despacio. La mayor parte de mi lengua seguía dentro de mi boca, de forma que, según ascendía, barría la superficie con la nariz, pasaba la lengua y después, el labio inferior seguía el surco de mi propia saliva. Cuando llegué al reborde, regresé abajo, a la base, para volver a subir muy despacio.

Pablo suspiraba. Los pelos me hacían cosquillas en la barbilla.

La segunda vez me atreví con la punta.

Sabía dulce. Todas las pollas que he probado en mi vida sabían dulce, lo que no quiere decir por cierto que supieran bien. Estaba dura y caliente, pringosa desde luego, pero en conjunto, y para mi sorpresa, resultaba menos repugnante de lo que había imaginado al principio, y yo me sentía cada vez mejor, más segura, la idea de que él estaba vendido, de que me bastaría cerrar los dientes y apretarlos un instante para acabar con él, me reconfortaba.

Recorría su hendidura con la punta de la lengua, bajaba por lo que parecía una especie de costura invisible al grueso reborde de carne y me instalaba justo debajo de él, para seguir su contorno. Lo hacía todo muy despacio –en coyunturas como ésta nunca ha hecho falta decirme las cosas dos veces– y estaba empezando a pensar que lo hacía muy bien.

Objetivamente, no extraía ningún placer de aquella actividad, si acaso el contacto con una carne nueva, cuya naturaleza mi lengua percibía con mucha más precisión que nunca antes mis manos. Objetivamente, no extraía ningún placer de aquella actividad y sin embargo estaba cada vez más excitada. En algún lugar de mi cabeza, lo bastante lejos como para no molestar, lo bastante cerca como para hacerse notar, palpitaban mi minoría de edad, seis años todavía para los veintiuno –la mayoría de edad estaba entonces en los veintiuno, a mí me daba igual, total, no votaba nadie–, el drama del pantano, cuando me desmayé dentro del agua y Pablo me salvó la vida, recuerdos de los veranos de mi infancia, mi hermano y él metiéndole mano a dos chicas en el columpio del jardín mientras yo les espiaba, y las palabras de mi madre, hablando con sus amigas, Pablo es de la familia, casi como uno de mis hijos...

Marcelo, en casa, debía de pensar que estábamos todavía haciendo el gilipollas con un mechero. Yo procuraba no olvidar que estaba dentro de un coche, en plena calle, chupando la polla de un amigo de la familia, y sentía oleadas de un placer intenso. Me reconocía a mí misma deshonrada, era delicioso, recordaba las acostumbradas amonestaciones –los chicos sólo se divierten con esa clase de chicas, no se casan con ellas–, y era consciente también de la peculiar relación que se había entablado entre nosotros. Tras los besos y demostraciones necesarios para ganarme, él observaba una pasividad casi total. Sentado, erguido y vestido, se dejaba hacer. Yo, tirada encima del asiento, medio desnuda, encogida e incómoda, aceptaba sin dificultad aquel estado de cosas.

Mi madre solía repetir que me habría dejado ir con él al fin del mundo, y yo estaba empezando a verlo ya.

Cuando iba a preguntarme si ya estaría lo bastante familiarizada con ella como para metérmela en la boca, él volvió a decidir por mí. La mano que reposaba encima de mi cabeza la empujó hacia abajo de repente. Me pilló desprevenida y me tragué un buen trozo. Retiré los labios tan deprisa como pude pero su mano seguía ahí, inalterable, presionando hacia abajo. Repetimos el juego cinco o seis veces. Era divertido intentar resistirse.

Tenía la boca llena. Notaba los pequeños bultos de las venas, los imperceptibles accidentes de la piel rugosa, que subía y bajaba obedeciendo los impulsos de mi mano, sabía dulce y sabía a sudor, la punta me golpeaba en el paladar, intenté tragármela entera, metérmela toda en la boca y tuve que contener un par de arcadas. Pablo me quitó la goma, deslizó la mano debajo del pelo y la cerró un poco más arriba de la nuca, atrapando un puñado de cabellos cerca de las raíces. Los estrujaba y tiraba de ellos hacia sí, guiándome siempre. Sus nudillos se me clavaron en la cabeza. Me dolía, pero no hice nada por evitarlo. Me gustaba.

Ahora él también se movía muy despacio, entraba y salía de mi boca.

–Siempre he sabido que eras una niña sucia, Lulú –hablaba despacio, masticando las palabras, como si estuviera borracho–, he pensado mucho en ti, últimamente, pero nunca creí que sería tan fácil...

Mi sexo acusó el golpe de inmediato, acabaría estallando en pedazos si seguía engordando a ese ritmo.

Mantenía los ojos cerrados y estaba completamente concentrada en lo que hacía. Me había doblado tanto hacia delante que estaba casi tumbada de costado encima del asiento, con las piernas encogidas, la manivela de la ventanilla contra el muslo, intentando que mi mano siguiera el compás de mi boca, un desafío tan intenso para mi congénita torpeza que tardé algún tiempo en advertir el profundo cambio de la situación.

Porque nos estábamos moviendo.

Al principio supuse que no era más que una sensación subjetiva, aquella noche habían pasado muchas cosas, estaban pasando muchas cosas, pero, de repente, el coche se llenó de luz, abrí los ojos, miré hacia arriba y allí estaban, todas las farolas de la Castellana, devolviéndome la mirada. Estupor, primero. ¿Cómo podía mover la palanca de cambios sin que yo me diera cuenta? Pero es que debajo de mí no había ninguna palanca de cambios, me llevó algún tiempo recordar que en aquel coche la palanca estaba sujeta al volante. Terror, después. Pánico.

Salté como impulsada por un resorte invisible. Cuando por fin pude acomodarme en el asiento de la derecha, me di cuenta de que estaba medio desnuda. Me tapé como pude, con el jersey y con las manos, para componer una patética estampa de mujer ultrajada un instante antes de que Pablo pisara el freno. Nos quedamos parados en el carril central, entre los estridentes pitidos de un autobús que nos esquivó por la derecha. Cuando pasaba a nuestro lado, pude distinguir al conductor, gesticulando con un dedo sobre la sien. Mi opinión no era muy diferente de la suya.

–Pero ¿qué haces? –estaba muy asustada–. Nos hemos podido matar.

–Lo mismo que tú.

–No te puedes parar así, en medio de la calle...

–Tú tampoco podías, y te has parado.

De repente me di cuenta de que ya no parecía un adulto. Había perdido todo su aplomo para convertirse en un adolescente contrariado, enfurruñado. Su plan había fallado y era conmovedor contemplarle ahora, con la bragueta abierta y el gesto serio, mirando con expresión ofendida un punto fijo, en la lejanía. Por primera vez en mi vida, primera y última en mi vida con él, sentí que era una mujer, una mujer mayor. Era una sensación agradable, pero no podía detenerme en ella. Pablo estaba furioso.

Traté de recuperar la calma para evaluar la situación. Me volví hacia la ventanilla y comprobé que los conductores que desfilaban a mi lado eran apenas torsos, cuerpos cortados poco más allá de los hombros. Dudaba.

–Te voy a llevar a casa. Perdóname, estoy borracho.

Eso dijo, y de repente tuve ganas de llorar.

El espejismo se había disipado. Su voz era grave y serena, la voz de un adulto que pide perdón sin sentirlo, perdón, estoy borracho, una fórmula de cortesía para una niña que, después de todo, no ha estado a la altura de lo que se esperaba de ella. Me miró un momento, sonriéndome, y la suya era una sonrisa formal, amable, desprovista de cualquier complicidad, una sonrisa de adulto condescendiente, un amigo de la familia, de toda la vida, sinceramente apenado por haber sacado los pies del plato.

Empequeñecí de golpe, me hacía cada vez más pequeña, más pequeña. Estaba muy nerviosa. Ahora íbamos bastante deprisa, mi casa no estaba tan lejos, después de todo, mi casa no estaba lejos, eso era todo lo que acertaba a comprender, me había bloqueado, no podía pensar pero tenía que hacerlo, tenía que pensar deprisa, el tiempo se me escapaba, se me escurría entre los dedos, y aquello era importante, era importante.

Me volví para mirarle. En algún momento se había subido la cremallera sin que yo me diera cuenta. Él tampoco advirtió mi siguiente movimiento. Me abalancé sobre él, dejé caer todo mi cuerpo hacia la izquierda y empecé a manipular su pantalón, pero estaba nerviosa, muy nerviosa, y mis manos se estorbaban entre sí, como si no jugaran en el mismo equipo. Conseguí abrirle el cinturón y me golpeé yo misma en la mejilla con uno de los extremos. Volvía a tener ganas de llorar, pero de rabia, porque no conseguía hacer las cosas más deprisa. Le desabroché el botón, le bajé la cremallera y se la saqué, y estaba pequeña, nada que ver con el agudo esplendor de hacía tan sólo unos instantes, y me la metí en la boca y ahora me cabía entera, y comencé a hacer todo lo que sabía, y más, quería congraciarme con ella a toda costa, pero no crecía, la maldita no crecía y así, pequeña y blanda, era todo más difícil.

La tenía en la boca, volvía a tenerla en la boca y la chupaba, y de repente pensé que ahora me gustaba, y luego rechacé la idea, no era eso, no me gustaba en realidad, era sólo que tenía que crecer, tenía que crecer como fuera, me la sacaba a ratos de la boca y la lamía como había hecho al principio, la recorría entera con mi lengua, la rebozaba de saliva, de la punta a la base y otra vez a la punta, y me la volvía a meter en la boca, la sacudía entre mis labios, y me la tragaba, y movía la lengua dentro de mi boca, sólo la lengua, como si chupara la sangre de una herida inexistente, y después, desde fuera, mientras mi mano la sostenía con firmeza, buceaba más allá de la base, y seguía penetrando en el exiguo espacio que mediaba entre la tela y la carne, hasta llenarme la boca de pelos, para volver otra vez al principio...

Lo primero que noté fue que habíamos empezado a ir mucho más despacio, y que nos movíamos todo el tiempo de un lado a otro, cambiando de carril. Luego volví a sentir su mano encima de la cabeza. Sólo al final me di cuenta de que estaba empalmado otra vez, de que lo había empalmado yo, otra vez.

Nos paramos. Un semáforo. No me atreví a levantar la cabeza, pero entreabrí los ojos para intentar calcular dónde estábamos. Un puente metálico cruzaba la calle, en dirección perpendicular a la nuestra.

Soy madrileña. Me sé la Castellana de memoria.

El fantástico Papá Noel de neón de El Corte Inglés debía de estar saludándonos con la mano. Me la metí en la boca y empecé a moverme sobre ella, de arriba abajo, marcando un ritmo mecánico, bueno para pensar. Teníamos que seguir un buen trecho, de todos modos. Aquél era el camino obligado para ir a mi casa, para ir a la suya también.

Desde entonces traté de calcular cada metro que avanzábamos, a ciegas, y la calle ya no era la calle, no había gente y si había gente no importaba, era sólo una distancia, la distancia era lo único importante ahora. La primera contraseña fue el ruido de la fuente, ya estaba empezando a pensar que no llegaría a escucharlo jamás, nos movíamos tan despacio que aquella inmensa mole gris había llegado a parecerme eterna. Dejamos el ruido del agua y seguimos adelante. Primer sobresalto gozoso. Había dejado a la derecha el camino más corto. Avanzábamos en línea recta. Unos minutos más tarde volví a mirar de reojo para asegurarme de que habíamos llegado a Colón. Certeza. No íbamos a mi casa. Sorpresa. Tampoco íbamos a la suya. ¿Adónde me llevaba? Agua. Dejamos atrás a la vieja señora y seguimos adelante. Aquello empezaba a parecerse al chiste del paleto que solamente sabía conducir en línea recta. Todavía pasaríamos junto a otra fuente, agua, pero aquélla sería la última. Doblamos hacia la izquierda, torcimos un par de veces y el morro del coche, ¡alehop!, pegó un bote. Aquella vez casi me la trago de verdad.

El motor se detuvo, pero no me atreví a imitarle. Pablo me cogió de la barbilla, me sostuvo mientras me enderezaba, me abrazó y me besó. Cuando nos separamos, se echó un momento hacia atrás para mirarme. No dijo nada, pero interpreté que intentaba adivinar si tenía miedo.

–Ésta no es mi casa –quise parecer ingeniosa.

–No –rió–, pero tú ya has estado aquí.

Cuando salimos a la calle, vi que había atravesado el coche en diagonal encima del bordillo. Siempre ha sido muy fino para eso.

La casa, un edificio gris y oscuro, con un siglo a sus espaldas más o menos, no me decía nada. El portal, un hermoso portal modernista, culminaba en una puerta doble de madera, con vidrieras emplomadas de cristal de colores. El pomo de la puerta, grande, dorado, rematado por una cabeza de delfín, sí me resultaba familiar, pero no logré averiguar por qué. Pablo caminaba delante de mí. Se detuvo ante una puerta con una placa dorada en el centro y entonces recordé.

Entrábamos en el taller de su madre, el atelier como solía llamarlo ella, una modista de cierta fama, que diseñaba ya cuatro o cinco colecciones al año, y repetía como un lorito lo de la tensión de la creación, la responsabilidad social del creador y el impacto del *prêt-à-porter* en los modos de vida urbanos contemporáneos, una imbécil. Mi madre había sido clienta suya hacía muchos años, antes de que se subiera a la parra. Yo la acompañaba a veces a las pruebas, y me sentaba en un sillón con una pila de revistas de moda francesas, modelos guapísimas con pendientes enormes y sombreros aparatosos, me encantaba mirarlas.

Él seguía caminando delante de mí. Al pasar junto a uno de los sofás del pasillo cogió con la punta de los dedos, sin detenerse, dos grandes cojines cuadrados. Al final se abría una gran puerta doble, la sala de pruebas. Encendió la luz, tiró los cojines en el suelo, me hizo un gesto vago con la mano para indicarme que entrara, y desapareció.

El sillón seguía allí, en el mismo sitio, habría jurado que era el mismo, con otra tapicería.

–Lulú...

No recordaba los espejos, sin embargo, las paredes estaban forradas de ellos, espejos que se miraban en otros espejos que a la vez reflejaban otros espejos y en el centro de todos ellos estaba yo, yo con mi espantoso jersey marrón y la falda tableada, yo de frente, yo de espaldas, de perfil, de escorzo...

–¡Lulú! –ahora chillaba, desde no sé dónde.

–Qué...

–¿Quieres una copa?

–No, gracias.

... yo, un corderito blanco con un lazo rosa atado alrededor del cuello, como la etiqueta del detergente que anunciaban, todavía lo anuncian, en televisión.

Pablo volvió con un vaso en la mano y se sentó en el sillón, a mirarme. Yo me puse colorada pero él no lo notó, nadie lo nota nunca, soy demasiado morena, y seguía allí plantada en medio de la sala, no me había movido porque no sabía qué tenía que hacer, adónde tenía que ir.

–Desde luego, en mi vida he visto unos zapatos tan horribles.

No bajé la vista porque me los sabía de memoria y desde luego eran horribles.

–¿No os dejan llevar tacones en el colegio?

Pues no, claro que no, menuda tontería, no podías llevar zapatos de tacón en un colegio de monjas, ni siquiera en sexto, aunque te dejaran salir a fumar en los recreos.

–No, no nos dejan –le respondí, de todas formas.

–Quítatelos –sus palabras sonaban como si fueran órdenes, eso me gustó, y me descalcé–. Ven aquí –se dio una palmada en el muslo.

Me acerqué y me senté encima de él, encajando mis piernas entre su cuerpo y los brazos del sillón. Antes, instintivamente, nunca he llegado a saber por qué ni tampoco importa, me levanté hacia atrás la falda, que quedó colgando sobre sus rodillas, mientras la parte posterior de mis muslos rozaba la tela de sus pantalones. Aquello le sorprendió mucho.

–¿Dónde has aprendido eso? –su cara reflejaba de nuevo una especie de asombro satisfecho, en el que volví a detectar más satisfacción que asombro.

–¿El qué? –no entendía, no era consciente de haber hecho nada en especial.

–A levantarte la falda antes de sentarte en las rodillas de un tío. No es un gesto natural.

Es posible que tuviera razón, quizás no sea un gesto natural, pero no sabía de qué me estaba hablando.

–No sé –dije–, no te entiendo.

–Da igual. –Daba igual. Él estaba contento, sonreía–. Quítate el jersey y ahora pórtate bien, no hables, no te rías. Voy a llamar por teléfono.

Me saqué primero la manga izquierda, luego me lo pasé por el cuello, cuando estaba terminando con el brazo derecho me quedé helada.

–¿Marcelo? Hola, soy yo. –Al otro lado debía de estar mi hermano, no hay muchos Marcelos por ahí–. Nada, muy bien...

Me arrancó el jersey de las manos, se encajó el teléfono entre la barbilla y el cuello y empezó a desabrocharme la blusa, apenas dos botones cojos, yo no me movía, no respiraba siquiera, estaba paralizada, bloqueada, muda.

–No, no ha estado mal, en serio, al tío no hay un Dios que lo aguante, ya sabes, pero la gente se lo ha pasado bien, ha chillado, ha llorado y se ha ido a su casa entusiasmada –adoptó un tono épico, como los locutores de televisión cuando transmiten un partido de la selección nacional–, total, que te has perdido otra jornada de gloria para el socialismo español, camarada, una más, estamos embalados... –Podía escuchar las carcajadas de mi hermano, al otro lado del teléfono. Pablo también se reía, ni siquiera yo sé mentir mejor.

Me pasó las manos por detrás y me desabrochó el sujetador, un Belcor enorme, modelo juvenil años setenta, color carne, escote recto, cuadraditos en relieve y tres florecitas de tela en el centro, cuya contemplación le había provocado exagerados y mudos espasmos de horror. Tapó el auricular con la mano, me pasó un dedo por debajo de la hombrera y me habló al oído:

–¡Joder con tu madre! ¿Qué pasa, que no los hacen blindados? –Yo me reía sin hacer ruido–. ¿O es que quiere asegurarse de que vais a llegar todas vírgenes al matrimonio?

Me quitó la blusa y el sujetador, cambiándose el teléfono de mano, sujetándolo con la barbilla cuando hacía falta.

–¡Ah! Lulú..., Lulú ha sido mi buena acción del día... –me miraba y sonreía, estaba guapísimo, más guapo que nunca, disfrutando de su papel de concienzudo pervertidor de menores satisfecho de sí mismo–. Una roja más, tío, he hecho una roja más, sin cursillo, ni Gorki, ni nada. Se lo ha pasado de puta madre, en serio –hablaba despacio, mirándome y recalcando las palabras, hablaba para Marcelo y para mí al mismo tiempo, y me pasaba el vaso por los pezones, dejando una estela húmeda, gratuita, porque tenía los pechos de punta desde que empezó, aunque el hielo provocaba una sensación contradictoria y agradable–, no te lo imaginas, ha levantado el puño, ha chillado como una histérica, ha venido cantando *La internacional* en el coche todo el tiempo, en fin, el repertorio completo, ya sabes –me miró–, y nunca he visto a nadie mover la boca con tanta alegría, estaba encantada de la vida... –sonreía, y yo le devolvía la sonrisa, ya no tenía miedo, y sí ganas de reírme, aunque no podía hacerlo.

Traté de acelerar las cosas y me desabroché la hebilla del primer cierre de la falda, pero él negó con la cabeza, y me dio a entender que me la abrochara otra vez.

–Lo que pasa es que nos hemos encontrado con mucha gente, hemos estado bebiendo por ahí, y ahora está con un pedo que no se sostiene –me metió la mano libre debajo de la falda y comenzó a acariciarme la cara interior de los muslos con la punta de los dedos–. ¡No me jodas, Marcelo! Y yo qué sé... –me coló el dedo índice debajo del elástico y comenzó a moverlo de arriba abajo, muy despacio, recorriendo con el nudillo la línea de la ingle–. ¿Pero qué dices? Yo no la he llevado a beber, hemos ido a tomar una copa y se ha emborrachado ella solita, ya es mayor, ¿no?, pero, ¿tú qué te has creído? No iba a estar toda la noche pendiente de la cría, por muy hermana tuya que sea. Se ha escabullido un par de veces, ha bebido de mi copa y de las de los demás, yo qué sé... Estaba muy excitada, le entraba bien, y al llegar aquí se ha quedado frita, no se tenía en pie. Ahora está dormida, la hemos acostado y he pensado que se podía quedar aquí, si no te importa, no me apetece nada llevarla a casa, ahora –la punta de su dedo seguía barriendo muy despacio la grieta de mi sexo, y con la otra mano, sin soltar el teléfono, me empujó hacia él, tuve que apoyar las manos en el respaldo del sillón para mantener el equilibrio–. ¿Qué? No, estamos en Moreto, en el taller de mi madre, y no me jodas, Marcelo, ¿qué más te da? No tiene por qué enterarse nadie. ¿No ha dicho ella ya que se iba a estudiar a casa de una amiga? Pues se queda a dormir con la amiga y ya está. Total, la boda era en Huesca, ¿no? No creo que tu madre tenga las antenas tan largas... No, no sé dónde está su colegio, pero ella me lo dirá, creo recordar que tiene lengua... Que no, Marcelo, te lo juro, que no le he hecho nada, nada, ni se lo pienso hacer.

Se movió hasta que mis pechos le quedaron justo encima de la cara. Supuse que quería chuparlos, o morderme como antes, en el coche, pero no hizo nada de eso. Metió la cara en el surco y la restregó sobre mi piel, notaba su mejilla, su boca, cerrada, y su nariz demasiado grande, moviéndose sobre mí, apretándose contra mi carne, escondiéndose en ella como si estuviera ciego y manco, como un recién nacido que solamente dispone del tacto, el engañoso tacto del rostro, para reconocer el pecho de su madre, y cuando volvió a hablar distinguí por fin una leve sombra de alteración en su voz.

–No, no podía ir a casa, Merceditas está estudiando. Tiene un examen mañana y no quería molestarla. Además... –me regaló una mirada cómplice–, además, estoy con una tía... Sí, sí la conoces, pero me está haciendo gestos con la cabeza... No quiere que sepas quién es... –en su rostro se dibujó una expresión de cansancio–. ¿Tu hermana? Pero tío, ¿tú no sabes pensar más que en tu hermana? Tu hermana está durmiendo la mona dos cuartos más allá. La estoy oyendo roncar. No se entera de nada. –Marcelo debió de decir algo gracioso, porque él se rió–. Pero tío, en serio, no te pases de sensible. ¿Qué coño le importa a Lulú que yo le ponga los cuernos a mi novia? ¿Por qué se iba a sentir herida? Aunque ella crea que está enamorada de mí, no es más que una niña. Los tíos no se acuestan con niñas pequeñas, sólo en las novelas, y ella se dará cuenta, supongo, no es tonta. –Me puse todavía un poco más colorada, la cara me quemaba–. Además..., ¿cuántos años tiene? Si nos ve, mejor para ella, ya tiene edad para matarse a pajas. –De momento, no reaccioné–. ¿Sí? Vaya, vaya...

Abrió la boca y se agarró a uno de mis pezones, estirando de tanto en tanto la carne entre los dientes. Luego, de repente, se separó de mí, se echó para atrás y se quedó mirándome, con los ojos como platos y la boca entreabierta, pasándose la lengua por el borde de los dientes. Su dedo cambió de posición. Salió del elástico y se posó en el centro de mi sexo. Su movimiento se hizo inequívoco. Ya no me rozaba, ni me acariciaba. Me estaba masturbando por encima de las bragas.

–Pero... ¿qué cojones es una flauta dulce?

Sentí que me moría de vergüenza. Nunca hubiera creído que Marcelo fuera capaz de hacer una cosa así, pero lo hizo. Se lo contó. Se lo contó todo. Pablo me miraba con expresión incrédula. Yo me sentía mal. Tenía los ojos fijos en mi falda.

–¡Qué pena de país, tío, qué vergüenza! –Aquello era como una jaculatoria, Marcelo y él lo repetían a cada paso, por cualquier cosa–. Una flauta dulce... ¡Pobre Lulú, qué bestia!

Me sentía dividida entre dos sensaciones muy distintas. Muerta de vergüenza por un lado, incapaz de mirar a Pablo a los ojos, y a punto de correrme, de correrme con las manos quietas, al mismo tiempo, porque me lo estaba haciendo muy bien, a pesar de la tela, o quizás precisamente gracias a la tela, su dedo presionaba con la intensidad justa, no me hacía daño, ni me irritaba la piel, como el contacto zafio, exasperante pero no agradable, de los demás.

–¿Cómo te enteraste? ¡Te lo contó ella! Y por cierto, ¿de quién era la flauta? ¡De Guillermito! ¡Bien por Lulú! Lenta pero segura...

Sin dejar de tocarme, me cogió por la barbilla y me levantó la cara.

–Mírame –un susurro casi inaudible.

Le miré. Estaba sonriendo, me sonreía. Volví a bajar la vista.

–No me extraña que te la pusiera dura, tío, me la estás poniendo tú a mí por teléfono... Sí, tiene gracia, es una nueva experiencia, después de tantos años. Y tú ¿qué hiciste? Si yo hubiera estado en tu lugar, te juro que me la hubiera follado sin pensarlo... Ya, siempre he sido peor hermano que tú, o mejor, vete a saber. En fin, tío, pobre Lulú –risitas–. No te preocupes, yo la llevo al colegio mañana, ya te llamaré, hasta luego.

–Una flauta dulce... –había colgado el teléfono, me estaba hablando a mí–. Mírame. –Y su dedo se detuvo.

No me atrevía a mirarle, ni a hacer nada, aunque le echaba de menos entre las piernas. Él esperó alguna reacción durante un par de segundos. Luego, me sujetó por los brazos y me sacudió.

–¡Me cago en la hostia! Lulú, mírame, porque te juro que te visto ahora mismo y te llevo a tu casa.

La misma amenaza, el mismo resultado. Levanté otra vez la cabeza y le miré. Salía de una bañera llena de agua tibia, templada, y no tenía toalla para secarme, a Pablo le brillaban los ojos, en su rostro había una expresión casi animal, me apretaba con tanta fuerza que me estaba haciendo daño.

–¿Por dónde te la metiste, por la boquilla o por el extremo de abajo?

–Por arriba.

–Y ¿te gustó?

–Sí, me gustó, aunque era demasiado estrecha, no la notaba mucho, de verdad, sólo la boquilla, lo demás no lo notaba... De todas maneras Amelia me pilló enseguida, casi no me había dado tiempo a enterarme, de verdad, Pablo, te lo juro...

Empecé a verle borroso. Tenía dos lágrimas enormes en la punta de los ojos. Entonces fue él quien se asustó. Cambió de tono, me acarició los brazos que antes había atenazado, y me habló, me dijo casi lo mismo que me había dicho Marcelo, aquella noche, cuando fui a contárselo, aterrada, porque su cuarto era el único sitio del mundo adonde podía ir.

–Perdóname. Te he asustado y no quería asustarte, en realidad no hay de qué asustarse. Vamos, pero si no pasa nada. Es que tiene gracia, una flauta dulce, la flauta de Guillermito, todavía me acuerdo, cuando nacieron los mellizos los odiabas, habías dejado de ser la pequeña y los odiabas, ahora te has vengado de él en su flauta, me he reído sólo por eso, en serio. Las demás no tienen tanta imaginación, se conforman con un dedo. Eres una chica mayor, una chica sana, ejerces un derecho y..., y... No me acuerdo, las feministas tienen una frase para casos como éste, pero ahora no me acuerdo, de todas maneras da igual, está bien, es lógico... Todo el mundo lo hace, aunque las mujeres no lo digan –me secó las lágrimas con la punta de los dedos–.

Si dejas de llorar, te portas bien y me lo cuentas todo, te compraré en alguna parte un consolador de verdad, para ti sola.

–Nunca he tenido nada para mí sola.

–Ya lo sé, pero yo te lo regalaré para que pienses en mí cuando lo uses. Ya sé que no es una idea muy original, pero me gusta –la última observación la debió de hacer para sí mismo, porque no la entendí. Por lo demás, casi siempre pensaba en él cuando me masturbaba, aunque, por supuesto, eso no se lo iba a decir–. ¿De acuerdo?

Asentí con la cabeza, sin saber muy bien en qué estábamos de acuerdo. Nunca en mi vida había estado tan confusa.

–Ponte de pie.

Me levanté y nos besamos un rato muy largo, frotándonos el uno contra el otro. Luego me enrolló completamente el borde de la falda en la cintura, dejando mi vientre al descubierto, para que los espejos me devolvieran una extraña imagen de mí misma.

–Siéntate y espérame, ahora vengo.

Se dirigió a la puerta y entonces, a pesar de mi aturdimiento, me di cuenta de que tenía algo importante que decir. Le llamé y se volvió hacia mí, encajando el hombro contra el quicio de la puerta.

–Nunca me he acostado con un tío, antes...

–No vamos a acostarnos en ninguna parte, boba, por lo menos de momento. Vamos a follar, solamente.

–Quiero decir que soy virgen.

–¿Sí? No me digas...

Me sonrió, y yo sonreí con él. Luego me miró un momento y desapareció. Me senté y le esperé. Traté de analizar cómo me sentía. Estaba caliente, cachonda en el sentido clásico del término. Cachonda. Volví a sonreír. Me había llevado cientos de bofetadas sin entender por qué, después de pronunciar esa palabra, uno de los términos más habituales de mi vocabulario. Cachonda, sonaba tan antiguo... La pronuncié muy bajito, estudiando el movimiento de mis labios en el espejo.

–Pablo me ha puesto cachonda. –Era divertido. Lo dije una y otra vez, mientras me daba cuenta de que estaba guapa, muy guapa, a pesar de las espinillas de la frente. Pablo me había puesto cachonda.

Él estaba ahí, con una bandeja llena de cosas, mirando cómo movía los labios, quizás incluso me había oído, pero no dijo nada, cruzó la habitación y se sentó delante de mí, con las piernas cruzadas como un indio. Pensé que iba a comerme, al fin y al cabo me lo debía, pero no lo hizo. Me quitó las bragas, me atrajo hacia sí, obligándome a apoyar el culo en el borde del asiento, y me abrió todavía más, encajándome las piernas sobre los brazos del sillón.

–Venga, empieza, te estoy esperando.

–¿Qué quieres saber?

–Todo, quiero saberlo todo, de quién fue la idea, cómo te pilló Amelia, qué le contaste a tu hermano, todo, vamos.

Cogió una esponja de la bandeja, la sumergió en un tazón lleno de agua tibia y se dedicó a frotarla contra una pastilla de jabón, hasta que se volvió blanca. Yo ya había empezado a hablar, hablaba como un autómata, mientras le miraba y me preguntaba qué pasaría ahora, qué iba a pasar ahora.

–Bueno..., es que no sé qué decirte. A mí me lo dijo Chelo, pero la idea fue de Susana, por lo visto.

–¿Quién es Susana? ¿Una alta, castaña, con el pelo muy largo?

–No, ésa es Chelo.

–Ah, entonces... ¿cómo es Susana? –sumergió la esponja en la taza hasta que se llenó de espuma.

–Es baja, muy menuda, también castaña pero tirando más a rubia, tienes que haberla visto en casa.

–Ya, sigue.

No me podía creer lo que estaba pasando. Había alargado la mano y me estaba enjabonando con la esponja. Me lavaba como a una niña pequeña. Aquello me descolocó por completo.

–Pero... ¿qué haces?

–No es asunto tuyo, sigue.

–Si el coño es mío, lo que hagas con él también será asunto mío –mi voz me sonó ridícula a mí misma, y él no me contestó, así que seguí hablando–. Pues Susana lo hace mucho, por lo visto, quiero decir, meterse cosas, y entonces le contó a Chelo que lo mejor, lo que más le gustaba, era la flauta, entonces decidimos que lo probaríamos, aunque la verdad es que a mí me parecía una guarrada, por un lado, pero lo hice, Chelo al final no, siempre se raja, y bueno, ya está, ya lo sabes, no hay nada más que contar.

Colocó una toalla en el suelo, justo debajo de mí. Me resultaba imposible no mirarme en el espejo, con el pelo tan blanco como si fuera una vieja.

–¿Cómo te pilló Amelia?

–Bueno, como dormimos en el mismo cuarto, ella, yo y Patricia...

–Patricia, ella y yo... –me corrigió.

–Patricia, ella y yo –repetí.

–Muy bien, sigue.

–Creí que estaba sola en casa, sola por una vez en la vida, bueno, Marcelo estaba, y Jose y Vicente también, pero viendo la televisión, y como estaban poniendo un partido, pues pensé... –se sacó una cuchilla de afeitar del bolsillo de la camisa–. ¿Qué vas a hacer con eso?

Me miró a la cara con su mejor expresión de no pasa nada, aunque me sujetó los muslos con las dos manos, por lo que pudiera suceder.

–Es para ti –contestó–. Te voy a afeitar el coño.

–¡Ni hablar! –me eché hacia delante con todas mis fuerzas, intentaba levantarme, pero no podía, él era mucho más fuerte que yo.

–Sí –parecía tan tranquilo como siempre–. Te lo voy a afeitar y te vas a dejar. Lo único que tienes que hacer es estarte quieta. No te va a doler. Estoy harto de hacerlo. Sigue hablando.

–Pero... ¿por qué? No lo entiendo.

–Porque eres muy morena, demasiado peluda para tener quince años. No tienes coño de niña. Y a mí me gustan las niñas con coño de niña, sobre todo cuando las voy a echar a perder. No te pongas nerviosa y déjame. Al fin y al cabo, esto no es más deshonroso que calzarse una flauta escolar, dulce, o como se llame...

Busqué una excusa, cualquier excusa.

–Pero es que en casa se van a dar cuenta y como Amelia me vea, se va a chivar a mamá, y mamá...

–¿Y por qué se va a enterar Amelia? No creo que os hagáis cosas por las noches.

–No –me había puesto tan histérica que ni siquiera tuve tiempo de ofenderme por lo que acababa de decir–, pero ella y Patricia me ven cuando me visto y cuando me desnudo, y los pelos se transparentan –aquello me tranquilizó, creí haber estado brillante.

–Ah, bueno, pero no te preocupes por eso, te voy a dejar el pubis prácticamente igual, sólo pienso afeitarte los labios.

–¿Qué labios?

–Estos labios –dejó que dos de sus dedos resbalaran sobre ellos. Yo había pensado que haría justo lo contrario, y me pareció que el cambio era para peor, pero ya había decidido no pensar, por enésima vez, no pensar, al paso que íbamos, el cerebro se me fundiría aquella misma noche.

–Ábretelo tú con la mano, por favor... –lo hice–, y sigue hablando. ¿Qué hiciste cuando te vio Amelia?

Noté el contacto de la hoja, fría, y sus dedos, estirándome la piel, mientras volvía a hablar, a escupir las palabras como una ametralladora.

–Bueno, pues, no sé... Cuando quise darme cuenta, ella ya estaba allí delante, chillando mi nombre. Salió corriendo de la habitación, con el paraguas, dando un portazo... –la hoja se deslizaba con docilidad encima de aquello que acababa de aprender que se llamaban también labios. No sentía dolor, era más bien como una extraña caricia, pero no lograba quitarme de la cabeza la idea de que se le podía ir la mano. Apenas le veía la cara, sólo el pelo, negro, la cabeza inclinada sobre mí–, y yo salí corriendo detrás de ella. No fue al cuarto de estar, menos mal, se fue derecha por la puerta de la calle, con el paraguas, debía de haber venido sólo a buscarlo. Entonces pensé que no tenía a nadie más que a Marcelo, y fui a contárselo, todavía llevaba la flauta en la mano... –la cuchilla se desplazó hacia fuera, me estaba rozando el muslo–, él estaba en su cuarto, tenía un montón de papeles encima de la mesa y no sé qué hacía con ellos, se rió, se rió mucho, y me dijo que no me pusiera nerviosa, que él le taparía la boca a Amelia, que no se chivaría por la cuenta que le traía, y me habló como tú hace un rato...

Yo pensaba que no me escuchaba, que me hacía hablar a lo loco, como cuando me operaron de apendicitis, para tenerme ocupada en algo, pero me preguntó qué me había dicho exactamente.

–Pues eso, que era normal, que todo el mundo se hacía pajas y que no pasaba nada.

–Ya... –su voz se hizo más profunda–. ¿Y no te tocó?

Recordé lo que había dicho antes por teléfono –yo en tu lugar me la hubiera follado sin pensarlo–, y me estremecí.

–No... –debía de haber dado por concluido mi labio derecho porque noté el escalofrío helado de la hoja sobre el izquierdo.

–¿No te ha tocado nunca?

–No. ¿Pero tú qué te has creído? –sus insinuaciones me sonaban como a ciencia ficción.

–No sé, como os queréis tanto...

–¿Tocas tú a tu hermana?

Me respondió con una carcajada tan violenta que tuve miedo de que le temblara la mano.

–No, pero es que mi hermana no me gusta.

–¿Y yo sí te gusto? –Mis amigas decían que jamás hay que preguntarle eso a un tío a la cara, pero yo no pude evitarlo. Él se echó para atrás y me miró a los ojos.

–Sí, tú me gustas –hizo una pausa–. Mucho. Me gustas mucho, y estoy seguro de que le gustas a Marcelo también, y quizás hasta a tu padre, aunque él jamás lo reconocería –sonrió–. Eres una niña especial, Lulú, redonda y hambrienta, pero una niña al fin y al cabo. Casi perfecta. Y si me dejas acabar, perfecta del todo.

Fue en aquel momento, a pesar de lo extravagante de la situación, cuando mi amor por Pablo dejó de ser una cosa vaga y cómoda, fue entonces cuando comencé a tener esperanzas, y a sufrir. Sus palabras –eres una niña especial, casi perfecta– retumbarían en mis oídos durante años, viviría años, a partir de aquel momento, aferrada a esas palabras como a una tabla de salvación. Él volvió a inclinarse sobre mí, e insistió en un susurro.

–De todas maneras, creo que nos lo deberíamos montar alguna vez los tres, tu hermano, tú y yo... Eso estaría bien. –La cuchilla volvió a desplazarse hacia fuera, esta vez al lado contrario–. Muy bien, Lulú, ya casi está. ¿Ha sido tan terrible?

–No, pero me pica mucho.

–Lo sé. Mañana te picará más, pero estarás mucho más guapa –se había echado un instante hacia atrás, para evaluar su obra, supongo, antes de esconderse otra vez entre mis piernas–. La belleza es un monstruo, una deidad sangrienta a la que hay que aplacar con constantes sacrificios, como dice mi madre...

–Tu madre es una imbécil –me salió del alma.

–Por supuesto que lo es... –su voz no se alteró en lo más mínimo–, y ahora estate quieta un momento, por favor, no te muevas para nada. Estoy terminando.

Podía imaginar la expresión de su cara aun sin verla, porque todo lo demás, su voz, su manera de hablar, sus gestos, su seguridad infinita, me eran muy familiares. Estaba jugando. Jugaba conmigo, siempre le había gustado hacerlo. Él me había enseñado muchos de los juegos que conocía y me había adiestrado para hacer trampas. Yo había aprendido deprisa, al mus éramos casi invencibles. Él solía hacer trampas, y solía ganar.

Cogió una toalla, sumergió un pico en otra taza y la retorció por encima de mi pubis que, fiel a su palabra, estaba casi intacto. El agua chorreó hacia abajo. Repitió la operación dos o tres veces antes de comenzar a frotarme para llevarse los pelos que se habían quedado pegados. Me di cuenta de que yo misma podría hacerlo mucho mejor, y más deprisa.

–Déjame hacerlo a mí.

–De ninguna manera... –hablaba muy despacio, casi susurrando, estaba absorto, como perdido, los ojos fijos en mi sexo.

Me besó dos veces, en la cara interior del muslo izquierdo. Luego alargó la mano hacia la bandeja, cogió un bote de cristal de color miel, lo abrió y hundió dos dedos, el índice y el corazón de la mano derecha, en su interior. Era crema, una crema blanca, grasienta y perfumada. Rozó con sus dedos mis labios recién afeitados, depositando su contenido sobre la piel. Sentí un nuevo escalofrío, estaba helada. Entonces pensé que quedaba todavía mucho invierno y que los pelos tardarían en crecer. No iba a ser muy agradable. Mientras tanto, Pablo recopilaba tranquilamente todos los objetos que habían intervenido en la operación, devolviéndolos a la bandeja, que empujó a un lado. Después, también él se desplazó hacia mi derecha, desbloqueando el espejo que tenía delante.

Mi sexo me pareció un montoncito de carne roja y abultada. A ambos lados de la grieta central, se extendían dos largos trazos blancos. La visión me recordó a Patricia, de bebé, cuando mamá le ponía bálsamo antes de cambiarle los pañales.

Pablo me miraba y sonreía.

–¿Te gustas? Estás preciosa...

–¿No me la vas a extender?

–No. Hazlo tú.

Alargué la mano abierta, preguntándome qué sentiría después. Mis yemas tropezaron con la crema, que se había puesto blanda y tibia, y comenzaron a distribuirla arriba y abajo, moviéndose sobre la piel resbaladiza, lisa y desnuda, caliente, igual que las piernas en verano después de la cera, hasta hacer desaparecer por completo aquellas dos largas manchas blancas. Luego me resistí a abandonar. La tentación era demasiado fuerte, y dejé que mis dedos resbalaran hacia dentro, una vez, dos veces, sobre la carne hinchada y pegajosa. Pablo se acercó a mí, me metió un dedo con delicadeza, lo extrajo y lo llevo a mi boca. Mientras lo chupaba, le oí murmurar:

–Buena chica...

Estaba arrodillado en el suelo, delante de mí. Me cogió de la cintura, me atrajo hacia él y me hizo caer del sillón. El choque fue breve, me manejaba con mucha facilidad, a pesar de que era, soy, muy grande. Me dio la vuelta hasta que me quedé con las rodillas clavadas en el suelo, la mejilla apoyada en el asiento y las manos rozando la moqueta. No podía verle, pero le escuché.

–Acaríciate hasta que empieces a notar que te corres y entonces dímelo.

Jamás había imaginado que sería así, jamás, y sin embargo no eché nada de menos. Me limité a seguir sus instrucciones y a desencadenar una avalancha de sensaciones conocidas, preguntándome cuándo debía detenerme, hasta que mi cuerpo comenzó a partirse en dos, y me decidí a hablar.

–Me voy...

Entonces me penetró, despacio pero con decisión, sin detenerse.

Desde que lo había anunciado, desde que me lo había advertido –vamos a follar, solamente–, me había propuesto aguantar, aguantar lo que se me viniera encima, sin despegar los labios, aguantar hasta el final. Pero me estaba rompiendo. Quemaba. Yo temblaba y sudaba, sudaba mucho. Tenía frío. Mi resistencia fue efímera, antes de que quisiera darme cuenta, ya le estaba pidiendo que me la sacara, que me dejara por lo menos un momento, porque no podía, no lo soportaba más, pero él no me contestó, ni me hizo caso. Cuando llegó hasta el fondo, se quedó inmóvil, dentro de mí.

–No te pares ahora, Lulú, porque voy a empezar a moverme y te va a doler.

Su voz desarboló mis últimas esperanzas. No iba a servir de nada protestar, pero tampoco me podía quedar allí parada, sufriendo. No estoy hecha para soportar el dolor, por lo menos en grandes dosis. No me gusta. De forma que decidí seguir sus instrucciones, otra vez, e intenté recuperar el ritmo perdido. Él me imprimía un ritmo distinto, desde atrás. Aferrado a mis caderas, entraba y salía de mí a intervalos regulares, atrayéndome y rechazándome a lo largo de aquella especie de barra incandescente que ya no se parecía nada al inocuo juguete con resorte que me había llenado la boca una hora antes, y mucho menos todavía a la célebre flauta dulce.

El dolor no se desvanecía, pero sin dejar de ser dolor, adquiría rasgos distintos. Seguía siendo insoportable en la entrada, allí me sentía estallar, resultaba asombroso no escuchar el desgarro de la piel, tensa hasta la transparencia. Dentro, era distinto. El dolor se diluía en notas más sutiles, que se manifestaban con mayor intensidad a medida que me acoplaba con él, moviéndome con él, contra él, mientras mis propios manejos comenzaban a demostrar su eficacia. El dolor no se desvaneció, siguió allí todo el tiempo, latiendo hasta el final, hasta que el placer se desligó de él, creció y, por fin, resultó más fuerte. Cuando sentía ya los últimos espasmos, y mis piernas dejaban de temblar para desaparecer del todo, Pablo se desplomó sobre mí, emitiendo un grito ahogado, agudo y ronco a la vez, y mi cuerpo se llenó de calor. Permanecimos así un buen rato, sin movernos. Él había escondido la cara en mi cuello, me cubría los pechos con las manos y respiraba hondo. Yo todavía no era capaz de comprender muy bien lo que había ocurrido, estaba aturdida, como borracha, contenta e inmersa en una sensación nueva, desconocida para mí, que era también gratitud, aunque aún no lo sabía. Tampoco me había recuperado cuando Pablo se separó de mí y le oí caminar por la habitación, pero al intentar moverme sentí que me dolía todo. Me costó mucho trabajo darme la vuelta porque algo parecido a las agujetas, unas agujetas espantosas, me paralizaban de cintura para abajo.

Él me ayudó a levantarme. Cuando le rodeé el cuello con los brazos para besarle, me levantó por la cintura, me encajó las piernas alrededor de su cuerpo y comenzó a andar conmigo en brazos, sin hablar.

Salimos al pasillo, que era largo y oscuro, un clásico pasillo de casa vieja, con puertas a un lado. La última estaba entornada. Entramos, se las arregló para encender la luz con el dorso de una mano, y me depositó en el borde de una cama grande. Me quitó la falda y las medias, sonriéndome. Luego apartó la colcha y me empujó dentro. Se despojó de su camisa, lo único que llevaba puesto, y se deslizó conmigo debajo de las sábanas. Aquellas notas de clasicismo, la cama y mi propia desnudez, me conmovieron y me aliviaron a un tiempo. Se habían acabado las rarezas, por lo menos de momento.

Ahora me besaba y me abrazaba, haciendo ruidos extraños y divertidos. Me peinaba con la mano, estirándome el pelo hacia atrás, y se detenía un instante, de tanto en tanto, para mirarme. Era delicioso. Notaba su piel fría y dura, su pecho desnudo –a pesar de lo establecido al respecto, siempre me han repugnado los hombres peludos–, e intuía por primera vez que aquello acabaría pesando sobre mí como una maldición, que aquello, todo aquello, no era más que el prólogo de una eterna, ininterrumpida ceremonia de posesión. La profundidad de ese pensamiento me sorprendió a mí misma mientras rodábamos encima de la cama, que ahora resultaba un reducto caliente y cómodo. Eso me devolvió a planos menos trascendentales, sugiriéndome que en la calle debía de hacer un frío espantoso, idea placentera por excelencia, mientras yo seguía allí, cobijada y segura.

El recuerdo del placer había desterrado las huellas del dolor a algún remoto lugar de mi memoria. Más cerca, latía una cuestión que me venía obsesionando desde hacía tiempo.

–¿He sangrado mucho?

–No has sangrado nada –parecía divertido.

–¿Estás seguro? –su respuesta me había decepcionado, aunque intuí que él no lo entendería.

–Sí.

–¡Vaya por Dios!

No había sangrado nada. Nada. Aquello sí que era un desastre. Había pasado algo importantísimo, decisivo, algo que no se volvería a repetir jamás, y mi cuerpo no se había dignado a conmemorarlo con un par de gotas de sangre, un mínimo gesto dramático. Me había defraudado mi propio cuerpo. Yo había imaginado algo más truculento, más acorde con la vertiente patética de la cuestión, toda una hemorragia, un desmayo, algo, y solamente había tenido un orgasmo, un orgasmo largo y distinto, incluso de algún modo doloroso, pero un orgasmo más, al fin y al cabo.

Él, que debía de estar seguro de que algún día, no demasiado lejano, yo aprendería a valorar de un modo muy distinto el saldo de aquella noche, se reía, se estaba riendo de mí otra vez, así que escondí la cara contra su hombro y renuncié a contarle lo que pensaba. Entonces alargó la mano hacia el suelo y recogió un paquete de tabaco.

–¿Un pitillito de película francesa? –su voz era risueña todavía.

–¿Por qué dices eso?

–No sé... En las pelis francesas siempre fuman después de follar.

–¿Y por qué dices siempre «follar», en vez de «hacer el amor», como todo el mundo?

–Ah, ¿y a ti quién te ha dicho que todo el mundo dice «hacer el amor»?

–Pues no sé..., pero lo dicen. –Había aceptado su oferta, por supuesto. Era un placer adicional, fumar, otra cosa que no se debía hacer.

–Decir «hacer el amor» es un galicismo y una cursilada –había adoptado un tono casi pedagógico–, y además, aun siendo una expresión de origen extranjero, en castellano «hacer el amor» ha significado siempre «cortejar, tirar los tejos», no «follar». «Follar» suena fuerte, suena bien, y además tiene un cierto valor onomatopéyico, se parece mucho a fuelle... Joder también vale, aunque está muy desvirtuado, se ha quedado antiguo.

–Como «cachonda»...

–Exacto, como «cachonda», pero esa palabra me gusta –me sonrió y estuve segura de que me había oído, antes–. Finalmente, el sexo, es decir, follar, follar a secas, es algo que no tiene por qué estar relacionado con el amor, de hecho son dos cosas completamente distintas...

Entonces comenzó la clase teórica, la primera.

Habló y habló en solitario, durante mucho tiempo. Yo apenas me atrevía a interrumpirle, pero me esforzaba por retener cada una de sus palabras, por retenerle a él, en mi cabeza, mientras hablaba del amor, del sexo, de la poesía, de la vida y de la muerte, de la ideología, de España, del Partido, de Marcelo, de la edad, del placer, del dolor, de la soledad. Después apagó el último pitillo, se quedó mirándome de una forma extraña, intensa, sonrió como si quisiera borrar de su rostro esa intensidad, y me dijo algo así como «bah, no me hagas ni caso».

Apartó la sábana y comenzó a recorrer mi cuerpo con una mano. Yo miraba su mano y le miraba a él, y le encontraba hermoso, demasiado hermoso, demasiado grande y sabio para mí. Le habría acariciado, le habría besado y mordido, le habría arañado, no sé por qué, sentía que debía hacerle daño, atacarle, destruirle, pero tenía miedo de tocarle. Me penetró otra vez, de una forma muy distinta, despacio, con delicadeza, moviéndose encima de mí con mucho cuidado, para no hacerme daño. Aquél fue un polvo suave, dulce, casi conyugal, casi.

Me pedía constantemente que abriera los ojos y que le mirara, pero yo no podía hacerlo, sobre todo cuando mi sexo comenzaba a hincharse, a engordar a un ritmo escandaloso, y me imponía la estúpida obligación de estar a solas, sola con él, para poder advertir con precisión su grotesca metamorfosis, de todas maneras lo intentaba, intentaba mirarle, y abría los ojos, y le encontraba allí, la cara colgando sobre la mía, la boca entreabierta, y veía mi cuerpo, mis pezones erguidos, largos, y mi vientre que temblaba, y el suyo, veía cómo se movía su polla, cómo se ocultaba y reaparecía sin cesar más allá de mis pocos pelos supervivientes, pero el mero hecho de ver, de mirar lo que estaba sucediendo, aceleraba las exigencias de mi sexo, que me obligaba otra vez a cerrar los ojos, y entonces volvía a escuchar su voz, mírame, y si me obstinaba en mi soledad, notaba también sus acometidas, mucho más violentas de repente, de nuevo hirientes, por no abrir los ojos, dejaba caer sobre mí todo el peso de su cuerpo, resucitando el dolor, moviéndose deprisa y con brusquedad hasta que le obedecía, y abría los ojos, y todo volvía a ser húmedo, fluido, y mi sexo respondía, se abría y se cerraba, se deshacía, yo me deshacía, me iba, sentía que me iba, y dejaba caer los párpados sin darme cuenta, para volver a empezar. Hasta que una vez me permitió mantener los ojos cerrados y me corrí, mis piernas se hicieron infinitas, mi cabeza se volvió pesada, me escuché a mí misma, lejana, pronunciar palabras inconexas que sólo sería capaz de recordar a medias, y todo mi cuerpo se redujo a un nervio, un solo nervio tenso pero flexible, como una cuerda de guitarra, que me atravesaba desde la nuca hasta el vientre, un nervio que temblaba y se retorcía, absorbiéndolo todo en sí mismo.

Fue un polvo dulce, casi conyugal, casi, pero al final, cuando ya estaba exhausta y mi cuerpo amenazaba con volver a ser cuerpo, extenso y sólido, a partir de aquel único nervio erizado, harto, él salió de mí, dio un par de zancadas hacia delante sobre las rodillas, apoyó la mano izquierda en la pared y me la metió en la boca.

–Trágatelo todo.

Apenas tuve que hacer nada más, aguantar cinco o seis empellones que no habría podido evitar ni aun queriéndolo, porque me mantenía sujeta entre sus piernas, cerrar los labios en torno a la carne pegajosa, percibir su sabor, mi propio sabor, distinto al de antes, y tragar, tragar aquella especie de pomada viscosa y caliente, dulce y ácida a la vez, con un remoto regusto a las medicinas que amargan la infancia de los niños felices, tragar y aguantarme las ganas de toser a medida que avanzaba a través de mi garganta aquel fluido espeso y asqueroso, asqueroso, al que jamás me he acostumbrado ni me acostumbraré, jamás, a pesar de los años y de la firme autodisciplina que imponen los buenos propósitos.

A él le gustaba, sin embargo. Mientras escuchaba sus gemidos apagados y acompañaba sus movimientos con mi propia cabeza, para evitar la náusea que me sacudía cuando me quedaba quieta, trataba de segregar la mayor cantidad de saliva posible para impulsar hacia dentro la última dosis, igual que con las coles de Bruselas, que saben a podrido, y pensaba, pensaba que a él le gustaba, al fin y al cabo, y me venía a la mente una de las eternas jaculatorias de Carmela, la tata que mi madre había aportado al matrimonio, una vieja beata que olía mal y estaba reventada de esclerosis, imbécil perdida ya, e iba repitiendo como un fantasma por el pasillo, el Señor nos la da y el Señor nos la quita, con el *Abc* en la mano, abierto por la página de las esquelas y de los «Gracias, Espíritu Santo», el Señor nos la da y el Señor nos la quita, Él me lo da y Él me lo quita, está bien, se cierra el ciclo, todo comienza y termina en el mismo sitio, a él le gusta y está bien así.

La primera clase teórica había sido todo un éxito.

Después bebí, bebí litros de agua, siempre bebo agua después, y no sirve de nada, pero es lo único que se puede hacer, beber agua. Estaba muy cansada, muy contenta también. Me di la vuelta, tenía sueño. Él me arropó, se tendió del mismo lado que yo, me abrazó, respirando contra mi cabeza y me dio las buenas noches, a pesar de que estaba amaneciendo ya. Me dormí con un sueño placentero y pesado, como el que me vencía después de pasar un día en el monte.

Después me he preguntado muchas veces si además no me sentía culpable, pero la verdad es que eso no lo recuerdo.

Me despertó la luz del sol y él no estaba a mi lado.

Preferí no imaginar que hubiera desaparecido, dejándome allí tirada, en el taller de su madre, donde por cierto no se oían ruidos, no parecía que estuviera trabajando nadie, y me concentré en calcular la hora. Debía de ser muy tarde ya, no iba a llegar ni a la tercera clase. Entonces escuché el ruido de una cerradura vieja y falta de grasa, estaban abriendo la puerta. Podía ser él, pero también podía ser cualquier otra persona. Me tapé la cabeza con la sábana, y procuré permanecer inmóvil, escuché pasos y ruidos, no parecían tacones pero nunca se sabe, venían hacia mí, luego noté el peso de algo, me habían tirado algo encima.

–Las porras, cuando se enfrían, no están muy buenas... –era su voz. Asomé la cabeza y le vi allí, encajado en el quicio de la puerta, sonriente–. ¿Qué quieres desayunar?

–Café con leche –yo también le sonreí. Me preguntaba si sería capaz de volver a apoyar los pies en el suelo, si no saldría volando en el instante en que abandonara la cama. Así era como me sentía, y sin embargo me vestí muy deprisa. Estaba hambrienta.

No despegué los labios hasta que hube engullido siete porras todavía calientes, uno de mis alimentos favoritos, mientras él me miraba e insistía en que no quería más, en que solía tomar solamente una.

–¿Sabes? A mi madre le revienta que nos gusten más las porras que los churros, porque dice que ensucian más, que son más grasientas, como más bastas, ¿comprendes? –me reía yo sola, al acordarme–, dice que un churro se puede comer con dos deditos, porque siempre lo dice en diminutivo, deditos, y queda bien, queda fino, pero comer porras en público, aunque sea con dos deditos... –no pude seguir, me atragantaba, se me saltaban las lágrimas de risa, él se reía conmigo.

–Eres muy lista, Lulú...

–Muchas gracias –pero mientras le contestaba comprendí que alguna vez debería volver al mundo real–. ¿Qué hora es? –en realidad, casi prefería no saberlo.

–La una menos veinte.

–¡La una menos veinte! –las piernas me temblaban, se iba a organizar una escandalera de mucho cuidado–, pero... yo tenía clase hoy.

–He decidido perdonártela, anoche te portaste muy bien –sonreía, me di cuenta de que para él aquello no tenía importancia, el colegio, la falta de asistencia, un día más o menos. Quizás tenía razón, quizás, después de todo lo que había pasado, aquello no era para tanto. Además, Chelo acabaría colaborando, siempre lo hacía, le contaría a mi madre que me había despertado con empacho y que en su casa habían decidido dejarme en la cama. Lo de la tutora tenía peor solución, pero también existían riesgos mayores que ése.

–¿Se lo vas a contar a Marcelo?

–No, se moriría de celos –se sonrió para sí mismo, de una manera extraña–. Además, lo que hemos hecho no deja de socavar los cimientos del régimen.

Salimos a la calle. Hacía un día estupendo, frío y limpio, el sol no calentaba, pero hacía compañía. Le pedí que me llevara a la puerta del colegio porque tenía que ver a Chelo, prepararme una coartada antes de volver a casa. Él condujo en silencio todo el tiempo, yo tampoco tenía ganas de hablar, pero cuando se detuvo al otro lado de la calle, enfrente de la verja, se volvió hacia mí.

–Quiero que me prometas algo –su voz se había vuelto grave de repente.

Asentí con la cabeza, él hizo una pausa.

–Quiero que me prometas que, pase lo que pase, recordarás siempre dos cosas. Dime que lo harás.

Volví a asentir, estaba muy intrigada, casi preocupada por el tono en el que me hablaba.

–La primera es que el sexo y el amor no tienen nada que ver.

–Eso ya me lo dijiste anoche.

–Bien. La segunda es que lo de anoche fue un acto de amor –me miró a los ojos y los suyos eran tan negros, tan brillantes como nunca los había visto antes–. ¿De acuerdo?

Me paré a meditar unos segundos, pero fue inútil. No sabía qué quería decir con todo eso.

–No te entiendo.

–No importa, prométemelo.

–Te lo prometo.

Entonces volvió a ser el Pablo de antes, el de siempre. Me sonrió, me dio un beso en la frente, me abrió la puerta y se despidió de mí.

–Adiós, Lulú. Sé buena, y no crezcas.

No entendía absolutamente nada y volví a sentirme mal, como un corderito blanco con un lazo rosa alrededor del cuello. Como no sabía qué decir, al final, salí sin decir nada. Caminé deprisa, en dirección a la verja, sin mirar atrás. Vi a Chelo, y ella me vio a mí, se quedó mirándome con extrañeza mientras el coche de Pablo se perdía entre centenares de coches, abandonándome a la especie más cruel de la incertidumbre.

–Pero tú, ¿de dónde sales? –Chelo estaba asombrada y entonces pensé que a lo mejor se me notaba en la cara, que me había cambiado la cara.

La cogí del brazo, comenzamos a andar en dirección a casa y se lo conté, se lo conté a medias, omitiendo la mayor parte de los detalles, ella me miraba con ojos de alucinada, intentaba interrumpirme, pero yo no se lo permitía, ignoraba sus constantes exclamaciones y seguía hablando, hablé hasta llegar al final, y a medida que hablaba desaparecía aquella desagradable sensación, volvía a estar contenta, y satisfecha conmigo misma.

De repente se paró en seco, me resbaló un pie sobre un alcorque y estampé la nariz contra una acacia. Clásico de mí, no tengo reflejos. Luego, se quedó quieta mirándome con una expresión conocida. Estaba enfadada, enfadada conmigo, enfadada sin motivos, pensé.

–Pero, bueno, ¿cómo lo hicisteis?

–Pues ya te lo he contado, yo estaba a gatas, es decir, no exactamente a gatas, porque no tenía las manos apoyadas en el suelo...

–No quiero saber eso. Eso no me importa, lo que quiero saber es cómo lo hicisteis.

–Pero si ya te lo he contado. No te entiendo.

–¿Estás tomando la píldora?

–No... –me quedé estupefacta, de repente. No estaba tomando la píldora, claro, no se me había ocurrido, no había pensado para nada en complicaciones de ese estilo mientras estaba con él.

–¿Se puso una goma? –sus ojos brillaban con furor inquisitorial.

–No, no sé, no me fijé, no le veía...

–¿Y no te importa?

–No.

–¡Tú estás como una cabra! –se estaba poniendo furiosa ella sola, cada vez más furiosa, porque yo no movía un músculo de la cara, ni estaba preocupada ni iba a conseguir preocuparme, y además sus accesos de histeria ya me ponían enferma–. ¡Tú..., tú..., tú eres como un tío! Sólo vas a lo tuyo, hala, sin pensar en nada más. ¿No comprendes que te ha tomado el pelo? Es un viejo, Lulú, un viejo que te ha tomado el pelo. Échale un galgo, ahora. ¿Sabes lo que dice mi madre? Los chicos sólo se divierten...

–¡Basta! –ahora era yo la que estaba furiosa–. No debería habértelo contado. No entiendes nada.

–¿Que no entiendo nada? –chillaba en medio de la calle, la gente se paraba a mirarnos–. La que no entiendes nada eres tú, que te has portado como una imbécil, tú, Lulú, que perdona que te lo diga, hija, pero es que no tienes ni pizca de sensibilidad...

La llamé, la llamé yo antes de salir del trabajo, la llamé porque es mi amiga, mi mejor amiga, y porque la quiero. Seguía llorando, hipando, sorbiéndose los mocos, y la consolé, le dije lo que quería escuchar, que desde luego el presidente de su tribunal era un cabrón, que no había derecho a que le hubieran cambiado la fecha del examen, y que estaba segura de que esta vez aprobaría, aunque no era verdad. También yo me sentía sola aquella tarde, y no quería seguir así, no quería correr el riesgo de acabar llamando a Pablo, porque alguna vez desconectaría el contestador y la excusa estaba fresca todavía. Por eso, al final, propuse un plan clásico.

Si Patricia accedía a quedarse a dormir en mi casa –cobrando desde luego, menuda fenicia estaba hecha– para cuidar a Inés, nos iríamos a comer, a comer como dos gordas felices, y luego beberíamos hasta ser capaces de reírnos, reírnos por nada, como dos locas felices, y, si nos quedaban fuerzas, intentaríamos ligar en un bar de moda, ligar a lo tonto, como dos putas felices, y mañana sería otro día.

Me dijo que le parecía muy bien.

Aquella noche todo nos salió mal.

Comer, sí comimos, comimos un montón de cosas venenosas, cientos de miles de calorías, y con pan, pero eso no consiguió ponernos de buen humor. Beber, también bebimos, pero nos dio triste, una borrachera llorona y gris. Chelo no sabía qué iba a hacer con su vida si suspendía las oposiciones, después de tantos años. Yo había abandonado a Pablo para disponer de la mía, de mi propia vida, y ahora tampoco sabía qué hacer con ella. Me sobraba por todas partes.

Bebíamos en silencio, cada una con lo suyo, Chelo tenía todavía los ojos brillantes. Yo estaba empezando a notar que los míos iban por el mismo camino cuando me levanté, la copa a medias, y anuncié que nos íbamos, que ya estaba bien. No me gusta llorar en lugares públicos.

Cuando arranqué, había decidido volver, dejar a Chelo en casa y volver otra vez. Por aquel entonces, mis días consistían en dos ocupaciones básicas, decidir volver y decidir que no volvería. Entretanto, se nos había hecho muy tarde, pero la calle estaba llena de gente, gente que se reía en grupitos o recorría las terrazas de arriba abajo, mirando en todas direcciones al acecho de una mesa libre, gente que se había sacado las copas a la calle para mirar y dejarse ver, gente corriente que parecía divertirse. Hacía mucho calor todavía, parecía que el verano no iba a terminar nunca.

Chelo seguía viviendo en el mismo barrio de cuando éramos pequeñas. Enfilamos una calle muy familiar para las dos, ancha, elegante, y aparentemente desierta, pero sabíamos que estaban allí. Estaban allí, semiescondidas en los portales, emperifolladas y tambaleantes sobre sus sandalias de tacones puntiagudos, embutidas en minifaldas de cuero algunas, otras en pantalones muy ceñidos de tela brillante, o feroz, toda una manada de leopardos sintéticos sobre sus mentirosos vientres lisos, los escotes magnánimos, las tetas perfectas, perfectas, envidiables, labios rojísimos, pestañas postizas empastadas de rímel de colores y peinados infantiles. Se debían haber pasado de moda las melenas de leona y ahora casi todas llevaban coletitas con gomas y lazos de colores, sus cabecitas cosidas con horquillitas, maripositas y manzanitas.

No pude evitarlo. Obedecí a un impulso incontrolable, disminuí la velocidad y me pegué a la acera. Chelo protestó, pero no le hice caso. Entonces la vi, estaba muy arriba, casi en la esquina con Almagro, vestida con una especie de pijama naranja, un cinturón negro muy ancho adornado con cadenas y monedas doradas, en medio de un grupito, besando a todas las demás, su melena intacta todavía, era una clásica.

Me acerqué a su lado, llamándola a gritos por la ventanilla, y ella se volvió enseguida, aunque tardó algún tiempo en reconocerme porque yo no solía conducir, antes conducía siempre Pablo.

–¡Lulú! –me saludó por fin, con grandes aspavientos–. ¡Qué alegría!

En el coche aparcado al lado del mío, un hombre apenas un par de años mayor que yo, bien vestido y con aspecto de ejecutivo en ascenso, feliz padre de familia quizás, negociaba discretamente con dos travestis, uno alto y corpulento, el otro pequeñito, con aspecto aniñado. Les miré de reojo mientras Ely me plantaba dos besos muy sonoros, uno en cada mejilla, antes de saludar a Chelo con el mismo entusiasmo. No tenía buen aspecto, estaba muy avejentada, yo siempre había sentido miedo por ella, Pablo no, pero yo presentía que acabaría mal.

–¿Qué haces aquí? –La última vez que la vi, hacía casi un año, me había contado que se marchaba a vivir al sur–. Creí que estabas en Sevilla...

–¡Ahg! No me hables –se echó el pelo para atrás con una mano, llevaba las uñas pintadas de blanco nacarado, nunca se las había visto así, a lo mejor creía que la hacían más joven–. Los sevillanos son demasiado... sevillanos, para mí. Me cansé de ellos muy pronto, echaba de menos la capital, el ambiente, no sé. Además, estoy enamorada otra vez, no puedo evitarlo, en fin, ya sabes...

Había bajado la voz para confesarlo, estoy enamorada, como si esa circunstancia fuera capaz de explicar por sí misma su traslado, estoy enamorada, lo dijo en un tono dulce y tímido, casi con unción, menuda zorra estás tú hecha pensé, cuando hablaba de amor olvidaba que era un hombre en realidad y no podía evitar pensar en ella en femenino.

Chelo la felicitó estruendosamente, añadiendo que tuviera cuidado, que los hombres son muy malos. Ely le contestó que a quién se lo iba a decir, pero que de todos modos, no se podía vivir sin ellos. Eso sí, Chelo estaba de acuerdo. Yo escuchaba su diálogo, pendiente del trato que se estaba cerrando a mi izquierda. Pensé que tendría que mover el coche para dejarles salir, pero se instalaron los tres en el asiento de atrás, el cliente en el centro y empezaron a meterse mano los unos a los otros.

–¡Oye! –el potente acento extremeño de Ely me obligó

a volverme hacia ella–. ¡Vi a tu chico en la tele, hace un par de meses, en Sevilla! Sale mucho, ahora...

Asentí con la cabeza, sonriendo. Pablo tenía ya cuarenta y dos años, pero para Ely siempre sería mi chico, igual que para Milagros la desteñida era la chica de Pablo, por lo visto. Por lo demás no me extrañó. Su último libro había tenido tan buena crítica y tan pocos lectores como los demás, pero él se había puesto de moda de repente.

–Pero ¿por qué sale siempre hablando del cura ese?

–¿De qué cura? –no la entendía. Además, en los últimos tiempos procuraba no ver a Pablo ni siquiera en televisión. Me gustaba demasiado, siempre me había gustado, y entre los participantes del coloquio, el debate, el programa o lo que fuera, solía haber alguno tan tonto, tan torpe, tan fácil de vapulear, que el aplomo de mi marido, tanta sabiduría y media sonrisa torcida, cargada de mala leche, me obligaban a admitir que me seguía gustando, que le seguía queriendo, a pesar de todo y mucho más de lo que me convenía, y eso me producía insoportables deseos de volver, me hacía añorar el lazo rosa y la piel blanca, suave, aborregada, que había vestido durante tanto tiempo.

–Pues de ese cura, de ese que lleva muerto tantos años, ahora no me sale el nombre, por Dios, sí, tienes que saber quién es, ése que estaba liado con la monjita, ésa sí que me cae bien, debía de ser muy buena persona, la monjita, y muy lista.

–Pero ¿qué monja?

–¿Cuál va a ser? Ésa de las yemas, mujer, la santa, la de Ávila...

–¡Ah! San Juan...

–Eso, san Juan de no sé qué, siempre sale hablando de lo mismo, no sé cómo no se aburre, claro que el otro día estuvo muy bien, porque salió un yanqui que dijo que, en realidad, cuando se machacaban con el látigo y esas cosas, lo hacían para correrse, que al final se corrían, que eran masocas, ¿comprendes? –Asentí con la cabeza, sabía de qué imbécil me estaba hablando–. A mí me pareció muy simpático, dijo cosas muy graciosas, pero tu chico se cabreó mucho con él, estuvo grosero incluso, yo encantada, ya sabes que me encanta Pablo cuando se cabrea, se pone muy guapo, y además las canas le dan ahora algo especial, no sé qué, pero está muy bien.

Mi vecino estaba muy ocupado. Había deslizado las manos debajo de la ropa de sus dos acompañantes para extraer sus respectivos sexos, que sostuvo un momento sobre las palmas para aprobarlos con la cabeza mientras los contemplaba. Uno de ellos –el pequeñito de aspecto aniñado– tenía una polla muy respetable. El otro, alto y llamativo, devoto de la estética de la vedette de revista, con boa de plumas y todo, poseía un pequeño pene tonto y encogido, que constituía a todas luces el más endeble y miserable de todos sus miembros. Desde luego nunca se sabe, eso debió de pensar también su cliente, que emitió un pequeño grito de sorpresa y alborozo antes de comenzar a acariciarles equitativamente, sin discriminar, todos son criaturas de Dios al fin y al cabo, a cada uno con una mano, mientras ellos hacían lo propio con él, besándose en la boca todo el tiempo. Ely me preguntó algo, pero no la escuché. Repitió la pregunta, en voz más alta.

–¡Que dónde está Pablo!

–La verdad es que no lo sé. Ya no vivimos juntos.

Si le hubiera dicho que la tierra se estaba abriendo debajo de sus pies, no se habría sorprendido más. Se quedó callada, mirándome a los ojos, sin saber qué decir. Luego, comprendí que era más fuerte que ella, acercó su cabeza a la mía con gesto sigiloso.

–No habrá cambiado de gustos, ¿verdad? –sonreí, allí iba a estar ella, la Ely, para sacarse butaca de patio, casi sentí darle un disgusto.

–No, lo siento pero creo que no, anda liado con una pelirroja.

–Más joven que tú, claro.

Estuve a punto de mandarla a la mierda, pero me contuve.

–Sí, más joven que yo.

–Así que Pablo te ha dejado por una pelirroja...

–No –procuré hablar despacio, recalcando las palabras–. Yo le he dejado a él, y él, después, se ha liado con una pelirroja.

Me había equivocado en mis apreciaciones previas. Ahora me miraba mucho más sorprendida que antes, la cabeza torcida, sonriéndome con sorna.

–¿Que tú has dejado a Pablo? –ella también recalcaba las palabras–. ¿Te piensas que yo me voy a creer que tú has dejado a Pablo? ¡Venga ya, Lulú!

–¡Vete a tomar por culo!

Eso fue todo lo que fui capaz de contestarle: vete a tomar por culo. Estaba furiosa, y no quería que me viera llorar, ¡venga ya, Lulú!, me cago en sus muertos, vete a tomar por el culo y a ver si te lo rompen de una vez, Ely me miraba como si estuviera loca, otras veces me había contestado ¡muchas gracias! o ¡Dios te oiga!, y yo me había echado a reír, pero aquella vez se dio cuenta de que iba en serio, vete a tomar por culo, arranqué de golpe, casi nos estrellamos con el de atrás, menos mal que acababa de recoger la mercancía e iba todavía despacio, a mi izquierda había empezado el movimiento, el ejecutivo vestido de azul se había puesto al pequeñito encima, se la iba a meter de un momento a otro, el otro se la meneaba con la mano, lo sentí por eso, me iba a perder lo mejor.

Chelo me miraba, asustada.

–¿Qué te pasa? –No contesté–. Pero... ¿por qué te pones así? Al fin y al cabo, Ely siempre ha estado enamorada de Pablo, ¿no?, eso dice él, por lo menos. ¡Por favor, Lulú, ten cuidado! Nos vamos a matar...

La busqué por todas partes, en todos los armarios, en todos los cajones, en los escondites de Pablo, y en los míos, pero no pude encontrar mi blusa blanca cuando me marché de casa.

Una noche, casi un año después de que la conociéramos, Pablo apareció en casa con Ely. Había estado firmando en la feria, una obligación que detestaba, y se la había encontrado, ella se había presentado con uno de sus libros en la mano y se había quedado haciéndole compañía toda la tarde, porque como de costumbre no se acercó casi nadie a la caseta. Pablo en compensación la invitó a cenar, y ella misma hizo la cena. Llevaba una camiseta de raso rosa pálido, con tirantes muy finos y encajes en el escote, muy bonita.

–Es preciosa, la camiseta.

–Te la regalo –estaba muy graciosa, con uno de mis delantales, cociendo raviolis–. Va en serio, Lulú, quédatela, tengo otras iguales, de colores distintos.

–Me estará pequeña, seguro, soy mucho más tetona que tú...

–Uy, no creas.

–... pero podrías decirme dónde la has comprado, me gusta mucho.

Así que quedamos para ir de compras, una tarde. Primero fuimos a merendar tortitas con nata, a mí también me encantan, confesó, y luego me llevó a cuatro sitios. Solamente uno de ellos era una tienda, con puerta en la calle y cartel luminoso, dependientas y todo eso. Los demás eran tres pisos, todos bastante cerca de Sol, y el último estaba en un sexto sin ascensor.

Cuando llegamos allí no tenía ningunas ganas de subir. Había comprado kilos de ropa interior, y me había divertido mucho probándome delantales minúsculos, de tela brillante, con cofias a juego, corsés de los que se abrochan por detrás y bragas altas hasta la cintura pero completamente abiertas por debajo. Ely me ayudaba y me aconsejaba, eso no te sienta bien, eso sí, cómprate algo de cuero negro, da muy buenos resultados... No le hice ni caso, debía de estar harta de mí, porque no escogí nada negro, ni rojo... La verdad es que me hubiera gustado tener algún liguero de aquellos, tan chillones, me sentaban bien y eran muy clásicos, pero sabía que a Pablo le horrorizarían esos colores, y me mantuve firme en el blanco, casi todo blanco, algo beige, rosa, amarillo, incluso una especie de cosa indescriptible, híbrido de camisón y bañador, lleno de tiras y de agujeros por todas partes, incomodísimo pero divertido por lo barroco, de color verde agua, muy pálido. Después de eso, no me apetecía nada subir a un sexto andando, pero subí, resoplando sobre los peldaños de madera que olían a lejía rancia, subí por no decepcionar a Ely, porque ella me había dicho que ese sitio, que ni siquiera tenía un cartel encima del balcón, ni una placa de latón en el portal, nada de nada, era el mejor y que por eso lo había dejado para el final.

La dueña tenía aspecto de haber sido flamenca en otros tiempos, el pelo teñido de negro azulado, estirado hacia atrás, y recogido en un moño aplastado justo encima de la nuca. Llevaba las cejas dibujadas de gris claro y los párpados pintados de azul rabioso, el lápiz de labios era muy parecido al que solía usar Ely, rojo escarlata pasión o un nombre similar, colorete a juego, muy morena, con un par de dientes de oro, su cara parecía el mapa físico de algún país muy accidentado.

Me preguntó si era andaluza. Cuando le contesté que no, me miró un tanto decepcionada. Luego quiso saber dónde trabajaba. No supe qué contestar, seguía luchando con Marcial por aquel entonces, y no supuse que mis batallas fueran a interesarle mucho. Ely me sacó del apuro explicándole que yo era una mujer decente, bueno, decente más o menos. Ya, retirada, la flamenca se quedó satisfecha con su deducción, pero me miró con cierta desconfianza, como si por alguna razón, yo no le gustara.

A pesar de eso, gorda como una foca, vestida con una bata estampada, nos guió a través de un pasillo eterno hasta el que parecía el único cuarto exterior de la casa, una sala bastante grande amueblada con vitrinas de cristal en las que, además de ropa, se podían ver toda clase de artilugios. El efecto era muy extraño, como un sex-shop instalado en el cuarto de estar de una casa cualquiera, iluminado con luz natural, las cortinas corridas y la Puerta del Sol al fondo, pero no me detuve mucho en esa imagen porque la vi enseguida, colgada de una percha.

Era diminuta, blanca, casi transparente, la batista era tan fina que parecía gasa. El cuello, cerrado por arriba, terminaba en dos solapas minúsculas, rematadas con volantes. Justo debajo de éstos, dos mariposas sostenían una guirnalda de flores muy pequeñas, bordadas con hilo satinado y perlitas. A ambos lados del bordado, cuatro jaretas muy finas. Y nada más. Las mangas eran cortas, de farol, terminaban en una tira que se abrochaba con un botón pequeño, de nácar. La blusa también era muy corta, se abrochaba por detrás, con botones de reflejos rosados, y el último, a la altura de la cintura, no se veía, un lacito ocultaba el ojal sobre una tira de tela similar a la que remataba las mangas pero más ancha. Era una camisita de recién nacido, hecha a la medida de una niña grande, de doce o trece años.

Cuando me volví hacia atrás, con la percha en la mano, Ely me miraba con extrañeza. La flamenca no, ésa ya debía de haber visto de todo, a sus años.

–¿Le gusta?

–Sí, me gusta mucho, pero no me la puedo llevar, es muy pequeña. ¿No las tiene más grandes?

–No, fue un encargo que nunca vinieron a recoger.

–¿Quién la encargó? –de repente me asaltó una sospecha estúpida.

–Oh, no sé cómo se llamaba. Un señor como de cuarenta y cinco años, con acento catalán, no sé.

–¿Vino con la niña? –ahora sentía curiosidad, solamente. La flamenca empezaba a mosquearse.

–¿Con qué niña?

–Bueno, por el tamaño esta blusa es para una niña, ¿no?

–Él trajo las medidas apuntadas en un papel, yo nunca hago preguntas, oiga, no me importa para quién era la blusa, sólo sé que me he quedado con ella y que no la voy a colocar en mi vida... –se quedó mirándome con cara de susto y se volvió hacia Ely–. Oye..., ésta no será de la madera, ¿verdad?, no serás tan hijo de puta como para haberme metido a la madera aquí, ¿verdad?

Ely negó con la cabeza, yo intervine.

–No, lo siento, perdóneme, era sólo curiosidad.

–Ya... –pareció tranquilizarse–. Podemos hacérsela, si quiere.

Asentí con la cabeza y salió por la puerta, ya aparentemente segura de la bondad de mis intenciones, anunciando que iba a buscar un metro.

Ely se acercó, la cogió con la mano, y la estudió durante un buen rato.

–¿Te gusta de verdad esto?

–Sí, y a Pablo le encantará, estoy segura, más que cualquier otra cosa que hayamos visto hoy.

–¿Esto? –estaba perpleja–. ¿Estás segura? Nunca me lo hubiera imaginado, tu chico debe de ser todavía mucho más vicioso de lo que parece...

La flamenca, metro en ristre, escuchaba nuestra conversación desde el umbral de la puerta, sin inmutarse. Le encargué tres blusas, iguales, todas blancas, y eso ya le sorprendió más. Después de pedirme una señal abusiva, me dijo que podría ir a recogerlas a los quince días. Como Ely se había encargado una especie de quimono corto, negro, con dibujos de dragones de colores, horroroso, que a ella le parecía muy elegante, se ofreció a recogerme las blusas. Cuando tendí la mano a la dueña de la casa para despedirme, ella me cogió por los hombros, me dio dos besos y decidió tutearme.

–Si dentro de una temporada necesitas volver a trabajar, ven a verme. Te podrías sacar una pasta, ahora que las morenas se han vuelto a poner de moda, sobre todo en verano, los guiris, ¿sabes?, nórdicos, belgas, alemanes, también franceses, parece mentira, aunque están tan cerca les gustan mucho las tías como tú, a los franceses, tendrías que decir que eres andaluza, pero de todas formas... –se detuvo para sonreírme, creyó haber interpretado correctamente la expresión de mi cara, pero se equivocaba, yo no estaba enfadada, ni ofendida, no tenía ni siquiera margen para eso porque no me podía creer lo que estaba escuchando–. No te hagas ilusiones. Te dejará pronto, con esos gustos que tiene... Eres guapa, muy guapa, eso sí, y él no debe de ser muy viejo todavía, pero con los años le gustarán cada vez más jóvenes, rubias y delgadas, y al final, las niñas pequeñas, como al catalán, que andaba liado con su hija, el muy cerdo, una niña preciosa, daba pena verla... La verdad es que no entiendo por qué te ha elegido a ti, aunque no le conozca, no lo entiendo, hay por ahí tantas tías mayores que parecen parvulitas y tú, que debes ser tan joven, aparentas más años de los que tienes, es curioso... –ahora me hablaba con simpatía, como una anciana tía preocupada por mi futuro–. En fin, ven a verme, si necesitas volver a trabajar...

Yo ya había pensado en eso muchas veces, pero nunca le había dado importancia. Lo comenté con Ely cuando salimos a la calle, al fin y al cabo Pablo me había conocido en la cuna, era distinto, había jugado conmigo muchas veces de pequeña, y podía seguir considerándome una niña si quería, no le debía de costar mucho trabajo, yo no creía hacer nada especial para fomentárselo, en realidad.

Ely me miraba sin comprender bien lo que decía. Entre airadas protestas –pero cuántos años te crees que tengo yo, a estas horas, ni que fuera una abuela, a mí todavía no me gustan esas cosas–, la arrastré a tomar una taza de caldo mientras pensaba que era increíble que pudiera ser tan torpe después de llevar tantos años dedicada a la prostitución.

Había pensado en eso muchas veces, sin darle mucha importancia, pero aquella noche, mientras conducía como una bestia, las palabras de la flamenca, y las de Ely también –mucho más joven que tú, claro–, se me clavaban en el cerebro como agujas largas y dolorosas, porque mi blusa blanca no había aparecido, era la última que quedaba, las otras se habían ido rompiendo y a ésta le faltaba poco, cinco años y pico, casi seis, había durado, no estaba mal. Al principio pensé que era un buen presagio, no había aparecido, Pablo la había guardado para quedársela, yo no me iba para siempre, no sabía si me iba para siempre, en realidad no sabía para qué me iba, ésa era la verdad, pero ella a lo mejor la llevaba puesta ahora, mi camisita de recién nacida, seguramente le sentaría mejor que a mí, era más joven.

Cuando llegamos, Chelo me obligó a subir, no puedes irte así a casa, me dijo. Estaba un poco asustada incluso, siempre he sospechado que sospecha que estoy loca, un poco desequilibrada, como ella diría. La cinta de vídeo estaba metida en su estuche, encima de la televisión, la vi nada más entrar. Chelo me dijo que se iba a duchar y me preguntó si quería ducharme yo también. Le dije que no, era lo último que me faltaba aquella noche, que Chelo se me pusiera tonta. Ya acepté la última vez que salimos a cenar juntas, y luego me costó un sino quitármela de encima.

–Tiene gracia... –me había dicho–, vuelves a tener pelos en el coño, después de tanto tiempo.

Me serví una copa, la enésima, y cogí el estuche. En la cubierta aparecían tres seres resplandecientes, morenos y sanos. A la izquierda se veía a un hombre muy guapo, de pie, con una toalla blanca enrollada a la cintura y otra sobre un hombro. Era Lester, pero yo aún no le conocía. A su lado otro tío, más alto y más grande todavía, castaño y risueño, impresionante, con unos vaqueros viejos, blanquecinos, me pareció el hombre más guapo que había visto en mi vida. Una mujer rubia, pequeña, de expresión graciosa y totalmente desnuda, sentada en una silla, completaba la composición por la derecha. Más o menos encima de su cabeza aparecía un símbolo que no había visto nunca, tres circulitos, los dos primeros con una flechita, el tercero con una crucecita también ascendente, entrelazados entre sí.

–¿Qué es esto, Chelito?

–¿Qué? –cruzó desnuda la habitación, en dirección a mí–. ¡Ah!, eso, es una película, la trajo Sergio ayer, pero no la vimos, porque, bueno, da igual, no sé de qué va... –en su voz había un ligero acento de disculpa.

La miré. Tenía un arañazo largo encima del pecho izquierdo. Aunque había tomado la precaución de colocarse de espaldas a la luz, pude distinguir otras señales repartidas por todo su cuerpo. Estaban frescas. Entonces me miró a los ojos y me puso la mano encima del hombro. Sabía lo que yo estaba pensando y sabía también que no haría ningún comentario. Era inútil, después de tantos años, me aseguraría que había sido algo accidental, pero que nunca más, como otras veces.

Pablo nunca me había pegado.

–Oye, mira, Chelo, si no te importa, me acabo la copa y me voy a casa. Estoy muy cansada y ya es tarde...

–Sí, bueno, haz lo que quieras, por supuesto –me interrumpió antes de que pudiera terminar la frase.

Estaba dolida conmigo, ella era así, yo ya me había acostumbrado a su manera de pensar, a ese blando y ambiguo, lacrimoso concepto de la amistad. El camarero de turno, anoche, le había pegado una buena paliza, y ahora necesitaba consuelo y cariño, algo suave y delicado, un placer puramente sensitivo, como ella decía. Formaba parte del juego, por lo visto, fingir desvalimiento y ternura, adobar la piel amoratada con lágrimas y suspiros para impresionar a cualquier jovencita incauta, en las exactas antípodas del animal noble que la había embestido sin rechistar unas pocas horas antes, porque aquélla era su forma de hacerlo, había contemplado alguna vez los prolegómenos, les provocaba y les insultaba, iba soltando cuerda poco a poco, hasta que ellos entraban al trapo, y entraban siempre, porque ya se cuidaba ella de buscarlos entre los más inocentes, siempre los elegía de la misma clase, camareros, motoristas, botones recién desembarcados en Madrid, ingenuos todavía, como ingenuas debían de ser ellas para tragarse el cuento de la violación y las dolorosas cicatrices, a mí ya ni siquiera intentaba colocármelo, ni siquiera cuando calculaba mal y él resultaba menos manejable de lo previsible, que también los había de ésos, con ideas propias. Luego, trataba de vengarse de mi estricta impasibilidad frente a sus trucos recordándome que no soy una persona sensible, pero eso tampoco me afectaba ya, después de tantos años.

Escuché el portazo, y el ruido del agua escapando de la ducha. Todavía tenía la cinta en la mano, y seguía intrigada por el símbolo desconocido, la cadena de circulitos iguales y distintos. Me acerqué a la puerta del baño y chillé.

–¿Te importa que me la lleve? La película, quiero decir.

No me contestó. Insistí otras dos veces.

–¡Haz lo que te dé la gana! –estaba enfadada conmigo, en efecto.

Metí la cinta en el bolso y salí sin hacer ruido. Ya estaba empezando a pensar que quizás no me estaba comportando como una buena amiga, después de todo, y ella era perfectamente capaz de lanzar por sorpresa un último ataque a la desesperada.

Eran conmovedores, conmovedores absolutamente, por encima de cualquier otra cosa, conmovedores más que hermosos, conmovedora su carne, deglutible, y su piel bronceada, el vientre duro y liso, el pelo muy corto, belleza conquistada milímetro a milímetro, sudor y más sudor para prolongar la adolescencia más allá de los veinte, de los treinta quizás, eran adolescentes crecidos, niños grandes, una pequeña pandilla de jovencitos aburridos, están tan solitos, pensé, se aburren, pobrecitos, y se entretienen de la única manera que saben, con sus enormes sexos enhiestos, el único juguete a su alcance, se masajean, se besan, nunca en la boca, se acarician pero no se abrazan, se miran, se gustan, no pueden evitar gustarse, les sorprendí alguna vez palpándose los músculos, frotándose los brazos, comparándose con el compañero que estaba a su lado, mirándole de reojo en el curso de sus juegos, eran deliciosos, conmovedores, me hubiera gustado consolarles, recogerles entre mis brazos y apretar fuerte, me inspiraban una especie de furor maternal, me conmovían hasta los huesos, parecían tan jóvenes, y eran tan hermosos, perfectos, aunque seguramente me rechazarían, rehusarían mis abrazos y mi afecto, déjanos en paz, dirían, ya somos mayores, nosotros sabemos divertirnos solos, a nuestro aire, serían egoístas y soberbios, como todos los jovencitos, tontitos, y volverían a sus juegos, a cabalgarse los unos a los otros, era conmovedor verles jugar, una pandilla de adolescentes eternos, intercambiándose los papeles entre sí, sonriéndose, provocándose, rechazándose incluso, a veces, ay déjame, en serio, déjame, no quiero, no está bien, uno de ellos era un comediante nato, miraba a sus amiguitos con ojos asustados, medrosos, él no quería, y ellos se relamían ante él, eran encantadores, tan divertidos, los dos se acariciaban el uno al otro, estaban muy graciosos, de pie, tan formalitos, un brazo colgando a lo largo del cuerpo, el otro tendido hacia el cuerpo del otro, los dedos enredados en los pelos del otro, se tocaban recíprocamente, se estimulaban con sus manitas, y advertían al pequeño cobarde que permanecía encogido en el sofá, tapándose los ojos con una mano entreabierta, miraba por la rendija, qué tramposo, te lo vamos a hacer, sí, sí, te lo vamos a hacer, es inútil que te resistas, y se reían a carcajadas, eran conmovedores, una chica rubia, rubia y pequeña, palmoteaba de alegría, joven y hermosa ella también, pero no le hacían caso, ésa era la actitud correcta, desde luego, yo la aprobé a distancia, ignorarla, ¿qué pintaba ella en aquellos juegos de chicos?, me hago pis, pero ¡qué horror!, cómo podía ser tan vulgar, aquella chica, me hago pis, repetía, y ellos la miraban con atención, claro, es normal, pensé, son tan jóvenes todavía, sienten curiosidad por el sexo opuesto, ella era vulgar, de una vulgaridad que no tenía remedio, el comediante se quitó la mano de la cara, una reacción encantadora, conmovedora, él también quería saber qué pasaba, y ella repetía, me hago pis, los otros dos también la miraban, de pie, uno de ellos había apoyado la cabeza sobre el hombro de su compañero, y le acariciaba la espalda con la mano libre, qué chico tan cariñoso, el otro se hacía el duro, era el gallito de la pandilla, fue él quien tuvo la idea, ven aquí, ponte delante de mí, ella obedeció, qué gracia, tenía dotes de líder, tan joven y ya mostraba la firmeza de sus criterios, era conmovedor, tan seguro de sí mismo, sonrió a su compañero, déjame ahora un momento, luego seguiremos jugando, espera y verás, he tenido una idea genial, ella estaba ya delante de él, era delgada y frágil, qué curioso, pensé, en los países anglosajones los niños se hacen grandes antes que las niñas, la levantó sin esfuerzo, no pesaba nada, la tomó de las corvas y separó los brazos, la mantuvo en vilo, qué malo, pero qué malo eres, ya entiendo, la chica era muy lenta, yo lo adiviné antes que ella, ya entiendo, quieres que me haga pis, aquí, ahora, el corderito intentó escapar, pero el compinche del jefe le detuvo, ya ves, tenías que haberte dejado, tonto, ella dijo que iba a aguantar un ratito más, luego da más gusto, pero ¡qué afán de protagonismo tiene esta chica!, al final no fue capaz de cumplir sus amenazas, se apretó el vientre con una mano y se hizo pis, regó generosamente al infeliz que con tanto interés le había mirado antes, se lo tenía merecido por hacer trampas, los otros se reían, era sólo una broma, claro, una broma propia de sus pocos años, cómo se divertían, era maravilloso verles reír, luego volvieron a colocarse uno al lado del otro, ella se frotaba contra ambos con mucho descaro, ellos se frotaban entre sí, entonces el corderito volvió a intentar huir, qué ingenuo, el líder le agarró por la cintura, no, no, recuerda, te lo vamos a hacer, ahora, ahora mismo, su cuerpecito temblaba, pero era todo comedia, jugaba a no querer, dejaba que le acariciaran el pecho, dejaba que le acariciaran el sexo, fingía una expresión resignada, era conmovedor en su inocencia, y el jefe de la pandilla le levantó en vilo, le tiró sobre el sofá, su compinche le felicitó, claro, admiraba al líder, era una reacción normal, mientras se frotaba las manos, él también se iba a divertir, por supuesto que lo haría, para eso había apostado por el ganador, el rebelde tenía buena pasta, sin embargo, y por eso se arrodilló en el suelo, se puso a cuatro patas, muy bien, he perdido, pago prenda, era noble, un buen chico él también, el gallito se sostenía la barbilla con las manos, estaba pensando, su amigo se tiró en el suelo, cerró el puño, alargó la mano hacia el perdedor, y le dejó sentir los nudillos contra el agujero, los apretó contra sus nalgas, dejándole débiles señales y regresó al centro, el objeto de tales acciones lloriqueaba, y suplicaba, no, no, eso no, por favor, lo que queráis, en serio, pero eso no, el jefe miró a su amigo, que seguía en el suelo, sonreía, yo me daba cuenta de que lo del puño no iba en serio, no iba en serio, claro, era todo una broma, y por eso el suplicio terminó pronto, date la vuelta, ¿qué?, no lo entendía, estaba alterado por el miedo, pobrecito, era conmovedor, date la vuelta, siéntate encima del sofá y abre las piernas, ahora obedecía a la primera, es mejor así, o se juega bien o mejor no se juega, tú, le dijo a la jovencita, que seguía por allí dando la lata, coqueteando con ellos todo el tiempo, tú, repitió y le hizo un ademán con la cabeza, ella se sentó en el suelo, acuclillada, y dio inicio a unos extraños manejos, sus dedos desaparecían dentro de sí para reaparecer un instante y volver a esconderse dentro de aquel jovencito conmovedor, que esperaba sobre el sofá, bien erguidas las piernas, los brazos sosteniéndolas en vilo, ¡pero qué habilidosos son estos chicos, qué de cosas saben!, ahora la piel del corderito relucía, era suficiente, basta ya, el mayor, aquel que ejercía funciones de líder, dio algunos pasos hacia delante, flexionó las piernas, e intentó proseguir a través del cuerpo encogido sobre el sofá, una vez tras otra, pero no parecía posible, aquel jovencito díscolo contraía caprichosamente los músculos, o quizás no era lo bastante grande, pobrecitos, qué contratiempo, pero no, ya, ya ha podido, menos mal, ahora incluso puede apoyar las rodillas sobre el sofá, qué bien, estaría cansado, angelito, con tanto forcejeo, entra y sale de su amiguito, qué gracioso, ¡pero, mira!, el colchoncito de carne mullida levanta la cabeza para mirar, ¡qué sinvergüenza!, ahora sonríe con la boca medio abierta, pone cara de bobito, le gusta, aunque a veces se le crispa la boca en un gesto de dolor, bueno, nada es gratis en esta vida, hijo, hay que sufrir, y él sufre, pero cierra los ojos y la saliva se le escapa por una de las comisuras de la boca, qué conmovedor, a él también le gusta, su resistencia era sólo comedia, ahora es sincero, ha alargado la mano hacia su sexo, lo ha tomado entre los dedos, el tercero de los jovencitos contempla la escena, alarga uno de sus pulgares hacia la boca de la presunta víctima y él lo chupa, qué gracioso, ¿se ocupará ahora de hacer la vida agradable a este pobre corderito que tanto ha padecido bajo sus amenazas?, no, se coloca detrás del jefe, le empuja hacia delante, precipitándole contra el cuerpo de su común víctima, y flexiona las rodillas él también, qué bien, van a hacer acrobacias, ahora, pero no, no puede ser, sencillamente no parece practicable, y, sin embargo, lo consigue a la primera, penetra con limpieza, una buena cura de humildad para este gallito, pensé, hay que estar al tanto de todo, muchacho, cualquiera puede arrebatarte el cetro en un momento dado, aunque en realidad es él, el líder, quien se ha llevado la mejor parte, ya ni siquiera se mueve, el vagón de cola lo hace por los dos, y él permanece emparedado entre sus dos amiguitos, son conmovedores, conmovedores absolutamente, tan jóvenes, tan perfectos, se divierten tanto ellos solitos...

Cuando la habitación comenzó a iluminarse con la débil luz lechosa que penetraba a través de los balcones, decidí intentar dormir un rato. Hacía frío.

Me metí en la cama con mucha ceremonia, mullendo las almohadas y estirando bien las sábanas, me tumbé boca arriba, muy tiesa, cerré los ojos apretando fuerte y convoqué en mi imaginación toda clase de alimentos deliciosos, helado de turrón, leche merengada, tocino de cielo, tarta de merengue de limón, casi siempre daba resultado pero aquella noche resultó inútil. Cuando me cansé de dar vueltas, salté de la cama resignada a prolongar la vigilia, me envolví en una manta y fui a la cocina, buscando algo que comer, porque mi fallido intento de conciliar el sueño me había despertado un hambre feroz. En la despensa encontré una caja de pastas hojaldradas que Carmela me había traído de su pueblo. Las pastas que me regala de vez en cuando constituyen la única cualidad positiva que soy capaz de reconocer en ella. Me encantan los dulces de pueblo, pastaza, harinaza, aceitazo, etc., me encantan. No debería, pensé, pero es una ocasión especial, y me llevé la caja conmigo, a mi observatorio del cuarto de estar.

Mordí la esquinita de una pasta recubierta de piñones, me las como siempre muy despacio para que me duren más, y les recuperé enseguida, a distancia, allí estaban, danzando para mí, ya no parecían capaces de sorprenderme, me había empapado de ellos antes, y ahora conseguía mirarles con cierta frialdad objetiva, aunque su sinceridad, la sinceridad que distorsionaba sus rostros anegados en sudor, la sinceridad que se escapaba de entre sus dientes, sus jadeos discretos y entrecortados, roncos, aún lograban conmoverme. Su arrogancia no me impresionaba. Me inspiraban una extraña compasión, teñida de envidia y de violencia, un sentimiento oscuro y denso. Y, más allá de mi delirio inicial, persistía la certeza de su juventud y su inexperiencia. Tontitos. Me sentía muy superior a ellos, mayor, no podía erradicar de mi cabeza la idea de que no eran más que un grupo de niños grandes que jugaban, niños, si uno de ellos me rozara la cara con el dorso de la mano podría estamparme contra la pared sin despeinarse, pensé, pero ni siquiera eso podría cambiar las cosas. Su arrogancia no me impresionaba. Cuatro azotes y una semana sin televisión les bajarían los humos durante una temporada. Igual que a Inés.

Escuché en alguna parte el débil pitido del despertador. Me había dormido, estaba mirándoles, a través de la mirilla de una gruesa puerta de madera, les había encerrado allí y ahora uno de ellos, escogido antes al azar, mostraba a los demás las cicatrices, su grupa surcada por estrías blancas sobre la piel enrojecida, y todos lloraban y le acariciaban, se comportaban como animales, incapaces de arrepentirse y rectificar su conducta, sería necesario tratarles con más severidad en el futuro, meditaba sobre todo aquello cuando sonó el despertador, la televisión emitía una confusa amalgama de rayas blancas y negras, tengo que despertar a Inés, lavarla, vestirla, obligarla a desayunar y llevarla al colegio, el ritual cotidiano se impuso por fin y logré levantarme, fue entonces cuando la sangre comenzó a fluir a borbotones, mi cara se llenó de imaginarios hematomas, la piel de mis mejillas se estiró, tensa y ardiente.

Sentí vergüenza, y miedo también, una sensación desconocida y desagradable, imprecisa, pero a medida que conseguía despertarme, todo parecía recuperar su lugar, y la sangre abandonaba mi rostro para volver a circular por todo el cuerpo.

Tengo que despertar a Inés, pensé. Es una pena que anoche me peleara con Ely, porque me encantaría ir a un combate de boxeo, y seguro que ella sabe dónde se sacan las entradas para ir a esos sitios...

Había sido uno de mis juegos favoritos tiempo atrás, cazar travestis.

Sabía que se trataba de un pasatiempo absurdo, una tontería e incluso algo injusto, maligno, pero me parapetaba detrás de mi solidaridad, una vaga solidaridad de género para con las putas clásicas, mujeres auténticas con tetas imperfectas, descolgadas, y muelas picadas, que ahora lo tenían cada vez más difícil, con tanta competencia desleal, las pobres.

Pablo me lo consentía, siempre me lo ha consentido todo, y se pegaba a la acera, conducía muy despacio mientras yo me arrebujaba en mi asiento para no llamar demasiado la atención, para que le vieran solamente a él, y entonces salían de sus madrigueras, las veíamos a la luz de las farolas, se plantaban con los brazos en jarras unos pocos metros por delante del coche, Pablo iba casi parado, ellas se abrían la ropa, despegaban los labios, movían la lengua, y cuando estaban a la distancia justa, zas, acelerábamos, les dábamos un susto mortal, razonablemente mortal, porque nunca nos acercábamos tanto como para que pensaran que iban a morir atropelladas, no, sólo queríamos, quería yo, en realidad, que era la inventora del juego y de sus normas, verlas saltar, salir corriendo con todos sus complementos, collares, pamelas de ala ancha, chales que flotaban al viento, eran graciosas, resbalaban sobre los tacones, se caían de culo, pesadas y grandes, no estaban todavía familiarizadas con sus ropas y corrían levantándose las faldas, cuando las llevaban, con el bolso en la mano, corrían con los meñiques estirados, era divertido, algunas, con cara de odio, nos insultaban agitando el puño en el aire, y nos reíamos, nos reíamos mucho, siempre me he reído mucho con él, siempre, y nunca con él me sentía culpable después. Hasta que debieron de aprenderse nuestras caras, quizás nuestra matrícula, de memoria, y una noche, cuando estábamos empezando y nos movíamos muy despacio al lado de la acera, vino una por la izquierda y le soltó a Pablo la hostia que llevábamos tanto tiempo buscándonos.

Apenas tuve tiempo de verlo, un puño cerrado, un puño temible, rematado por una enorme uña roja, a través de la ventanilla, y Pablo que se tambaleaba, pisaba el freno y se llevaba las manos a la cara.

Entonces me salió la raza, todavía no entiendo por qué, pero me salió la raza. Salí del coche y empecé a increpar a la vaporosa figura que se alejaba a toda prisa calle abajo. Tú, hijo de puta, ven aquí si te atreves. Los testigos de la escena, colegas del agresor, formaban corrillo en las aceras. Yo seguía chillando, te mato, cerdo, te mato, cobarde, maricón, te voy a matar... Se detuvo y se dio la vuelta muy despacio, como si ejecutara un paso de baile bien ensayado, mientras en las casas de los alrededores comenzaban a encenderse las luces, ¡ya está bien!, ¡todas las noches igual! Los vecinos no parecían disfrutar con las escenas pasionales, pero Pablo, con la mano en la mejilla todavía, se estaba riendo a carcajadas.

Comenzó a subir en dirección a mí. Los espectadores estaban desconcertados, yo furiosa, borracha perdida y furiosa. Tú, hijo de la gran puta, cómo te has atrevido tú a pegar a mi novio –no podía llamarle mi marido, aunque lo fuera, llevábamos ya casi tres años casados, pero no me salía–, te advierto que como le vuelvas a tocar un pelo de la cabeza te voy a sacar los ojos, te saco los ojos, por éstas, chulo de mierda...

Ahora le tenía delante. Su cara reflejaba la misma expresión de extrañeza que se había dibujado antes en los rostros de sus compañeros. Pablo me chillaba que volviera al coche, que lo dejara ya.

Le estudié un instante. No era muy alto para ser un hombre, pero sí para una mujer, abultaba poco más o menos lo que yo. Era muy joven, o al menos lo parecía, uno de los travestis más jóvenes que había visto en mi vida, yo tenía veintitrés, entonces, y ella aparentaba casi los mismos. Tenía la cara redonda, cara de torta, no había nada agudo en aquel rostro, a pesar de la espesa capa de colorete con la que había pretendido crear la ilusión de unos pómulos salientes. Era guapa, no guapo, antes de cambiar de bando debía de haber sido un hombre feo, chocante, con esa cara de niña de primera comunión. No me daba miedo.

Nos agarramos del moño. Nos agarramos del moño, era divertido. Ella olía a Opium, yo no olía a nada, supongo, no uso nunca colonia. Forcejeamos un buen rato, abrazadas la una a la otra. Sus amigas le animaban a que me matara, escuchaba sus voces, gritos de odio, violentos, me llamaban de todo, pero ella no quería hacerme daño, me di cuenta de que no quería pegarme fuerte, y abandoné la idea de soltarle una patada en los huevos. Al final, todo terminó en un par de bofetadas.

Pablo nos separó. Estaba serio. Me agarró por los codos y me apretó contra sí, para que no me moviera. Seguí pataleando un par de segundos, por inercia, y entonces mi contendiente dijo algo extraño, lo último que yo podía esperar de ella, pero aún no sabía que coleccionaba frases de

John Wayne. Le fascinaban los sheriffs de las películas del Oeste.

–Cuídala, tío. Tienes suerte, no es una mujer corriente.

Estas asombrosas palabras me tranquilizaron. Pablo se desenvolvía muy bien en este tipo de situaciones, con este tipo de personajes.

–Eso ya lo sé –trataba de parecer sereno–. Perdónanos, ha sido todo culpa nuestra, pero es que mi mujer es como una niña pequeña. Le gusta jugar a juegos crueles.

–Culpa vuestra desde luego, más que culpa, es una cabronada, vamos, lo que hacéis... –nos miraba con curiosidad, no parecía enfadada, el corrillo se disolvía ya, decepcionado–. Me llamo Ely, con y griega.

Alargó la mano. Pablo se la apretó, sonriendo, le había gustado lo de la y griega, estaba segura.

–Yo me llamo Pablo, ella Lulú.

–¡Ay, qué gracia! A mí también me encantaría que mi novio me llamara así...

Entonces yo también sonreí, aunque no era la primera vez que escuchaba algo parecido. Aquél era un error muy común. La mayoría de la gente que me había conocido con Pablo pensaba que Lulú era un nombre reciente, que había sido él quien me había bautizado así, nadie parecía dispuesto a creer que se tratara en realidad de un diminutivo familiar, derivado de mi propio nombre, que me había sido impuesto en mi infancia sin contar con mi opinión. De todas formas, no era el momento de dar explicaciones, sino el de pedir perdón. Eso fue lo que hice, antes de estrechar yo también su mano. Luego, Pablo le contó que íbamos a cenar, aquella noche habíamos salido a celebrar uno de los infrecuentes pero generosos donativos espontáneos de mi suegro, y le invitó a venir con nosotros. Era todo muy divertido. Ella dudó un momento, en realidad estaba trabajando, dijo, pero al final aceptó, y nos lo pasamos muy bien los tres, nos reímos mucho.

Fuimos a un restaurante bastante caro y tirando a fino, donde nos miraba todo el mundo. Pablo lo había escogido precisamente por eso y Ely estaba encantada, le encanta escandalizar. Llevaba una minifalda azul eléctrico de plástico, imitando cuero, unas sandalias altísimas atadas con cordones, y una blusa de gasa con dibujos blancos, morados y azules. En el cuello, un foulard de la misma tela.

Se sentó muy erguida, casi estirada, y se dedicó a fumar con boquilla mientras se tocaba sin parar el pelo. Tenía una melena larga y cardada, inflada como un algodón de azúcar, con las puntas tan dobladas hacia atrás como si hubieran padecido segundos antes una descarga eléctrica. Llevaba mechas rubias, pero le hacía falta un repaso, se le veían mucho las raíces oscuras.

Yo no podía quitarle la vista de encima. Los pezones se le transparentaban a través de la tela. Ella se dio cuenta.

–¿Quieres que te las enseñe?

–¿El qué?

–Las tetas.

–¡Ay, sí!

Se estiró la blusa hacia delante y metí la nariz dentro de su escote. Vi dos pechos perfectos, pequeños y duros, que terminaban en punta. Debía de estar estrenándolos todavía. Tuve ganas de tocarlos, pero no me atreví.

–Impresionante –le dije–. Ya quisieran muchas...

–Desde luego. ¿Tú quieres? –se dirigía a Pablo.

Él negó con la cabeza, se reía y me miraba.

Ely empezó a contarnos su vida, aunque no quiso desvelarnos su edad, ni su nombre de pila. Hubiera preferido llamarse Vanessa, o algo así, pero estaba ya muy visto y había optado por un diminutivo, que quedaba fino. Parecía andaluza, pero era de un pueblo de Badajoz, cerca de Medellín. Tierra de conquistadores, dijo, guiñándome un ojo.

Cuando tuvo la carta en la mano, dejó de hablar para estudiarla con detenimiento. Luego, con una voz especial, melosa y dulce, mucho más femenina que la que yo lograré tener jamás, miró a Pablo y preguntó:

–¿Puedo pedir angulas?

Podía pedirlas y lo hizo. Comió como una lima, tres platos y dos postres, estaba muerta de hambre aunque intentaba disimularlo, sostenía que no solía comer mucho para guardar la línea y que se reservaba para ocasiones especiales como aquélla, pero los hombres habían cambiado mucho, por eso le gustaban tanto las películas antiguas, en blanco y negro, ahora era distinto, cada vez había menos caballeros dispuestos a pagarle una cena decente a una chica, hablaba y comía sin parar, mientras en la mejilla de Pablo empezaba a dibujarse una mancha sonrosada que luego se volvería morada, con rebordes amarillentos y reflejos verdosos. Le había atizado bien.

–¡Qué horror, cuánto lo siento! –le acariciaba la cara con la mano–. Esto no he conseguido arreglarlo, con las hormonas, quiero decir...

–No importa –Pablo se dejaba acariciar, y sonreía, era siempre así con las criaturas que iba recogiendo por la calle.

Entonces, Ely dio un brinco y se le ocurrió que para celebrarlo podríamos terminar todos en la cama, gratis, claro. Pablo le dijo que no. Ella insistió y Pablo volvió a rechazarla con suavidad.

–Bueno, pues por lo menos déjame que te la chupe... Podemos hacerlo en el coche mismo, no es muy romántico pero estoy acostumbrada...

Yo me reía a carcajadas. Pablo no, se limitaba a sonreír, negando con la cabeza. Ely también sonreía.

–Este chico es muy clásico –me hablaba a mí.

–Sí, qué le vamos a hacer... –decidí pasarme al enemigo–. ¡Anímate Pablo, vamos! Hay que probarlo todo en esta vida –me volví hacia la solicitante–, te advierto que es una pena, tiene una buena pieza...

–¡Ahg, por Dios!

Echó todo el cuerpo hacia atrás, ahuecándose la melena con la mano, exageraba todos sus gestos, ahora se estaba haciendo la loca aposta y lo hacía muy bien, era muy divertida.

–¡Por Dios, déjate! –fingía desesperación, aunque tampoco ella podía dejar de reírse–. ¡Pero qué más te da! Si no te voy a hacer nada raro, te lo juro, si en la boca no tengo más que una lengua y muchos dientes, como todo el mundo. ¡Déjate, déjate! ¡Oh, qué país éste! Vamos, te pagaré la cena y te gustará, soy muy buena...

Estábamos chillando, armando un escándalo considerable. Nos trajeron la cuenta sin haberla pedido. Pablo pagó y salimos a la calle.

Ely nos pidió que la dejáramos donde la habíamos cogido. Es pronto, dijo, puedo ligar todavía, pero durante el camino siguió dando la lata sin parar. Había bebido bastante, nosotros también. Yo dudaba. Ignoraba si me estaría permitido hacerlo o no, no quería pasarme de la raya. En realidad, no sabía dónde estaba la raya. A él parecía divertirle todo lo que yo hacía, pero debía de existir un límite, una raya, en alguna parte.

Al final, le pedí que parara y me pasé al asiento de atrás. Preferí no mirarle a la cara. Ely me dejó sitio. Estaba sorprendida. Me abalancé sobre ella y le metí las dos manos en el escote. Levanté la vista para encontrarme con los ojos de Pablo clavados en el retrovisor. Me estaba mirando, parecía tranquilo, y supuse, me repetí a mí misma, que eso significaba que la raya estaba todavía lejos.

La carne estaba tan dura que casi se podían notar las bolas, las dos bolas que debía de llevar dentro. Le estrujaba y le amasaba las tetas, estirándole los pezones y lamentando, en algún lugar recóndito, no tener las uñas largas, para clavárselas y marcarle con su propia sangre. Aquel ser híbrido, quirúrgico, me inspiraba una rara violencia. Me dio un beso en la mejilla pero aparté la cara. Nunca he sido tan considerada como Pablo y no quería besos de ella. Le puse la mano en la entrepierna. Se había empalmado. No me pareció lógico. Pablo seguía inmóvil, mirándonos por el retrovisor a la luz lechosa de las farolas. Volví a tocarle. Se había empalmado, desde luego. Entonces le levanté la blusa y me metí una de sus tetas en la boca sin apartar la mano. Era monstruoso.

Me colgué de su teta, la besaba, la chupaba, la mordía y movía la mano sobre su sexo, lo frotaba a través del plástico azul, tan arremangado sobre sus muslos que rozaba el borde con la muñeca, y lo notaba crecer. Ella me cogió la mano e intentó llevarla debajo de la falda, pero no la dejé, no tenía ganas.

–Eres una mujer de carácter, ¿eh?

Le pegué un mordisco en el pezón que la hizo chillar. Estaba como loca.

Ella empezó a sobarme las tetas, mis propias tetas, mucho más grandes que las suyas, por encima de la camiseta, y le dijo a Pablo que siguiera, que iríamos a tomar la última a un bar que conocía, y le dio una dirección.

Pablo arrancó, y Ely siguió comportándose de una manera extraña. Yo también llevaba falda, una falda larga, blanca, de verano. Ella me acarició los muslos primero y luego me metió la mano por debajo, me la metió hasta el final, y noté sus uñas, dos dedos, luego tres, dentro, haciendo fuerza contra el fondo, moviéndose hacia delante y hacia atrás, despacio al principio, luego cada vez más deprisa, más deprisa, me cortaban la respiración, sus dedos, y le escuchaba hablar con Pablo –esta tía es una zorra–, él se reía –te va a costar la salud, seguir con esta tía–, mientras yo permanecía colgada de su teta, ya me dolía el cuello por la postura, tanto tiempo, pero seguía colgada, balanceándome contra su mano mientras ella me clavaba los dedos, las uñas, hablando sin alterarse, como si estuviera en la peluquería –deberías probar con una de nosotras, en serio, nos conformamos con mucho menos, nosotras–, hasta que me corrí.

Debíamos de llevar un buen rato parados. Cuando abrí los ojos, vi los de Pablo, vuelto hacia mí, que me miraban. Luego abrió la puerta y salió.

Caminamos en fila india, Pablo delante, Ely detrás y yo en medio. Estábamos en un barrio caro, moderno y elegante, que de noche se poblaba de putas caras, modernas y elegantes. Resultaba difícil imaginar que un travesti callejero se moviera mucho por allí, pero ella se encaminó con decisión hacia un local que parecía cerrado y llamó con los nudillos a una puerta de madera, de estilo castellano, con cuarterones. Se abrió una ventanita y asomó la cara de un tío. Empezaron a hablar. No vi lo que pasaba porque Pablo me había abrazado y me besaba en mitad de la acera.

Ely le preguntó si le quedaba dinero, nos había salido por un pico la cena, con todo lo que había comido. Pablo movió afirmativamente la cabeza, sin sacarme la lengua de la boca, claro que tenía dinero, en momentos como aquél, siempre tenía dinero.

Se abrió la puerta y entramos. Aquello no era un bar propiamente dicho, había una especie de vestibulito, un mostrador diminuto, como en algunos restaurantes chinos y una puerta con un cristal que daba a un pasillo, un pasillo largo, entelado con una moqueta tono verde relajante y con puertas a los lados, un pasillo que terminaba de golpe y no llevaba a ninguna parte.

–¿Qué vamos a beber? –Ely había recuperado la compostura, aunque llevaba la blusa desabrochada, y se dirigía a nosotros con un tono distinto, como de anfitriona elegante.

–Ginebra.

–¡Ay, no!, ginebra no, qué horror, champán.

–No me gusta el champán. –Era verdad, no le gustaba, y a mí tampoco, me había acostumbrado a beber ginebra con hielo, igual que él–. Pero tú puedes tomarlo si quieres.

–Sí, sí, sí, sí –movía los ojos y los labios a la vez–, entonces dos botellas, una de cada...

Pablo se había parapetado detrás de mí. Me abrazaba así muchas veces, rodeaba mi cintura con su brazo izquierdo, me acariciaba el pecho con la otra mano y me frotaba la nariz contra la nuca, mientras me repetía al oído una de las frases favoritas de mi madre, la sentencia fulminante, definitiva, con la que daba por concluidas todas las broncas en otros tiempos.

–Tú acabarás en el arroyo...

El hombre que había hablado con Ely colocó dos botellas y tres vasos en una bandeja de metal y comenzó a andar por delante de nosotros. Abrió la tercera puerta a la derecha, depositó las bebidas en una mesa pequeña y baja, con superficie de cristal, y desapareció.

Estábamos en un cuarto ciego, bastante pequeño. El respaldo de un banco muy ancho, de aspecto mullido, tapizado de un terciopelo azul eléctrico que se daba patadas con el verde de la pared, corría a lo largo de una de las paredes. Alrededor de la mesa, cuatro taburetes tapizados con la misma tela completaban el mobiliario con excepción de un buró, un buró bastante feo, de madera, con puerta de persiana, que estaba adosado a una esquina, un buró completamente vacío –registré a conciencia todos los cajones–, que no pintaba nada en aquel sitio. No había ninguna silla.

Nos sentamos en el banco, los tres, Pablo en medio. Ely se puso seria, dejó de hablar. Frente a nosotros, un espejo muy grande nos devolvía una imagen casi ridícula. Ely miraba hacia abajo, Pablo fumaba, siguiendo la evolución del humo con los ojos, y yo miraba a los tres en el espejo, estaba preocupada, no sabía cómo iba a terminar todo aquello, hasta que empecé a reírme, a reírme a carcajadas, a deshacerme de risa. Pablo me preguntó qué me pasaba y a duras penas pude articular una respuesta.

–Parece que estamos en la sala de espera de un dentista...

Mi comentario aflojó la tensión, y los dos rieron conmigo. Ely volvió a parlotear y descorchó el champán con muchos ¡oh! y estrépito. Se sirvió una copa, se la bebió y volvió a callarse. Pablo también callaba, me miraba con una expresión divertida, casi sonriente, pero sin despegar los labios, como si supiera que yo había supuesto desde el principio que él haría algo. Él solía dirigir la situación en casos como éste, pero aquella vez no parecía dispuesto a mover un dedo, y al rato volvimos a estar los tres quietos y callados, como en la sala de espera de un dentista, yo cada vez más nerviosa, Ely cortada, y supongo que cabreada, debía de estar pensando que la habíamos llevado, que la había llevado yo, hasta allí para nada, y Pablo imperturbable, como si la cosa no fuera con él.

Cuando el silencio se hizo insoportable, me acerqué a su cara y le dije al oído que hiciera algo, cualquier cosa. Me respondió con una carcajada sonora.

–No, querida, la que tiene que hacer algo eres tú, tú eres la que te has montado todo esto, tú solita. Yo me he limitado a invitar a tu amiga a cenar...

Ely me miró. Estaba perpleja. Yo no. Yo había comprendido. Le miré un momento. No parecía enfadado conmigo, quizás un poco sorprendido, nada muy grave al fin y al cabo.

Me arrodillé delante de él con las piernas muy juntas, me senté sobre mis talones y le desabroché el cinturón. Le miré. Me sonrió. Me daba permiso. Seguí adelante y miré a Ely, que se había inclinado hacia mí, pero ella no me miraba, tenía los ojos fijos en los movimientos de mis manos.

Mientras tanto, yo trataba de analizar la repentina impasibilidad de Pablo. Antes, durante la cena, había rechazado a Ely varias veces seguidas, la había rechazado de plano, me había sentido incluso un poco avergonzada por su inflexibilidad, sus tajantes negativas de machito estirado en una silla, negando con la cabeza sin palabras, sin matices, sin ninguna broma, no, simplemente no, un no seco, un no mudo, no quiero. Ahora, en cambio, se dejaba hacer.

Lo cierto es que era yo quien actuaba, Ely no se había movido de su sitio, pero éramos tres. Quizás no fuera la primera vez. A lo mejor se había acostado alguna vez con un hombre. A lo mejor muchas veces. A lo peor con mi hermano. Marcelo y Pablo en una cama de matrimonio, desnudos, besándose en la boca... Era divertido, supongo que debería haberme parecido horrible pero me pareció divertido, sonreí para mis adentros y decidí no pensar en más tonterías. Ely no se había movido ni un milímetro cuando volví a mirarle, con la polla de Pablo en la mano ya.

Sacudí los hombros hacia atrás, me erguí todo lo que pude, levanté la cabeza y dejé caer la mano izquierda sobre mi falda blanca, esparcida sobre el suelo. Trataba de adoptar una actitud sumisa y digna a la vez, mirando a Ely a los ojos con el sexo de Pablo en la mano. Los fantasmas se habían disipado, estaba segura de que nunca le habían gustado los hombres, le gustaba yo, mírame, es mío, hace lo que yo quiero, y yo le quiero, le hablaba en silencio pero ella se negaba a mirarme. Pablo había desaparecido, ocurría a veces, nunca del todo, una sola palabra suya habría bastado para trastocar cualquiera de mis palabras, cualquiera de mis acciones, pero desaparecía, y yo seguía mirando a Ely y se lo repetía en silencio, mírame, hace lo que yo quiero, y sabía que no era exactamente así, aquello no era del todo verdad, pero la verdad también desaparecía, y yo seguía pensando lo mismo y era agradable, me sentía alguien, segura, en momentos como ése, era curioso, tomaba conciencia de mi auténtica relación con él cuando había alguien más delante, entonces él siempre me distinguía, y yo comprendía que estaba enamorado de mí, y lo encontraba justo, lógico, algo que casi nunca ocurría cuando estábamos solos, aunque él se comportara igual, porque yo recelaba siempre, le seguía encontrando demasiado hermoso, demasiado grande y sabio, demasiado para mí. Le amaba demasiado. Siempre le he amado demasiado, supongo.

Me metí su polla en la boca y empecé a desnudarle. Nunca le ha gustado follar vestido. Le quité los zapatos, uno con cada mano, y los calcetines, mientras movía los labios aplicadamente, con los ojos cerrados. Le puse las manos en las caderas y se irguió lo justo para que yo pudiera tirar de sus pantalones hacia abajo. Después con las manos libres otra vez, me volqué encima de él, superada ya cualquier pretensión de componer una grácil figura de tanagra adolescente, un objetivo por otra parte muy superior a mis capacidades de gracilidad, que son nulas, y me concentré en hacerle una mamada de nota, tenía que ser de nota porque quería que Ely me viera.

Cuando consideré que ya había sacado a relucir habilidades suficientes como para infundir el debido respeto, cuando, después de habérsela chupado, mordido, besado y frotado contra mis labios y mis mejillas, toda mi cara, me la tragué entera y aguanté con ella dentro un buen rato, que mi trabajo me había costado aprender, aprender a engullirla toda, a mantenerla toda dentro de mi boca, presionando contra el paladar, engordando contra mi lengua, cuando por fin la devolví a la luz, morada ya, tumefacta y pringosa, dura, y escuché a Pablo, sus ruidos adorables, la respiración frágil, y miré a Ely, y vi que por fin me devolvía la mirada, y me miraba a los ojos con la boca entreabierta, le hice una señal con la cabeza y le sugerí que se uniera a la fiesta.

Podría haberse tirado sobre Pablo sin levantarse del asiento, pero prefirió arrodillarse a mi lado. Siempre ha sido una esteta.

Yo no la había soltado, mantenía la polla de Pablo sujeta con la mano derecha y no permití que mi nueva acompañante la tocara siquiera. Yo decidiría cuándo le correspondía o no entrar en el juego. Era mía, y por eso la recorrí de nuevo con la lengua, de abajo arriba, y torcí la cabeza, para hacerla correr sobre mi boca, moviendo los labios cada vez más deprisa, como si me lavara los dientes con ella, hasta que me dolió el cuello, y empezó a quemarme la oreja, comprimida contra el hombro, sólo entonces la acerqué a la boca de Ely, que estaba a mi lado, la dirigí con la mano hasta colocársela encima de los labios, la besó, pero apenas la rozó me la llevé, para acercársela otra vez y ver cómo la lamía con toda la lengua fuera, entonces saqué mi propia lengua, para lamerla yo, y se la pasé otra vez, estuvimos así un buen rato, hasta que la atrapó con los labios y ya no me atreví a tirar, fui yo hacia ella y empezamos a chuparla entre las dos, cada una por una cara, cada una a su aire, era imposible ponerse de acuerdo con Ely, era una loca hasta para eso, cambiaba de ritmo cada dos por tres, de forma que decidí comérmela, comérmela yo sola, un ratito, y luego se la ofrecí a ella, yo la seguía sujetando con la mano, y ella mamaba, me encantaba verla, los pelos teñidos, la barra de labios, rojo escarlata, corrida por toda la cara, la nuez moviéndose en medio de su garganta, come hijo mío, aliméntate, pero no abuses, y presionaba con la mano hacia arriba hasta que la obligaba a abandonar, y volvía a tragármela, la tenía un rato dentro y se la volvía a meter en la boca, ya no se la pasaba, se la metía yo en la boca, quería verla, ver cómo se le ahuecaban las mejillas, cómo mamaba de un hombre como el que ella había sido.

Me aparté un momento, sin soltar todavía mi presa, para mirarla. Miré a Pablo también, pero él no podía verme, tenía los ojos fijos en algún punto del techo. La expresión de su cara me llevó a pensar que Ely se hacía propaganda con justicia, parecía muy bueno, muy buena, como había dicho antes. Decidí dejarle el campo libre, después de todo. Aflojé la mano poco a poco, hasta desprenderla por completo, me tiré en el suelo y miré a mi izquierda. Ely se estaba masturbando. Debajo de la falda azul, empuñaba con su mano izquierda un pene pequeño, blancuzco y blando. Me estaba preguntando si sus tetas tendrían algo que ver con el penoso aspecto que ofrecía aquella especie de apéndice enfermizo cuando los muslos de Pablo temblaron una vez.

Me incorporé enseguida. Quería ver cómo se corría en su boca. Me coloqué a su lado, una rodilla clavada en el banco, el otro pie en el suelo, me veía en el espejo, de perfil, veía su cabeza encajada entre mis pechos y mi barbilla. Tomé su rostro con una mano y me incliné hacia él. Le besé, movía la lengua dentro de su boca mientras saboreaba por anticipado el momento de volverme hacia Ely, sumido allí abajo, en el suelo, y empezar a dar órdenes, a chillarle, trágatelo todo, perra, trágatelo, pero aquel momento no llegaría nunca, la abofetearía si una sola gota se quedaba fuera, pero nunca lo haría, porque Pablo me cogió por sorpresa, me izó de repente por debajo de la rodilla izquierda, me hizo girar hasta colocarme enfrente de él, me soltó un momento para romperme las bragas, estirando la goma con la manos, y me obligó a montarle.

Le rodeé el cuello con los brazos y comencé a subir y bajar sobre él. Siempre que lo hacíamos así me acordaba de cuando, mucho tiempo atrás, a mis cinco, a mis siete, a mis nueve años, tras rogárselo yo sin compasión durante horas y horas, me sentaba encima de sus rodillas, me cogía por las muñecas y me atraía hacia sí primero, dejándome caer luego, hasta que mi cabeza rozaba el suelo, aserrín, aserrán, los maderos de San Juan, los del rey, sierran bien, los de la reina, también... La última vez que lo hicimos yo tenía casi catorce años, y él veinticinco, no había nadie en el cuarto de Marcelo, él estaba sentado en la cama, y yo se lo pedí, y me contestó que no, que ya era muy mayor para jugar a esas cosas, y yo insistí, la última vez, por favor, la última vez, y accedió, pesas mucho ya, aserrín, aserrán, y aquella vez fue muy largo, duró mucho tiempo, y cuando terminamos yo estaba mojada y él tenía algo duro, inhabitual, debajo de los vaqueros, aquélla iba a ser la última vez, pero fue la primera.

Se lo repetía muy bajito, aserrín, aserrán, los maderos de San Juan, al oído, mientras subía y bajaba encima de él. Me levantó la falda por detrás y me cubrió la cabeza con ella, hasta que el borde me rozó la frente. Luego me asió con firmeza por la cintura y me chupó los pezones por encima de la camiseta de algodón, hasta dejar una gran mancha húmeda alrededor de cada pezón.

Un instante después, todas las cosas comenzaron a vacilar a mi alrededor. Pablo se apoderaba de mí, su sexo se convertía en una parte de mi cuerpo, la parte más importante, la única que era capaz de apreciar, entrando en mí, cada vez un poco más adentro, abriéndome y cerrándome en torno a él al mismo tiempo, taladrándome, notaba su presión contra la nuca, como si mis vísceras se deshicieran a su paso, y todo lo demás se borraba, mi cuerpo, y el suyo, y todo lo demás, por eso tardé tanto en identificar el origen de aquellas caricias húmedas que de tanto en tanto me rozaban los muslos como por descuido, contactos breves y levísimos que tras segundos de duda y un instante de estupor me indicaron que Ely seguía allí abajo, clavado de rodillas en el suelo, lamiendo lo que yo no aprovechaba, meneándose aquella pequeña picha suya, tan blanca y tan blanda, mientras yo follaba como una descosida, indiferente a aquel pintoresco animal callejero que, de espaldas a mí, se cebaba en las sobras de mi banquete particular, hasta el punto de que había llegado a olvidar por completo su existencia.

Me hubiera gustado verlo, ésa fue la última idea coherente que fui capaz de concebir antes de dejarme ir, cuando comencé a sentir los efectos de mis choques con Pablo, cada vez más bruscos, más cerca de la cabeza, y ya no pude controlar más, me dejé ir para que él, tres o cuatro empellones más, agónicos y brutales, los últimos, me triturara por fin la nuca, me la rompiera en millares de pequeños pedacitos blandos, antes de dejarse atrapar él también entre las paredes elásticas de mi sexo, repentinamente autónomo, que estrangularon el suyo más allá de mi propia voluntad.

Después, consciente de mi incapacidad para hacer otra cosa que no fuera quedarme allí, quieta, tratando de recuperar el control sobre mí misma, me mantuve inmóvil un buen rato, abrazada a Pablo, colgada de él, echando de menos mi casa, estar en casa, una cama próxima, pero era agradable de todas formas, el calor, el roce con su piel todavía caliente. Él volvía mucho antes que yo, su cuerpo era más obediente que el mío, y no estábamos en casa, de manera que me besó en los labios, me levantó un momento para desligar mi sexo del suyo, y me empujó con suavidad hacia un lado, para dejarme tumbada encima del banco. Me quedé allí un buen rato, encogida, las rodillas apretadas contra el pecho, los ojos cerrados, mientras él se vestía, y de nuevo recordé a Ely, que se me había vuelto a olvidar.

Cruzaron unas pocas palabras en voz baja, una voz que no era la de Pablo musitó una expresión de despedida y escuché el ruido de una puerta que se cerraba.

Me incorporé. Él estaba apoyado contra la pared, los brazos cruzados, y sonreía. Me puse de pie para vestirme y me di cuenta de que estaba vestida. Mis bragas, rotas, estaban en el suelo. Las cogí, no sé por qué, era indecente ir dejando bragas rotas por ahí, y las metí en el bolso. Al pasar junto a la mesa me di cuenta de que la botella de ginebra seguía allí, intacta, ni siquiera habíamos roto el precinto. La cogí, y también la metí en el bolso. No están los tiempos como para ir dejando botellas llenas y pagadas por ahí. Pablo se echó a reír con una risa transparente, sin dobleces. No estaba enfadado, y eso me hizo sentirme bien, así que yo también reí, y salimos juntos, riéndonos, a la calle.

Cuando nos metimos en el coche, volví a pensar en Ely y sentí curiosidad.

–¿Le has dado dinero?

–Sí.

–¿Y lo ha cogido?

Contestó a mi pregunta con una carcajada.

–¡Claro que lo ha cogido! –me miró como diciéndome eres tonta, y yo sabía que quería decir precisamente eso, pero en él no era un insulto, más bien lo contrario, mientras siguiera riéndose de mis tonterías, de ese tipo de tonterías, todo iría bien–. ¿Por qué no lo iba a coger? Vive de eso, ¿sabes...? Oye, ¿dónde hay una gasolinera?

–¿Por aquí...? Cerca de Jumbo hay una, pero no sé si estará abierta a estas horas.

Circulábamos por calles amplias y desiertas, flanqueadas por altos edificios de esqueleto de acero y hormigón, rostros de cristal, todos parecidos, limpios, casi higiénicos, como recién salidos del mismo paquete. De una pequeña isla verde, precedida por una hilera de setos bien recortados, arrancaba un caminito de cemento que culminaba en la puerta acristalada del tipo de casa donde a mi madre le habría encantado vivir.

Lo decía siempre que pasábamos por delante de una casa así, con un portal así, una descarnada pero enorme estancia de mármol de color neutro, a mí no me gustan, siempre los he encontrado muy parecidos a los vestíbulos de los ambulatorios nuevos de la Seguridad Social, la misma atmósfera neutra y aséptica, iguales, excepto por el mármol y el mostrador del portero, de madera barnizada de oscuro. Al parecer, los portales son muy importantes para las señoras madrileñas de cierta edad, y mi madre abominaba del portal de casa, largo, estrecho, austero como el de un convento y muy oscuro. Eugenio, que era adorable, sesenta años y subía las bombonas de butano de dos en dos por la escalera, no tenía un mostrador, sólo un chiscón al otro lado de la puerta, y además iba vestido siempre con un mono azul. Yo le quiero mucho, a Eugenio, de pequeña me daba caramelos, y cuando me casé me regaló un joyero horroroso, fabricado a mano con conchas de moluscos teñidas con anilinas de colores, y una leyenda, «Recuerdo de El Grove», escrita con letra cursiva sobre la tapa. Su mujer, que es gallega, lo había encargado expresamente para la ocasión, y desde entonces es uno de mis objetos favoritos. Pobre Eugenio, él siempre tan simpático, tan atento con mamá, subiéndole las bolsas de la compra hasta el tercero, y ella abominando de su mono azul, pero en el pecado lleva la penitencia, pobre mamá, no se moverá ya de Chamberí en la vida, se le ha pasado la época de tener portal de mármol, portero con traje azul y gas ciudad.

Circulábamos por calles amplias y desiertas, lo único que se movía a nuestro paso eran las banderas de las embajadas, trapitos pequeños y ridículos contra la potencia uniformadora de las grandes fachadas de cristal. No son Madrid –ésa era una idea que me asaltaba con frecuencia cada vez que pasaba por allí–, no caben en esta ciudad-no ciudad, caótica e híbrida, desastre teórico y práctico, desastre urbanístico, desastre viario, desastre circulatorio, desastre educativo, desastre político, desastre sanitario, desastre eclesiástico –no hay catedral–, desastre pornográfico –tampoco hay barrio chino–, en suma, un auténtico desastre, el único sitio donde se puede vivir a gusto, en medio del desastre, donde nadie pregunta nada porque todo el mundo es nadie, y puedes salir a comprar el pan con zapatillas y bata de boatiné y no te mira nadie, y te regalan un par de boquerones en vinagre con cada caña en bares ruidosos con el suelo alfombrado de servilletas de papel arrugadas, y huele siempre a garbanzos cocidos en los patios de las casas, las vecinas cantan tendiendo la ropa, *Ay Campanera, aunque la gente no quiera...*, en los patios de las casas de Madrid, no en éstas, que son casas de pueblo, de un pueblo fantasma de porteros preguntones, y usted a qué piso va, y a usted qué coño le importa, un pueblo provinciano, aburrido y pretencioso en medio de una ciudad, una ciudad enorme de la que todos dicen que no es más que un pueblo grande.

Un par de calles más allá estaba Tetuán, Tetuán de las Victorias, bonito nombre, Bravo Murillo, el caos, gambas a la plancha y tiendas con un cartel amarillento ya por el tiempo, liquidación por cambio de negocio, nunca cambian de negocio, pero siempre hay algún incauto que pica al reclamo de las rebajas perpetuas, inexistentes, nosotros seguíamos del otro lado, atravesamos la Castellana, pasamos junto al Bernabeu, Pablo sacó la mano por la ventanilla, el índice y el meñique en alto, le puso los cuernos al estadio del enemigo, era como un rito, nunca se le olvidaba, y seguimos, chalecitos a izquierda y derecha, y entonces volví a acordarme de Ely, que seguramente sería del Madrid, como todos los recién llegados. ¿Podría un hombre español reprimir la pasión por el fútbol al decidir convertirse en una mujer?, pero a los maricas por lo general no les gustaba el fútbol, ¿o sí?, se lo pregunté a Pablo, oye, ¿a los maricas les gusta el fútbol?, y yo qué sé, él tampoco lo sabía, teníamos algunos amigos a los que no les gustaba el fútbol pero yo sospechaba que era por pura pose, una trasnochada pose de progre, porque habíamos sido progres mucho tiempo, progres de libro, y hacíamos muchas cosas sólo por eso, porque quedaba progre...

La idea seguía allí, en la parte posterior de mi cabeza, golpeando contra mis sienes. Pensé en ir dando rodeos, pero al final lo solté a bocajarro.

–Dime una cosa, Pablo, ¿tú te has acostado alguna vez con un hombre?

Risitas, risas luego, más consistentes, y al final carcajadas, carcajadas largas y ruidosas. Yo no me reía. Aquel tema no me hacía ninguna gracia.

–Eso es lo que pasa con los aprendices de brujo, que al final se os va la mano...

Nada más. Pero yo no pensaba darme por satisfecha con eso.

–No me has contestado.

Sus ojos me miraron con una expresión risueña, me está tomando el pelo, pensé, y no me gustó, porque era capaz de seguir jugando conmigo durante semanas enteras antes de responder. Pero estaba equivocada. Aquella noche tenía ganas de hablar.

–Si lo que quieres saber es si alguna vez he deseado a un hombre lo suficiente como para meterme en la cama con él, la respuesta es no, no lo he hecho nunca. Nunca me han gustado los hombres.

–Y sin embargo... –había aprendido a detectar las menores oscilaciones de su voz, al menos cuando decía la verdad, y me di cuenta de que quedaba algo colgando detrás de sus palabras.

–¿De verdad quieres saberlo todo? ¿No te da miedo enterarte de algo que no te guste?

Sí me daba miedo, un poco, pero quería saberlo. Pablo se había puesto serio, pero eso no significaba nada, siempre había sido un magnífico mentiroso. A pesar de eso, negué con la cabeza. De repente sentía que necesitaba saberlo.

–¿Dónde fue?

–En el trullo, hace muchos años.

La cárcel. Lo recordaba muy bien, un domingo a las siete de la tarde, chocolate con picatostes y un concurso por televisión. El teléfono, la histeria de mi madre, llantos, gritos, pisadas, han detenido a Marcelo otra vez, Pablo estaba con él, han detenido a Pablo también, y a un montón de gente más. Detenidos, procesados y condenados, cuatro años, cuatro, para cada uno. No era la primera vez, pero entonces los cargos habían sido insignificantes, posesión de propaganda subversiva, más o menos, y mi padre había intercedido, había recurrido a todas las viejas amistades de su padre, mártir de la cruzada, y había conseguido muchas promesas y una celda individual. Ocho meses. Para Pablo tampoco era la primera vez. Él también había cumplido ocho meses, siempre ocho meses, antes que Marcelo. Ahora, por lo menos, les habían trincado juntos.

Aquella vez, primavera del 69, yo tenía once años y mi padre se negó a intervenir a pesar de los ruegos de mi madre, que en casos extremos siempre se volcaba del lado correcto, como todas las madres. A mí se me cayó la casa encima. Marcelo en la cárcel, cuatro años. Eso era la soledad más absoluta, algo peor que la soledad, la orfandad, una orfandad cruel y repentina en una casa llena de gente. Pero mi padre fue tajante, allí le enderezarían, en la cárcel, a ese cabrón, que le pagaba así todos sus esfuerzos por darle una educación, una carrera, una... Ahí siempre le fallaba el discurso, se quedaba colgado, no se le ocurría nada más. Y, además, ni un duro, ni un duro, repetía, en Carabanchel no le haría falta dinero, allí estaría comido y vestido, no necesitaba nada más.

Pablo me tocó el hombro. Habíamos llegado a la gasolinera y había cola, las cinco y veinte de la mañana y teníamos tres coches delante. Yo estaba sorprendida. Él jamás hablaba de la cárcel, a pesar de que se habían chupado treinta meses, dos años y medio al final, les redujeron la condena por no sé qué y salieron a la calle con libertad provisional a los treinta meses, les habían robado treinta meses, treinta y ocho meses de vida en total, a los dos. Marcelo volvió a casa, nunca entendí por qué vivía en casa si pagaba un piso de alquiler que usaba para follar y para poco más, años después me enteré de que era por algún asunto político, lo de seguir en casa. Pablo me zarandeó, ¡eh!, ¿qué te pasa? No me pasaba nada, y se lo dije, nada.

–Pues tú tuviste mucho que ver en todo eso... –Estaba de buen humor, sonreía.

–¿Yo?

–Sí, tú. Nos escribías todas las semanas, primero sólo a Marcelo, luego una carta para cada uno, al final una sola, muy larga, para los dos..., ¿no te acuerdas?

Sí, me acordaba. Me acordaba de la angustia también, de lo que contaba la gente, yo me lo creía todo, palizas, torturas, violaciones, mi hermano, que era como mi padre y mi madre a la vez, y mi novio, porque me gustaba pensar que era mi novio, allí, en la cárcel, a merced de esa pandilla de hijos de puta, sangrando por la nariz, por la boca, retorciéndose bajo los golpes de una toalla mojada, me acordaba, yo les escribía y les contaba todo lo que me pasaba, para que se rieran un poco, para que se acordaran de mí. Me contestaban, de vez en cuando.

–Cuando cumpliste doce años, mandaste una carta en la que anunciabas la llegada de un giro postal. Siempre parecías muy preocupada por el dinero...

–Claro, papá le contaba a todo el mundo que no le mandaba ni un duro a Marcelo.

–Pero no era verdad.

–Ya, de eso me enteré después...

–Teníamos dinero, pero tú nos ibas a mandar todo el que habías sacado por tu cumpleaños para que comiéramos bien, te encantaba jugar a las mamás con nosotros.

Me acarició la cara pero yo no le miré, me daba un poco de vergüenza acordarme de aquello, le había dicho a mi madre que iba a hacer una obra de caridad aquel año, pedí dinero a todo el mundo en vez de regalos, dije que las monjas del colegio nos habían propuesto hacer canastillas y llevarlas a un barrio de chabolas, más allá de Vallecas, mamá se quedó sorprendida, canastillas a primeros de marzo, eso se solía hacer en Navidad, pero era una obra de caridad al fin y al cabo, y no podía negarse, mentí con convicción y me creyeron, saqué mil quinientas setenta y cinco pesetas, mil quinientas setenta y cinco pesetas del 69, una pasta, y las mandé a Carabanchel para que comieran bien, era verdad.

–Te juro que al principio nos quedamos de piedra, nos llegó al alma, en serio, a Marcelo casi se le saltan las lágrimas, pero luego tuvo un arrebato de genialidad, una de esas chifladuras que le dan a tu hermano de vez en cuando, y me llevó a un rincón, y me dijo, el dinero de Lulú nos lo gastamos con el portugués, ¿qué te parece?, yo me reía, pero él iba en serio, y pensé que, después de todo, podríamos intentarlo, ya llevábamos allí once meses, se me estaba empezando a hacer un callo en la mano...

El coche de delante se movió.

–¿Quién era el portugués?

–Un marica, no sé, estaba allí porque había apuñalado a su novio, en una bronca, celos, creo, no le había matado y el otro iba a verle cuando podía, le había perdonado, el portugués repetía que había sido por amor.

–Pero vosotros erais políticos...

–¿Y qué? Los homosexuales estaban en nuestra galería, y también veíamos a todos los demás, en el patio, en el comedor, la verdad es que eran mucho más interesantes que los presos del Partido. Allí encontré a Gus, y a más gente que conoces.

–¿Gus? ¿Pasaba ya?

–No, abría coches, pobre, era un chorizo de poca monta, un crío. Empezó a picarse allí, en Carabanchel.

–¿Y qué pasó? –ya no estaba preocupada, pero aún sentía curiosidad.

–Nada, el portugués era la novia de la prisión, algún funcionario que otro incluido. Era muy versátil. Hacía pajas, mamadas, daba y tomaba, según lo que estuvieras dispuesto a pagar. Se sacaba un pastón, estaba ahorrando para comprarle un piso a su novio, como desagravio, supongo. No era el único, había más como él, pero éste era joven, bastante guapo, y tenía la boca sana. Tenía un pollón, además, por lo que se contaba por ahí, y era el que más éxito tenía.

Pablo me miraba sonriendo, como si hubiera estado de vacaciones, en la cárcel, una temporadita. Yo estaba desconcertada.

–Y os gastasteis mi dinero con el portugués... –no era una pregunta, lo repetía sólo para poder creérmelo de una vez.

–Sí, casi todo, en tu honor, como decía Marcelo. Estuvimos discutiendo bastante sobre el procedimiento. Una paja era demasiado poco, así que optamos por un francés, un francés con un portugués, quedaba muy internacional, pero yo estuve a punto de estropearlo todo, porque cuando fuimos a la enfermería, a contratar, digamos...

–¿Por qué a la enfermería?

–Él trabajaba allí, era uno de los sitios más cómodos, siempre conseguía lo mejor, porque tenía muchos amantes en todas partes, bueno, yo le pregunté que si nos hacía alguna rebaja por chupárnosla a los dos a la vez, y entonces se cabreó.

De repente se puso serio. Calló un momento, me miró.

–No sabes cómo era aquello, no lo sabes.

Llegamos al surtidor, llenamos el depósito y nos fuimos a casa. Pablo siguió callado todo el camino. Luego, cuando yo ya estaba en la cama, se tumbó a mi lado.

–¿Quieres saber lo que pasó después?

No me atreví a admitir que sí, pero él me lo contó, de todas maneras.

Mi dinero había dado para diez mamadas, ni una más ni una menos, a ciento cincuenta pesetas la unidad, cinco para cada uno. Le habían gustado, y a Marcelo también le gustaron, de forma que siguieron pagándoselas ellos solos, de su propio dinero, racionándose el placer para no enviciarse, tenían miedo de enviciarse, e iban a la enfermería una, dos veces al mes, cada uno por separado, hasta que un día, el portugués le propuso a mi hermano que dijera que tenía la gripe o algo así, que le conseguiría una cama, que le cuidaría bien y que no le cobraría. Por lo visto, se había encoñado con Marcelo, pero él dijo que no le apetecía, le dio miedo, y lo dejó. Pablo no, él siguió hasta el final, llegó a pensar incluso en follárselo, me lo dijo sin inmutarse, meditó durante cierto tiempo sobre la posibilidad de darle por culo, qué pasaría, no podía ser una sensación muy distinta a la de metérsela por el culo a una mujer, y eso era agradable, hasta que un día, cuando estaba casi decidido, tuvo un rapto de lucidez, lo llamó así, un rapto de lucidez, viéndole desnudo de cintura para arriba, el pecho lleno de pelos, coqueteando con un par de cincuentones en el patio, y entonces se dijo que él estaba en la cárcel por ser comunista, como si el comunismo fuera un seguro de virtud, y aquello le sostuvo, y se echó para atrás.

–De todas maneras, ya sabíamos que no íbamos a cumplir la condena entera, que saldríamos pronto. Si hubiera sabido que me quedaban diez años más, o veinte, como a algunos, seguramente lo habría hecho, y supongo que me habría gustado. Lo que haces, dices o piensas fuera no vale en la cárcel, ése es un mundo distinto.

Se quedó un momento callado. Luego siguió hablando, daba la impresión de que quería vaciarse, contarlo todo, después de años sin mencionar aquella época, no le gustaba, podría haber ido de mártir, años atrás, cuando todo el mundo presumía de que también a ellos les habían detenido una vez y les habían enseñado la ventana de la Puerta del Sol, aunque fuera mentira. Él nunca quiso presumir, nunca se había quejado, podría haberlo hecho pero no lo hizo, y jamás me había hablado de aquello hasta entonces.

–Prométeme que no le dirás jamás a Marcelo que lo sabes. Cuando le conté que estaba enrollado contigo fue lo primero que me pidió.

Se lo prometí con la cabeza. Estaba conmovida por todo aquello. No les quería menos, si acaso más que antes, y ya no me importaba en qué se hubieran gastado mi dinero.

–Creo que fue allí donde empecé a enamorarme de ti.

–¿De mí? Pero si era una cría.

–Tenías once años, y luego doce, y luego trece, cuando salí ya habías cumplido los trece, pero escribías cartas de persona mayor, tan preocupada, eran las más sinceras que recibí allí dentro, y apenas tenían tachaduras, eso era un consuelo, las de Mercedes y los demás eran casi ilegibles, las tuyas no, y además, tenía tus olores.

–¿Qué olores?

–¡No me digas que no te has llegado a enterar nunca! –me miró con asombro, sonriendo.

–¿De qué me tenía que enterar?

–Lo llamábamos el episodio surrealista, Marcelo y yo... –se recostó contra el cabecero de la cama y encendió un cigarrillo. Me lo pasó, lo cogí y encendió otro para él, aquello iba para largo–. Un buen día, el abogado de tu hermano, que era también el mío y el de otros diez o doce de por allí, le anunció una visita de tu madre para la semana siguiente. Quería consultar con él un problema familiar. El abogado no sabía de qué se trataba, era algo privado, dijo. Marcelo se preocupó. Tu madre no había ido a verle desde la primera semana, tu padre se lo tenía prohibido. Solía venir Lola, e Isabel algunas veces, tú nunca viniste.

–No me dejaban.

–No importa, te hemos perdonado –se volvió un instante para mirarme, me dio un beso ligero, en la mejilla, y después volvió a clavar los ojos en el techo y siguió hablando–. Vino tu madre por fin, y la visita fue muy corta. Yo estaba en la celda, no había venido nadie a verme aquel día, y Marcelo subió al poco rato, descojonándose de risa, se le saltaban las lágrimas de risa. El problema familiar grave y privado consistía en que te había pillado una mañana desnuda, sentada en la cama, con el camisón pegado a la nariz, repitiendo todo el tiempo, me ha cambiado el olor, y le pusiste el camisón a tu madre, la pobre, debajo de las narices, diciendo, mira mamá, huele, me ha cambiado el olor –se reía a carcajadas, y yo también me reía, era una historieta divertida–, ¿no te acuerdas de eso?

Sí, me acordaba, aunque hacía mucho que no pensaba en ello, fue hace tanto tiempo. Un buen día, como tres semanas antes de la primera regla, noté que me había cambiado el olor, era una sensación muy extraña, me había cambiado el olor por completo, me sentí una persona diferente y me concentré plenamente en investigar el fenómeno. No olí solamente el camisón, olí también mi sudor, mi ropa, mis sábanas, las de mis hermanas... Las cosas de Patricia no olían a nada, las de Amelia tenían un olor parecido al mío, pero distinto, desde entonces me esfuerzo por almacenar en la memoria los olores de las personas, el de Pablo sobre todo, él ya lo sabía, era capaz de reconocer su olor casi en cualquier circunstancia.

–Sí, me acuerdo –confirmé–, pero no entiendo por qué mamá fue a ver a Marcelo por eso, a mí no me dijo nada, se negó a oler mi camisón, me dijo que no hiciera más tonterías, y salió de mi cuarto, nada más.

–Pues estaba muy preocupada, por lo visto –Pablo alternaba su discurso con breves accesos de risa, carcajadas contenidas que no me dejaban entender bien lo que decía–, quería que Marcelo te escribiera y te aconsejara que no volvieras a hacerlo, jamás, porque era peligroso, o algo parecido.

–Pero ¿por qué? –no acababa de entenderlo.

–Tú todavía no tenías doce años, y ella pensaba que aquello estaba conectado con algún turbio conflicto sexual, no fue capaz de precisar, no tenía la imaginación suficiente como para formular una hipótesis concreta, pero estaba aterrada. Según tu hermano, tenía miedo de que aquello degenerara en un vicio, de que te convirtieras en una viciosa, y además, en cualquier caso, no estaba bien. –Carcajada, ya no podía más, esperé unos segundos a que se recuperara, sonriendo yo también–. Carmela te había sorprendido olisqueando la cama de tus padres, su propia cama...

–Sí, la verdad es que resultó menos interesante de lo que yo esperaba... –mi tono objetivo, casi científico, le hizo reír– y Marcelo se negó, ¿no?

–Por supuesto que se negó, se negaba a todo lo que le pedía tu madre, eso por principio, y luego, además, todo aquello resultaba tan ridículo... –su expresión se suavizó poco a poco, la risa se deshizo en una sonrisa melancólica–. Él en la cárcel, hecho polvo, cumpliendo una condena absurda, en un país absurdo, y tu madre preocupada porque tú ibas oliendo todo lo que se te ponía por delante... Le ha cambiado el olor, le dijo, bueno y qué, a todo el mundo le cambia, antes o después, y además sus olores son suyos, ella puede hacer lo que quiera con ellos, se dio la vuelta, muy digno, y se volvió arriba, ahogado de risa –estuvo callado durante unos segundos. Yo no me atreví a decir nada–. Yo me reí con él, al principio, pero acabé pensando igual que tu madre, presentí que eras una pequeña viciosa, una perdida potencial. La imagen se me quedó grabada en la cabeza, tú, desnuda, oliendo el camisón y repitiendo en voz baja, me ha cambiado el olor, aquella noche me masturbé con eso, fui construyendo una fantasía sólida, enloquecida, alrededor de esa imagen, me quedaba colgado de aquella imagen una noche detrás de otra, tú escondiéndote por los rincones, despistando a todos tus hermanos y hermanas para desnudarte y olerte, barriendo con la nariz la cama de tus padres para tocarte después. Eras encantadora, claro que te imaginaba más mayor. Cuando salí y volví a verte, me asombré de que fueras tan pequeña todavía, pero ya había decidido que merecía la pena esperar para intervenir en tu perdición, y esperé...

Hizo una pausa y me miró. Yo le miraba con la boca abierta. No sabía qué decir, porque tenía ganas de reír y de llorar al mismo tiempo.

–Ahora ya sabes –dijo él entonces– cuál es el verdadero principio de esta historia.

Ya me habían desaparecido las agujetas.

No sabía si alegrarme o entristecerme, sentí algo de las dos cosas, supongo, cuando por fin conseguí sentarme en una silla sin el acostumbrado y agudo pinchazo, la única consecuencia objetiva de la noche de Moreto, nunca hasta entonces había mantenido las piernas tan abiertas, durante tanto tiempo. Pero ya me habían desaparecido las agujetas, habían pasado dieciséis días, me acuerdo perfectamente porque los había ido contando hasta aquella tarde, aquella tarde hacía la tarde número diecisiete.

Cuando llegué del colegio, me encontré con que Amelia desfallecía, deshecha en llanto, entre los fofos brazos de mi madre. Estaba tan familiarizada con el patetismo de escenas como aquélla que me fui a la cocina sin hacer preguntas, y me preparé un bocadillo de tomate y cebolla en rodajas con aceite de oliva y sal, mi bocadillo favorito. Luego volví a mi cuarto con la intención de ponerme a estudiar enseguida Filosofía, tenía un examen al día siguiente. Ellas no se habían movido. Fue mi madre quien habló, con el tono frío y aséptico que solía adoptar para comunicar las noticias inesperadas.

–Supongo que a ti también te interesa, Marisa, hija, al fin y al cabo, él siempre dice que eres su niña favorita... –los sollozos de Amelia me impidieron escuchar el final de la frase.

–¿El qué? –Okham estaba bien, no tan entretenido como los sofistas pero mucho más tolerable que san Agustín, desde luego, comenzaría por Okham.

–Pablo se va, se marcha a vivir al extranjero.

–¿Qué Pablo?

–¿Qué Pablo va a ser? –mi madre se me quedó mirando, perpleja–. Pablo Martínez Castro, el amigo de Marcelo, no sé qué te pasa últimamente, Marisa, estás como atontada, hija...

No contesté, tampoco me moví. No quería enseñarle la cara a nadie, y por eso escondí la nariz en el libro mientras me animaba a mí misma a reaccionar deprisa. París, pensé, seguro que se va a París, está muy pasado de moda, pero tampoco se llevan mucho los místicos, ni irse a vivir fuera de España, ahora que el viejo está ya más para allá que para acá, a punto de diñarla... A París se puede ir en tren, el *Puerta del Sol*, lo sé, no debe salir muy caro un billete de tercera, o de lo que sea, de lo último, no puede ser muy caro, está cerca, París...

–Se va a una universidad americana, no sé cómo se llama, en Filadelfia, o cerca de Filadelfia, no sé dónde ha dicho tu hermano...

En alguna parte se había roto algo de cristal. Escuché un ruido como de campanilla y el repiqueteo de los fragmentos sobre el suelo. No tenía fuerzas para preguntarme a mí misma cuánto costaba un billete de avión para ir a Filadelfia.

Levanté la cara del libro y decidí conservar la calma. Nadie tenía por qué enterarse, y menos ellas dos, de nada. Se me escapó una especie de reproche universal, sin embargo.

–No puede ser, pero si ni siquiera tiene treinta años...

–¡Anda! –mis palabras despertaron la curiosidad de mi

hermana, que hasta entonces había permanecido en el doliente mutismo que mejor convenía a su papel–. ¿Y eso qué tiene que ver?

–Bueno, todos se van a una universidad americana, pero más mayores...

–¿Y tú qué sabes?

–No hay más que leer los periódicos.

Me lo repetí otra vez, todos se van, él también. ¿Por qué no iba a irse él también? Las piezas encajaban, los detalles completaban una historia verosímil, posible, cierta. Era verdad. Pablo se iba. A Filadelfia. Filadelfia, en la otra punta del mundo.

–Profesor de literatura española, ¿no?

Mi madre asintió con la cabeza.

–El Siglo de Oro, creo.

–¡Qué original!

El llanto de Amelia se recrudeció, mi madre se volvió hacia ella, yo estaba de pie, en el centro de la habitación, con la mente en blanco. Tenía el libro todavía en la mano, el bocadillo mordisqueado me daba náuseas, pero aún no me daba cuenta de nada, no tenía ni idea de la que se me venía encima.

–¿Está Marcelo en casa, mamá?

–No, hace dos días que no se le ve el pelo, ésa es otra, tu hermano se cree que esta casa es una pensión, me trae la ropa sucia y se vuelve a marchar, me va a matar a disgustos...

–Bueno, pues me voy a su cuarto a estudiar. Mañana tengo un examen de Filosofía.

Cuando salía por la puerta, las oí cuchichear. Amelia instaba a mi madre –díselo mamá, díselo–, ella la tranquilizaba –no te preocupes.

–Oye, Marisa... ¿a que no te importa que Amelia se

ponga esta tarde tu vestido amarillo, ese que te regaló la abuela?

–Sí que me importa, no lo he estrenado todavía.

–Pero mujer, si nunca vais juntas, ni tenéis las mismas amigas, ¿qué más te da?

Cualquier otro día hubiera peleado, protestado, chillado y amenazado, tal vez llorado, y no me habría servido de nada. Aquel día accedí a la primera. Lo único que me apetecía era estar sola, encerrarme en el cuarto de Marcelo para estar sola, sola, pero no habían pasado ni diez minutos cuando la vi entrar por la puerta sin haberse tomado la molestia de llamar antes.

–Marisa, hija, tengo que hablar contigo –reconocí al instante el tono de además-de-tu-madre-soy-tu-mejor-amiga que había adquirido en sus retiros espirituales para padres de familia numerosa de signo posconciliar.

–Ahora no, mamá, no tengo ganas de hablar –movía muy deprisa las pestañas para alejar las lágrimas de mis ojos–. Tengo que estudiar, y además no me importa que Amelia se haya puesto mi vestido, si es eso lo que te preocupa, te juro que no...

–No jures, Marisa.

–Perdona, mamá, quiero decir que no me importa, en serio, con tal de que no me lo reviente.

–Sí, Amelia está más gorda que tú, y es mucho más fea, también... –hablaba casi en un susurro–. Mírame, hija, deja ese libro.

La miré. Me habían intrigado mucho sus últimas palabras. Ella advirtió las señales del llanto en mis ojos. Estaba sentada encima de la cama de Marcelo, acababa de cumplir cincuenta y un años, pero aparentaba casi quince más. Llevaba un vestido camisero de lana estampado en azul marino y negro, y medias gruesas, de color tostado, de esas que venden en las farmacias para las varices. Tenía las piernas reventadas, la sangre formaba una intrincada red de charcos rojizos y morados bajo su piel blanquecina, transparente. Nueve hijos y once embarazos, once, en diecisiete años. Ya no tenía cuerpo, apenas un saco encorvado, relleno de vísceras agotadas, rendidas, dadas de sí. Y todavía lloraba por los hijos que no había tenido, aquel que nació muerto entre Vicente y Amelia, y los dos abortos, en sólo cuatro años, dos abortos, desde que yo nací hasta que llegaron los mellizos. Me daba pena, pero también, en algunos momentos raros de lucidez, momentos como aquél, si la miraba con atención sentía algo parecido al asco. Años atrás, creí haber llegado a odiarla. Ahora no, ahora me daba cuenta de que nunca había dejado de quererla, pero no la soportaba.

–¡Claro que te ha molestado lo del vestido! –me ofreció una sonrisa compasiva–, tienes quince años, es lógico que te moleste... Yo pienso mucho en ti, aunque no lo creas, te quiero mucho, Marisa, ven aquí conmigo.

–No, si no te importa, casi prefiero seguir aquí. –Habían pasado unos cinco meses, pensé, desde su arranque maternal más reciente–. Tengo que estudiar, y...

–Tú tienes muchas cosas de las que darle gracias a Dios, hija. Eres guapa, eres lista, te gusta estudiar, sacas buenas notas, tienes carácter, y fortaleza, sabes encarar los problemas, los disgustos... No me preocupas, aunque eso no quiere decir que no te quiera.

Se quedó callada un momento. Entonces intervine, traté de acelerar su confesión.

–Ya... –era evidente que yo no la preocupaba.

–Quiero decir que tú no me necesitas, tú saldrás adelante sin la ayuda de nadie, irás a la universidad, terminarás la carrera con buenas notas, y tendrás éxito, te casarás con un chico guapo y rico, en fin, tendrás un montón de hijos sanos, y no engordarás. Serás un gran apoyo para mí, cuando sea vieja... –me sonrió pero yo no le devolví la sonrisa, aquello me parecía el colmo de la desfachatez–. Amelia, en cambio, está tan acomplejada, ella me necesita, necesita mi ayuda, todavía, igual que Vicente, que tiene poco carácter, es tan débil, y Jose, tan impulsivo, y los pequeños, por supuesto... Marcelo no, Marcelo es como tú, fuerte e inteligente, aunque se nos ha hecho un rojo, todavía no entiendo por qué, no sé qué ha visto de malo en esta casa –aquí estuvo a punto de echarse a llorar–, y un gamberro, trasnochador, y un golfo... Lo de la política me preocupa mucho. Isabel, que era tan formalita, se está metiendo cada vez en más follones... En fin, Dios me ha dado nueve hijos, y todos los días le doy las gracias por ello, pero no puedo ocuparme de todos vosotros a la vez, y tú eres tan inteligente, tan responsable, y tan dura a la vez, no quiero decir que no seas sensible, pero pareces tan segura de ti misma, no te dejas afectar por nada, creas tan pocos problemas... Marisa, hija mía, ¿entiendes lo que quiero decir?

Asentí con la cabeza. Me hubiera gustado contestarle, gritarle que mi aspecto físico y mis buenas notas no significaban que no necesitara una madre, sacudirle y chillarle que no podía seguir así toda la vida, con un hermano como única familia. Me hubiera gustado abrazarla, refugiarme en sus brazos y llorar, como había visto llorar a Amelia antes. Me hubiera gustado decirle que la quería, que la necesitaba, que necesitaba que me quisiera, saber que me quería, pero me limité a asentir con la cabeza porque ya era inútil, demasiado tarde para todo lo demás.

Se acercó a mí, me besó y me dijo que tenía que irse a la cocina a pelar judías verdes. Antes de que atravesara la puerta, le pregunté cuál había sido la causa del berrinche de Amelia, y ella no quiso contestarme enseguida. Se quedó un rato mirándome, dudando.

–¿Me prometes que nunca te reirás de ella?

–Sí, mamá.

–Amelia está enamorada de Pablo, desde hace muchos años. Él nunca le ha hecho caso, pero la pobre no se lo puede quitar de la cabeza.

Estupendo, pensé, en esta casa ni siquiera puede una llorar sola.

Ella, la directora del internado, sufrió diversas transformaciones antes de estabilizarse como una mujer de treinta y cinco años más o menos, guapa, con gafas, de tipo nórdico, el estereotipo de bibliotecaria ninfómana que había visto alguna vez en las revistas de Marcelo, yo saqueaba sistemáticamente sus estanterías por aquel entonces, devoraba todos los libros forrados, él se daba cuenta, supongo, pero nunca me dijo nada.

El pelo estirado, recogido en un moñito alto, una blusa blanca y una falda oscura, aspecto severo, sentada muy tiesa, detrás de una mesa enorme, atiborrada de papeles, ella, la directora, era siempre quien hablaba primero.

–Lo siento mucho, pero tiene que hacerse usted cargo de ella, no podemos tenerla aquí por más tiempo.

Pablo la miraba. No estaba enfadado, la historia le parecía divertida, y eso irritaba todavía más a la directora del internado. Él tenía cuarenta años, pero conservaba el aspecto de cuando tenía veintisiete. Su personaje también había cambiado bastante. Al principio, era mi tutor, el albacea del testamento de mis padres, o algo así. Luego resultó que me había comprado en algún sitio y se gastaba el dinero en hacerme estudiar por alguna razón desconocida.

Al final era mi padre, simplemente, y mantuvo ese cargo durante la mayor parte de mi adolescencia.

–¿Le importaría volver a contármelo con más detalle? No me he enterado bien de cuál es ese problema que la preocupa tanto. Hace muchos años que no veo a mi hija...

–Bueno, Lulú..., es una niña muy sucia –la directora se inclinó hacia delante, y miró a mi padre por encima de las gafas. Estaba muy excitada, siempre se excitaba cuando hablaba de mí–. ¿Comprende lo que quiero decir?

–No –Pablo sonreía.

–Pues... es muy precoz, está obsesionada por el sexo, no lleva nada debajo de la falda, ¿sabe?, dice que la tela le molesta, y se sienta siempre con las piernas muy abiertas, se acaricia durante las clases, obliga a las demás a que la acaricien, revuelve a sus compañeras, en fin, me da vergüenza admitirlo, pero se lió con la profesora de matemáticas, yo mismo las sorprendí, y no se lo va usted a creer, pero era ella, Lulú, la que llevaba la voz cantante...

–¿Se quedó usted mirándolas, entonces? –Pablo la interrumpió. En sus labios se dibujaba una sonrisa perversa.

–Sí, yo... Tenía que estar segura antes de tomar una decisión, y las vi, su hija estaba desnuda, tumbada en la cama, se pellizcaba los pezones con los dedos, lleva las uñas largas, ¿sabe?, y pintadas de rojo, está prohibido, pero no hay manera de que obedezca las normas, su hija, y Pilar, la profesora, tenía la cabeza escondida entre sus muslos, se la estaba comiendo, hasta que se detuvo, levantó la cara y dijo algo así como no puedo más, mi amor, en serio, me duele la lengua, ya te has corrido tres veces. Entonces Lulú se incorporó y le pegó una bofetada, y yo intervine.

Al llegar aquí, la directora se callaba. Estaba muy salida y se frotaba con la mano. Aquí había una variante. En la versión clásica no pasaba nada. En la versión rápida, cuando yo notaba que me iba a correr sin remedio antes de que me tocara salir a escena, Pablo bromeaba con la última frase de la directora, que incluía el verbo intervenir –¿quiere eso decir que se metió usted en la cama con ellas?– y la otra asentía con la cabeza, muy avergonzada de repente, y le contaba el episodio mientras se levantaba la falda lentamente, para que mi padre viera los horrorosos cardenales que yo le había impreso en la piel. Pero eso casi nunca ocurría.

La directora llamaba por teléfono y, al rato, yo aparecía por la puerta. Pablo se volvía para mirarme. Mi figura también experimentó vaivenes considerables, sobre todo en lo referente a la edad. Al principio yo era muy mayor, quince años, los que tenía en realidad. Eso no concordaba muy bien con algunos aspectos de la historia, así que me quité un año, catorce. Me daba miedo seguir bajando hasta que un día pensé, pero qué estupidez, si es todo mentira, y decidí quedarme en los doce años, aun conservando un cuerpo demasiado definido para una niña de esa edad. Llevaba un uniforme muy distinto al mío, a mi uniforme de verdad, una falda tableada cortísima, azul marino, con tirantes en forma de H en el delantero.

Pablo me miraba con mucho interés.

–¡Cómo has crecido, Lulú!

Yo me acercaba a él, le besaba en la cara, y me sentaba en el brazo de su butaca. Él deslizaba discretamente una mano por detrás, debajo de mi falda, para comprobar que, en efecto, no había nada debajo. Después, la directora le preguntaba qué pensaba hacer.

–Había pensado llevarte a casa conmigo, una temporada. –Pablo me parecía maravilloso–. Hemos estado separados mucho tiempo... ¿Tú qué opinas?

Yo le contestaba, quiero irme contigo, a tu casa, nos

despedíamos de la directora y montábamos en un coche enorme, oscuro, que conducía un chófer a veces negro, a veces rubio, muy guapo siempre.

–Así que tu coñito no te deja vivir en paz, ¿eh?

Entonces yo comprendía que él me deseaba, aunque fuera mi padre, y yo le deseaba a él, más que a ninguna otra cosa de este mundo, y además no quería estudiar, no quería volver a ningún internado, era una desaprensiva total, yo, y siempre tenía ganas, se lo explicaba con mi vocecita inocente, retorciendo entre los dedos un pico de mi falda, echando la cintura hacia delante y levantando la tela poco a poco para que él pudiera observar mi vientre desnudo.

–Yo no tengo la culpa, papá, eran ellas, siempre, no me dejaban ni un momento, la directora también, ésa era de las peores, me pegaba con una vara cuando me negaba a comérselo, es una puta, la tía esa, pero me daba tanto gusto, cuando estaba de buenas, y yo no puedo evitarlo, es que me pica tanto, aquí –tomaba su mano y la alargaba hasta que rozaba mi sexo, seleccionaba uno de sus dedos y me frotaba con él–, ya soy mayor, lo necesito, papá...

–Ya lo veo...

Pablo me miraba con los ojos brillantes, se inclinaba sobre mí y me besaba, bromeaba con el chófer –¿qué te parece mi hija?–, me había desabrochado la blusa y me acariciaba los pechos, encajados en el travesaño de tela que unía los dos tirantes –es preciosa, señor, será magnífico tenerla entre nosotros, nos hará muy felices–, entonces atravesábamos una verja muy grande, negra, con boliches dorados, llegábamos a una casa enorme, él me cogía en brazos y me la enseñaba. Estaba vacía, llena de habitaciones vacías, no había casi muebles, todo era muy espacioso, y yo vivía allí, no tenía hermanos ni hermanas, sólo a Pablo, y los criados, muchos criados, y siempre había percebes para cenar, y podía comerme una bandeja entera sin que nadie me dijera nada, yo sola.

Todos sabían que yo me acostaba con mi padre y lo encontraban natural. Él me llevaba a la ciudad, de vez en cuando, y me compraba ropa, mucha ropa que me gustaba, y chocolate, me mimaba, y yo era una completa malcriada, a él le divertía, le gustaba mimarme, yo era feliz, andaba por la casa medio desnuda, le quería mucho, y follaba con él todo el tiempo. En este punto, casi siempre muy cercano al orgasmo, se desplegaban infinitas variantes.

Estábamos sentados a una mesa de gala, tres o cuatro señores mayores, él y yo, yo con un vestido blanco y vaporoso, algunas veces yo me levantaba la falda y me acuclillaba encima de la silla, con las piernas muy abiertas, para que él pudiera empapar cada bocado en mi sexo antes de llevárselo a la boca, otras veces él me sentaba sobre sus rodillas, me levantaba la falda, me enseñaba a sus amigos, todos coincidían, es una preciosidad, tu hija, él me besaba en la mejilla, no podría vivir sin ella, yo me acariciaba lentamente con mi dedito, para que me vieran todos aquellos señores, Pablo me izaba hasta sentarme encima de la mesa, apartaba de un manotazo copas, platos y floreros, me echaba para atrás, y me penetraba allí mismo, delante de todo el mundo, yo me corría, cuando él terminaba invitaba a sus amigos, podéis seguir vosotros, si queréis, no soy celoso, y ellos venían, me penetraban todos, uno detrás de otro, pero ninguno me daba tanto placer como él.

Otras veces estaba enfadado. Yo había hecho algo malo, no importaba qué, y él me castigaba, me ponía encima de sus rodillas, me levantaba la falda y me pegaba en el culo, eran humillantes, sus azotes, me daba fuerte, yo lloraba y me retorcía, le prometía que no lo haría nunca más, pero él solía mostrarse implacable entonces, me ataba a alguna parte, y se iba, me dejaba sola durante horas, días incluso, a veces venía una criada, o un criado, me traían comida pero yo no podía comer porque tenía las manos atadas, a veces me pegaban ellos también, otras veces me obligaban a que les hiciera cosas, o me las hacían ellos a mí, y luego Pablo volvía, volvía siempre, me metía la polla en la boca, yo me la tragaba sin rechistar, hasta que se ablandaba, me desataba y me follaba encima de un suelo de piedra, eran deliciosas, las reconciliaciones.

Nos despertábamos juntos, en una cama muy grande, él me acariciaba un rato, luego me destapaba, sigue tú sola, quiero verte, bajábamos a desayunar por una escalera enorme, tengo una sorpresa para ti, estoy muy contento contigo, te he comprado un juguete, ahora lo verás pero termínate el desayuno primero, y me cogía de la mano, me llevaba a la biblioteca, nos esperaba un jovencito vestido con un mono azul, es tuyo, puedes hacer lo que quieras con él, me acercaba al aprendiz de jardinero, le bajaba la cremallera, tenía una hermosa verga, yo estaba desnuda, él me abrazaba con torpeza, parecía un oso, me chupaba las tetas y me mordía, no sabía hacerlo, me hacía daño, nos tumbábamos en el suelo, se movía sobre mí como un animal, estaba hambriento, al principio tenía gracia, pero luego se volvía aburrido, déjame, Pablo estaba sentado en su sillón, nos miraba, no me gusta, papá, no me gusta, atrapaba su sexo con la mano y me sentaba encima, recibía un placer instantáneo de él, sabía moverse tan despacio, eres deliciosa, Lulú, me hablaba en un susurro, deliciosa, te quiero tanto...

Mi profesor de griego me examinaba con una expresión irónica, apoyado en una de las gruesas columnas del vestíbulo.

–¿Adónde vas con esa pinta?

Le sonreí mientras buscaba una excusa para justificar mi aspecto, pero no la encontré. Noté que me temblaban las manos, y me las metí en los bolsillos. Me temblaban los labios también, así que me decidí a hablar.

–Anda, Félix, invítame a una copa...

–Estás muy equivocada si piensas que voy a comprometer la sólida reputación que me he labrado en esta casa dejándome ver con una chica vestida así.

–Pero ¿de qué reputación hablas? Vamos, invítame a un café –le cogí del brazo y comenzamos a andar en dirección al bar del sótano.

Félix era un excelente profesor de griego, un hombre muy inteligente y un viejo amigo mío. Un par de años antes, después de una cena de fin de curso y borrachera, acabé acostándome con él y me gustó hacerlo. Pero tenía un defecto. Era muy cotilla, y, por tanto, la última persona con quien habría querido toparme allí, aquella tarde, mientras las cosas se negaban a salirme bien.

Me había puesto tan nerviosa yo sola, esperando en casa, que al final decidí salir media hora antes de lo previsto. Como mis cálculos ya incluían llegar a la facultad con media hora de adelanto para poder escoger un asiento en el centro de la primera fila, en el momento de mi encuentro con Félix disponía de casi una hora libre, demasiado tiempo para seguir dando vueltas delante de las puertas de la sala, cerradas a cal y canto. No se me había ocurrido pensar que las puertas pudieran estar cerradas, no se me había ocurrido comprobarlo, y eso que pasaba por delante todas las malditas mañanas. Por fin, me dije que lo mejor sería bajar al bar, sentarme a una mesa un poco apartada y anestesiar mis nervios con alcohol, cualquier remedio fuerte, contundente. Tenía tantas ganas de registrar presagios favorables que llegué a pensar que, después de todo, mi encuentro con Félix había sido afortunado.

–¿Llevas algo debajo del abrigo? –me examinaba con auténtico interés.

–¡Pues claro que llevo algo! Ropa. Voy completamente vestida –intenté parecer ofendida–. De verdad, no adivino por qué le das tanta importancia a mi aspecto, ni que fuera disfrazada de...

–Vas disfrazada. Por desgracia no sé de qué, pero desde luego vas disfrazada. –No iba a ser capaz de engañarle, así que me limité a cambiar de tema.

Cuando me acerqué a la barra a pedir las bebidas, los ocupantes de una de las mesas delanteras, un grupo de alumnos de primero, dejaron escapar una irregular secuencia de risitas a mi paso, mientras se llamaban la atención los unos a los otros con el codo, y me pregunté si no habría cargado demasiado las tintas.

El abrigo no me preocupaba demasiado, era muy llamativo, los abrigos de lana blanca siempre lo son, pero lo había pedido prestado precisamente por eso, porque necesitaba llamar la atención. Más extrañas resultaban las medias de sport, de un tono beige indefinido y escolar, que llevaba arrugadas en los tobillos. No había sido fácil conseguirlo. Los elásticos habían opuesto una resistencia tenaz, pero al cabo, después de haberlas hervido tres veces y embutido a presión en la base de sendas botellas de champán durante un par de días, logré que se me deslizaran pierna abajo con auténtica naturalidad, a pesar de que las acababa de comprar y era la primera vez que me las ponía. Aunque quizás las medias no resultaran tan ridículas en sí mismas, y lo peor fuera el conjunto que formaban con los zapatos. Recordé el corrillo de dependientas que se formó en la zapatería cuando, después de pedir que me trajeran el treinta y nueve del modelo con más tacón que tuvieran en marrón, saqué una media del bolso, me la arrugué en el tobillo y me probé un montón de zapatos, estudiando el efecto en los espejitos adosados a las columnas, antes de decidirme por un modelo de salón, muy sencillo, que me levantaba unos nueve centímetros por encima de mi estatura habitual. Y eso que el día de la zapatería llevaba medias de nailon, normales. Aquella tarde no me había puesto nada, las piernas desnudas, en enero, y el abrigo, en cambio, abrochado hasta el último botón.

Tal vez había cargado demasiado las tintas, pero ya no había remedio, así que me senté junto a Félix y esperé. Un bedel me había informado de que las puertas de la sala solían abrirse unos diez minutos antes de la hora que figuraba en las convocatorias. Cinco minutos antes de los diez minutos, me escabullí anunciando que tenía que ir al baño, me obligué a subir despacio por las escaleras, llegué al vestíbulo y me colé por las puertas abiertas para sentarme en el centro de la primera fila. Durante un buen rato fui la única persona de todo el auditorio.

Me había enterado por pura casualidad. La Facultad de Filología Hispánica organizaba cada dos por tres actos por el estilo y nunca había prestado mucha atención a los folletos y carteles que aparecían en el corcho. Pero andaba buscando clases particulares, necesitaba dinero, estaba decidida a irme aquel verano a Sicilia como fuera, y me habían comentado la aparición de un par de anuncios nuevos, dos nuevas bestias bachilleres encasquilladas con toda probabilidad en los usos del dativo.

Entonces vi su nombre, letras pequeñitas, en medio de muchos otros nombres.

Miedo, pánico a la realidad, a una decepción definitiva, porque luego ya no podría recuperarle, no podría devolverle a la casa grande y vacía donde nos amábamos, miedo a perderle para siempre.

Había pasado mucho tiempo.

Para mí había sido muy fácil retenerle, porque yo vivía una vida trabajosa y monótona, estaba sola, sobre todo después de que Marcelo se marchara de casa, mis días eran todos iguales, igual de grises, la eterna lucha por conquistar un espacio para vivir en una casa abarrotada, la eterna soledad en medio de tanta gente, la eterna discusión –no pienso hacer Derecho, papá, te pongas como te pongas–, el eterno interrogatorio sobre la fortaleza de mi fe religiosa, sobre la naturaleza de mis ideas políticas –me había afiliado al Partido, por razones más sentimentales que de otra índole, aunque ellos, los dos, se habían marchado ya–, la eterna invitación a llevar a mis sucesivos novios a cenar una noche –mi madre se empeñaba en creer que eran mis novios todos los tíos con los que me acosté durante aquellos años–, el eterno ejercicio solitario de un amor triste y estéril, todos los días lo mismo.

Quizás hubiera podido ser feliz si él no hubiera intervenido en mi vida, pero lo había hecho, me había marcado veintitrés días antes de marcharse a Filadelfia, y todo el tiempo transcurrido desde entonces no contaba para mí, no era más que un intermedio, un azar insignificante, un sucedáneo del tiempo verdadero, de la vida que comenzaría cuando él volviera. Y había vuelto. Vi su nombre en el corcho, en letras pequeñitas, y desde entonces mi cuerpo era un puro hueco.

Me retorcía de deseo por dentro, y la ambición de mis objetivos disminuía a una velocidad alarmante un día tras otro, mientras preparaba la puesta en escena. Fui a ver a Chelo para pedirle la bolsa de plástico que me había guardado en su armario durante los tres últimos años, desde aquella tarde en que mi madre me comentó que el vestido amarillo que llevaba Patricia era aquel que estrenó Amelia, el que me había regalado la abuela, cómo ha crecido esta niña, está casi tan alta como tú. No esperé a que me lo reclamara, lo quité de en medio un par de meses antes, y después anduve todo el verano con cara de alucinada, repitiendo que parecía cosa de brujas, el misterio del uniforme desaparecido.

Cometí el error de preguntarle a Chelo si estaría dispuesta a hacerme un favor muy gordo, claro que sí, ya lo sabes, aféitame el coño, ¿qué?, es que me da un poco de miedo hacérmelo yo sola, ¿qué?, que me afeites, entre las dos sería más fácil... Se negó, por supuesto que se negó, ya me lo esperaba, porque le había contado lo de Pablo, sabía que era para él, y le ofendió mucho mi proposición, jamás, jamás le perdonaría su negligencia contraceptiva, que ella siempre había creído doble. En aquella época Chelo no había descubierto todavía las delicias de la carne macerada, y sólo le gustaban los chicos muy, muy progres, valoraba el coitus interruptus como una mezcla de gesto cortés y declaración de principios en la igualdad de oportunidades, y al final me lo tuve que hacer yo sola, furtivamente, en el cuarto de baño de mi casa y a las tres de la mañana, la única hora en la que podía estar segura de que nadie iba a venir a aporrear la puerta. Descolgué el espejo sin hacer ruido y tardé casi dos horas porque iba muy despacio, como soy tan torpe, pero al final conseguí un resultado bastante aceptable, sentía mi piel desnuda y lisa otra vez, mientras permanecía allí, sentada en el centro de la primera fila, rogando a todos mis adorados dioses olímpicos que intercedieran ante él para que me aceptara, para que no me rechazara, ya sólo me atrevía a pedir eso, que no me rechazara, que me tomara por lo menos una vez antes de volver a marcharse.

Poco a poco, la sala se fue llenando de gente. Un señor bajito, calvo y con patillas fue el primero en sentarse sobre el estrado. Pablo, que llegó hablando con un barbudo de aspecto histórico que le abrazó al pie de la escalerilla, ocupó uno de los extremos, en último lugar.

Habían pasado cinco años, dos meses y tres días desde la última vez que le vi. Su rostro, la nariz demasiado grande, la mandíbula demasiado cuadrada, apenas había cambiado. Las canas tampoco habían prosperado mucho, su pelo seguía pareciendo negro. Estaba bastante más delgado, en cambio, eso me extrañó. Marcelo comentaba siempre que en Filadelfia se comía bastante bien, pero él había adelgazado y eso le hacía todavía más alto y más desgarbado, ésa era una de las cosas que más me gustaban de él, que parecía siempre a punto de descoyuntarse, demasiados huesos para tan poca carne. Le sentaban bien los años.

Mientras el tipo de las patillas presentaba a los asistentes con una lentitud exasperante, él encendió un cigarro y echó una ojeada a la sala. Miraba en todas las direcciones con excepción de la mía, y yo sentía que el hueco me devoraba. Tenía mucho calor, y mucho miedo. No me atrevía a mirarle de frente, pero detecté que se había quedado quieto, y entonces, por fin, mis ojos se atrevieron a buscarle. Los suyos me miraban fijamente, con los párpados entornados y una expresión extraña. Luego me sonrió y sólo después movió los labios en silencio, dos sílabas, como si pronunciara mi nombre. Me reconocía.

Actué según el plan previsto y me desabroché el abrigo muy despacio para dejar al descubierto mi horroroso uniforme marrón del colegio. Trataba de parecer segura, pero por dentro me sentía como un malabarista viejo y malo, que guarda a duras penas las apariencias mientras espera a que los ocho bolos de madera que mantiene bailando en el aire se le desplomen, todos a la vez, encima de la cabeza. Pablo se tapó la cara con una mano, permaneció así durante unos segundos, y luego volvió a mirarme. Seguía sonriendo.

Habló muy poco, aquella tarde, y habló muy mal, se quedó en blanco un par de veces, balbuceaba, daba la impresión de que tenía que esforzarse para construir frases de más de tres palabras, no me quitaba los ojos de encima, mis vecinos me miraban con curiosidad.

Cuando el viejo de las patillas anunció que la siguiente pregunta sería la última, me levanté de mi asiento. Para mi sorpresa, las piernas aún me sostenían y recorrieron el pasillo sin ningún tropiezo hasta transportarme fuera de la sala. Crucé el vestíbulo sin mirar hacia atrás, atravesé las cristaleras de la entrada y sólo tuve tiempo de dar ocho o nueve pasos antes de que él me detuviera. Su brazo se posó sobre el mío, me cogió por un codo, me obligó a darme la vuelta y, tras estudiarme durante unos segundos, me tocó con la varita mágica.

–¡Qué bien, Lulú! No has crecido nada...

Aceptó todos mis dones con elegancia. Interpretó todos los signos sin hacer comentarios. Habló poco, lo justo. Cayó de cabeza y por su propia voluntad en cada una de mis trampas. Me dejó enterarme de todo lo que quería saber. Pagó la cena, y luego me llevó a su casa. Vivía solo en un ático muy grande y atestado de libros, en el centro.

–¿Qué ha pasado con Moreto?

–Mi madre lo vendió hace un par de años –parecía lamentarlo–. Se ha comprado un chalet muy hortera, en una urbanización de adosados, en Majadahonda.

Nos sentamos en un sofá y durante un buen rato los dos estuvimos callados, quietos, en la actitud de quien acaba de llegar a una casa para hacer una visita formal, él mirándome, sonriendo, y yo sin saber muy bien qué hacer, otra vez, después de tantos años. Sus ojos me recorrían en silencio, de punta a punta, y pensé que me estaba mirando como se mira a una desconocida. Pero se acercó a mí y sostuvo mis brazos con sus manos hasta situarlos encima de mi cabeza. Los mantuve en esa posición mientras tiraba de mi jersey hacia arriba, hasta despojarme de él. Me desabrochó la blusa, me la quitó y me miró a la cara, sonriendo, porque aquella noche yo no llevaba sujetador y él se acordaba de todo, todavía. Luego, se inclinó hacia adelante, me asió por los tobillos, y los levantó de golpe para tirar de mis piernas hacia sí, hasta colocarlas encima de las suyas. Me quedé tumbada, atravesada encima del sofá, mientras él me desabrochaba los cierres de la falda. Antes de quitármela, me cogió una mano, la acercó a su cara y la miró con atención, deteniéndose en las puntas de mis dedos, redondas y romas. Se me había pasado por alto ese detalle. Aun a sabiendas de que no debería hacerlo, rompí el silencio.

–¿Te gustan las uñas largas y pintadas de rojo?

Todavía con mis dedos entre los suyos, me dirigió una sonrisa irónica.

–¿Importa mucho eso?

No podía contestarle que sí, que sí importaba, mucho, así que hice un vago gesto de indiferencia con los hombros.

–No, no me gustan –admitió al final. Menos mal, pensé al escucharle.

Terminó de desnudarme, siempre despacio. Me descalzó, me quitó las medias, y volvió a ponerme los zapatos. Me miró un momento, sin hacer nada. Luego alargó una mano abierta y la deslizó con suavidad sobre mi cuerpo, desde el empeine de los pies hasta el cuello, varias veces. Parecía tan tranquilo, sus gestos eran tan sosegados, tan ligeros, que por un momento pensé que en realidad no me deseaba, que sus acciones eran sólo el reflejo de un deseo antiguo, irrecuperable ya. Tal vez había crecido demasiado, después de todo.

Como si pudiera leer mi pensamiento y quisiera desmentirlo, en ese instante me pasó un brazo por debajo de las axilas y me incorporó hasta dejarme sentada encima de sus rodillas. Entonces me rodeó con sus brazos y me besó. El solo contacto de su lengua repercutió en todo mi cuerpo, mi espalda se estremeció, y mi cerebro sucumbió a una emoción aún más violenta. Él es la razón de mi vida, eso fue lo que pensé. Parecía una estupidez, pero en aquel momento fue un pensamiento grave, solemne, y algo más, porque aquella noche, mientras Pablo me besaba y me mecía en sus brazos, era también la verdad, la verdad pura y simple, él era la única razón de mi vida. Por eso atrapé una de sus manos, me la llevé a la cara y cubrí mi rostro con ella. La mantuve quieta un momento hasta notar el calor, la presión de sus yemas, y deposité un beso largo y húmedo encima de la palma antes de doblar los dedos, uno por uno, para esconder el pulgar bajo los otros cuatro. Después rodeé su puño con mis manos y apreté mis mejillas, mis labios, contra sus nudillos. Trataba de explicarle que le quería.

–Tengo una cosa para ti...

Me apartó con mucho cuidado, se levantó y cruzó la habitación. Cuando volvió, traía en las manos una caja larga y estrecha que había sacado de uno de los cajones de su escritorio.

–Te lo compré hace tres años, más o menos, en un momento de debilidad... –me sonrió–. No se lo cuentes a nadie, creo que ahora hasta me da vergüenza, pero entonces me daba la ventolera de vez en cuando, sobre todo cuando estaba solo, cogía el coche y me largaba a Nueva York, a la calle 14 con la Octava avenida, un sitio muy divertido, ¿cómo te lo podría explicar para que lo entendieras...? –se quedó callado, pensando, un momento. Después su cara se iluminó–. Sí, verás, la calle 14 es como una especie de Bravo Murillo a lo bestia, llena de gente, de bares y de tiendas, y yo me metía dos horas y pico de ida y otro tanto de vuelta para comer empanada de bonito y cantar «Asturias, patria querida» en un bar de un tío de Langreo, bebía hasta caerme y luego me sentía mejor. En uno de esos estúpidos arrebatos nostálgicos, te compré esto –se sentó a mi lado y me alargó la caja–. Aunque resulte una grosería decirlo, me costó mucho dinero y entonces no lo tenía, pero te lo compré de todos modos, porque te lo debía. No sé si me creerás, pero la verdad es que me he sentido responsable de ti durante todos estos años. Sin embargo, aunque pensé muchas veces en mandártelo, nunca me atreví a hacerlo. Temía encontrarte hecha una mujer, y las mujeres no siempre saben apreciar los juguetes...

La caja, envuelta primero en un papel rosa, brillante,

con un lazo de colores, y después todavía en celofán transparente, contenía una docena de objetos de plástico de color blanco, beige y rojo, un vibrador eléctrico con la superficie estriada rodeado por un montón de fundas y accesorios acoplables. Había también dos pilas pequeñas, metidas en una bolsa, y un tubito de plástico blanco con el aspecto de una muestra de crema, o de pomada, de esas que regalan en las farmacias. Cuando lo vi, sonreí, me reí, volví a sonreír. No me costó ningún trabajo mostrarme satisfecha. Estaba muy contenta, y no sólo porque él se hubiera acordado de mí.

–Muchas gracias, me gusta mucho. Pero deberías habérmelo mandado, me hubiera venido muy bien. Supongo que será de mi talla... –me miraba y se reía–. Si te apetece, puedo probármelo..., ahora.

No esperé a que me respondiera. Rasgué el celofán y estudié el contenido de la caja con mucha atención. Encontré enseguida el depósito para las pilas y cargué el vibrador. Giré una ruedecita que tenía en la tapa de abajo y comenzó a temblar, luego incrementé la potencia hasta hacerlo bailar en la palma de mi mano. Era divertido, igual que en la mañana de Reyes, de pequeña, cuando después de encajar dos pilas en su espalda, una muñeca normal y corriente, inerte, comenzaba a hablar o a mover la cabeza. Me di cuenta de que estaba sonriendo. Miré a Pablo, él sonreía también. Vacié la caja, extendí el celofán en el suelo, y dispuse encima todos los accesorios con la única excepción del tubo de lubricante, que le devolví en un alarde de chulería que estaba segura de poderme permitir.

–Esto no me va a hacer falta –le dije, para que fuera haciéndose una idea de lo que le esperaba.

–Nunca se sabe –contestó él, y se lo guardó en un bolsillo.

Pasé por alto aquel comentario y decreté un ataque masivo, incondicional.

–¿Cuál crees que será el mejor de todos? –su manera de responderme fue levantarse del sofá para ir a sentarse frente a mí, en un sillón adosado a la pared opuesta, unos tres metros y medio más allá.

Ahora verás, pensaba yo, ahora verás si he crecido o no he crecido, me sentía bien, segura, presentía que aquélla era mi única baza, había pensado mucho en ello durante los últimos días y no había sido capaz de elaborar un plan definido, una táctica concreta, pero él me lo había puesto todo muy fácil, le gustaba yo, todavía me acordaba, y le gustaban las niñas sucias, pues bien, yo le demostraría que podía ser sucia, muy sucia, recordé las palabras de la directora del internado y me di ánimos a mí misma, lo único que me preocupaba era que mi actuación resultara demasiado teatral, inverosímil de puro histérica. Lo demás me daba igual. El pudor me estorba poco cuando me estoy divirtiendo, y aquella noche me estaba divirtiendo de verdad.

Me senté en el suelo, apoyé la espalda contra el sofá, abrí las piernas y deslicé uno de mis dedos a lo largo de mi sexo, sólo una vez, antes de empezar a hablar.

–Creo que voy a empezar con éste –extraje de la caja una especie de funda de plástico color carne que encarnaba una representación bastante fidedigna del original, con nervios y todo–. ¿Sabes una cosa? Ya no me gusta ser tan alta, antes estaba muy orgullosa de medir más de un metro setenta, pero ahora creo que habría salido ganando si me hubiera parado unos veinte centímetros más abajo, como Susana, ¿te acuerdas de Susana?

–¿La de la flauta? –su expresión, sabia y risueña a la vez, era la misma que yo me había esforzado por retener durante todos aquellos años.

–Justo, la de la flauta, tienes buena memoria... –le miraba a los ojos todo el rato, trataba de aparentar el aire de frío cálculo que distingue a las mujeres lascivas y expertas, pero mi sexo, vacío aún, crecía y se esponjaba sin parar, y esa sensación nunca ha sido demasiado compatible en mí con la impasibilidad–. Ya está, pero ¡ahora es enorme!... Supongo que no te dará vergüenza que me lo meta aquí mismo, ¿verdad?

Negó con la cabeza. Yo me froté un par de veces con el nuevo juguete antes de enterrarlo dentro de mí con una ceremoniosa parsimonia. A pesar de que se trataba del objetivo principal del espectáculo, me despisté y no pude observar su reacción. Era la primera vez que usaba un utensilio semejante y las mías, mis propias reacciones, me absorbieron por completo.

–¿Te gusta? –su pregunta deshizo mi concentración.

–Sí, me gusta... –callé un momento y le miré, antes de seguir hablando–. Pero no es tan parecido a un hombre como yo pensaba, porque no está caliente, en primer lugar, y además, como tengo que moverlo yo misma, no existe el factor sorpresa ¿comprendes?, no hay cambios de ritmo, ni paradas, ni acelerones bruscos, eso es lo que más me gusta, los acelerones...

–Desde la última vez que nos vimos, te has hartado de follar, ¿no?

–Bueno, digamos que me he defendido... –ahora agitaba la mano más deprisa, bombeaba con fuerza aquel simulacro de hombre contra mis paredes y me gustaba más, cada vez más, me estaba empezando a gustar demasiado, por eso paré de pronto y decidí cambiar de funda, no quería precipitar las cosas–. ¿Ésta que tiene púas es para hacer daño?

–No lo sé, no creo.

–Bueno, veremos, pero yo te estaba contando algo... ¡Ah, sí!, lo de Susana, que como no mide más que un metro y medio, todos los tíos le parecen enormes, es genial, siempre que le pregunto me contesta lo mismo, la tenía así –separé exageradamente las palmas de mis manos–, y gordísima, pero quejándose, no lo entiendo, siempre se está quejando, a mí me encantaría, pero como soy tan grande, pues nunca me llenan del todo, por eso creo que es una desventaja ser tan alta, lo tienes todo demasiado largo...

–Ya... –se reía a carcajadas y me miraba, le gustaba todo aquello, estaba segura de que le gustaba, por eso me atreví a empalmar aquella historia con otra de procedencia bien distinta, nunca me habría creído capaz de contárselo, pero entonces no me pareció importante.

–Oye, ¿sabes que las púas no hacen daño? Ahora voy a ponerle esto encima, a ver qué pasa. –Cogí una especie de capuchón corto, de color rojo, recubierto de pequeños bultitos, y lo encajé en la punta–. Por cierto, que tiene gracia, hablando de Susana, hace un par de meses soñé contigo una noche, y los consoladores tenían mucho que ver con el sueño –me paré un momento, quería estudiar su rostro, pero no fui capaz de detectar nada inquietante en él–. El caso es que Susana se ha vuelto muy formalita de un tiempo a esta parte, de pequeña era la más guarra del curso, ya sabes, pero hace un par de años se echó un novio formal, muy formal, un tío supertarra, de veintinueve tacos...

–Yo tengo treinta y dos –al principio me miró con la misma sonrisa que solía dedicarme mi madre cuando me pillaba hurgando en la despensa, y luego la reemplazó con una serie de carcajadas francas y sonoras.

–Ya, pero tú no eres tarra.

–¿Por qué?

–Porque no, igual que Marcelo, él tampoco es tarra, aunque ya esté casado y tenga un hijo y todo... Por cierto, que se casó con tu novia.

–Bueno, Mercedes había sido su novia antes de ser la mía.

–Y, total, tú no parabas de ponerle los cuernos...

–Sí –sonrió–, tú también tienes buena memoria. Pero, al fin y al cabo, ella seguía acostándose con tu hermano...

–¿Ves por qué vosotros no sois tarras?

–Te advierto que el amor libre se está pasando de moda muy deprisa.

–Ya, pero no es eso. Es que..., bueno, no sé, que el novio de Susana no se os parece nada. Tiene mucho dinero, eso sí, una agencia de servicios editoriales, y ni una pizca de sentido del humor. En fin, que la otra noche fuimos a cenar, ellos dos, Chelo, que llevó a un tío bastante gracioso, y yo, que no tenía nadie con quien ir. –Me miró levantando las cejas, como si no pudiera creerlo–. En serio, mira, si lo hubiera tenido, a lo mejor me habría llevado esto puesto –me saqué el consolador y lo despojé de todos sus vestidos, porque ya me costaba trabajo hablar y actuar al mismo tiempo, y supuse que desnudo resultaría menos efectivo–. El caso es que nos emborrachamos, Susana también, y acabamos contando la historia de la flauta. El amigo de Chelo se rió mucho, le encantó aquello, pero el novio de Susana se cabreó, dijo que no tenía ninguna gracia y que a él, desde luego, no le excitaban ese tipo de tonterías. ¡Jo, qué maduro!, dije yo, y añadí que me extrañaba, porque tú, que eras profesor en la universidad, y poeta, y todo, te habías puesto muy cachondo cuando te enteraste, ¿a que sí?

–Sí.

–¿Me has traído también una flauta de Nueva York?

–No.

–¡Qué pena!

Al llegar a ese punto no pude evitar la risa, pero a los pocos segundos conseguí rehacerme y seguí.

–Bueno, el caso es que aquella noche soñé que íbamos los dos en un coche muy grande y muy caro, conducido por un chófer negro muy guapo, que te llamaba señor y la tenía muy gorda, no sé por qué pero yo sabía que la tenía muy gorda –la expresión de su sonrisa, distinta ahora, me hizo temer que sospechaba a qué categoría pertenecía realmente mi sueño, así que empecé a disparatar, para dotar a mi relato de un paradójico barniz de verosimilitud, la inverosimilitud propia de las historias que se sueñan–. Yo llevaba un vestido largo, gris perla, a la moda del siglo XVI, un escote enorme, gola blanca y falda armada con alambres, con un polisón de tul encima del culo y un montón de joyas por todas partes, pero tú ibas vestido con unos pantalones y un jersey rojo, normal y corriente, y parábamos en la calle Fuencarral, que era Berlín, aunque todos los carteles estaban en castellano, igual que ahora, todo era igual en realidad, y entrábamos en una zapatería con los escaparates llenos de zapatos, claro... Oye, ¿no te ofenderás si sigo con el dedo, un ratito nada más? Necesito descansar.

–Tú misma.

–Gracias, muy amable, en fin, ¿por dónde iba...? ¡Ah, sí!, dentro de la zapatería había un dependiente vestido de paje, de paje antiguo, pero sus ropas no se parecían demasiado a las mías, llevaba un traje de aspecto francés, como Luis XIV, mucho encaje y peluca empolvada, ya sabes, y entonces yo me senté muy modosita en un banco, tú te quedaste de pie a mi lado y el dependiente se acercó y te dijo, usted dirá, porque lo más divertido de todo es que no te puedes imaginar qué relación teníamos tú y yo, eso no te lo imaginas...

–¿Padre e hija? –sugirió.

–Sí... –balbucí–. ¿Cómo lo has adivinado?

–Bah, he dicho lo primero que se me ha pasado por la cabeza.

–¿Y no te parece increíble? –el estupor, un estupor con el que se mezclaban algunas notas de vergüenza, vergüenza auténtica pese a mi proverbial falta de pudor, amenazaba con paralizarme de un momento a otro.

–No. Me gusta mucho –sus palabras disiparon mis dudas–. Y ¿qué pasaba? Supongo que no fui a equiparte para el curso escolar.

–No, qué va –reí, aquella desagradable sensación se había disuelto por completo, y yo me sentía cada vez mejor, más convincente, volví a acariciarme para que él me viera, moviéndome lentamente sobre la alfombra, calentándole a distancia, eso me excitaba, mucho, pero al mismo tiempo me ahogaba en el deseo de ir hacia él, de tocarle–. Tú le dijiste al dependiente que te ibas a Filadelfia un par de semanas, para dar un cursillo sobre san Juan de la Cruz a aquellos pobres salvajes, los indios, quiero decir, y que te daba miedo dejarme sola así, sin más, porque estaba muy salida y era capaz de hacer cualquier cosa, y que por eso habías pensado en insertarme una prótesis que me consolara y me hiciera compañía durante tu ausencia. El dependiente te dio la razón, estas niñas de hoy día, ya se sabe, dijo, su actitud me parece muy prudente. Entonces aquel individuo se marchó a la trastienda y volvió con dos percheros, bueno, no eran eso exactamente, pero no sé cómo llamarlos, un par de palos de metal que terminaban en un redondel, y los puso delante de mí, uno a cada lado, entonces yo, que sabía lo que tenía que hacer, me levanté las faldas, abrí las piernas y metí cada uno de mis tacones en los agujeros de la parte superior de los percheros, y me quedé como en la consulta de un ginecólogo. Llevaba unos pololos blancos, largos hasta la rodilla, pero abiertos por debajo, con un ojal bordado con florecitas, y el dependiente me metió un dedo, te miró y dijo, así no puedo probarle nada, está completamente seca, si a usted le parece bien, puedo intentar arreglarlo, y tú asentiste, entonces él se arrodilló delante de mí y empezó a comerme el coño, y lo hacía muy bien, y me daba mucho gusto, pero cuando estaba empezando a correrme le dijiste que ya estaba bien, y él paró...

–¡Qué actitud tan desagradable, la mía! –sonreía, tamborileando con los dedos encima de su bragueta.

–Desde luego –le contesté–, estuviste muy grosero. Bueno, entonces el tío aquel empezó a calzarme consoladores dorados, grandes, cada vez más gordos, y como yo estaba muy puesta ya, pues me corrí en medio de la prueba. A ti te gustó, pero al dependiente no le pareció bien, aunque no se atrevió a decir nada, y al final me metió uno horrible, que me hacía mucho daño. Tú estabas encantado y dijiste, ése, ése, entonces él empujó un poco más y se me quedó dentro, todo, y no podía sacármelo, lloré y protesté, no quiero éste, te lo dije bien claro, pero tú te fuiste a la caja, pagaste, me ayudaste a levantarme y me sacaste fuera, diciendo que ibas a perder el avión, porque te ibas a Filadelfia en avión, desde París, ¡uy!, quiero decir Berlín, y yo no podía andar, no podía, tenía que mantener las piernas abiertas, y la notaba dentro, aquella mole. Cuando entramos en el coche, el chófer se interesó por mí y tú me levantaste la falda para que lo viera, él me metió la punta de un dedo y exclamó, la talla 56, magnífico, ésa es la mejor, y yo te dije, lloriqueando, pero cómo vamos a despedirnos si llevo esto dentro, y tú me dijiste, no te preocupes, Lulú, tu cuerpo es mucho más completo de lo que te crees. Entonces me obligaste a arrodillarme encima del asiento trasero, me levantaste la falda por detrás, te bajaste la cremallera, y justo entonces, cuando estaba a punto de empezar lo mejor, de repente fui y me desperté... –hice una pausa dramática, improvisando una expresión de asombro, las cejas arqueadas, la boca abierta–, y ya no sé lo que pasaría después... –entonces se echó a reír, y yo reí con él, y le miraba, le miré durante mucho tiempo antes de volver a hablar–. ¿Te ha gustado, el sueño?

–Mucho. Sería muy feliz si tuviera una hija como tú.

–Oye, Pablo... –sus palabras, y sus ojos, me convencieron de que había tenido éxito. Ahora él ya lo sabía, sabía lo sucia que podía llegar a ser, y seguramente sabía también algunas cosas más, pero todavía no era suficiente, tenía que llegar hasta el final–. Estoy empezando a echar algo de menos. No es que no me haya gustado tu regalo, pero, en fin...

Se bajó la cremallera, extrajo su sexo con la mano derecha y comenzó a acariciarlo.

–Te estoy esperando.

Recorrí de rodillas la distancia que me separaba de él, me incliné sobre su polla y me la metí en la boca. Aquello empezaba a parecerse a un reencuentro de verdad.

–Lulú...

–Hummm –yo no tenía ganas de hablar.

–Me gustaría sodomizarte.

Ni siquiera abrí los ojos, no quise enterarme de lo que decía, pero sus palabras se quedaron bailando en mi cabeza durante unos segundos.

–Me gustaría sodomizarte –repitió–. ¿Puedo hacerlo?

Liberé mis labios de su absorbente ocupación y levanté los ojos hacia él, mientras deslizaba su sexo contra mi mano.

–Bueno, no hay que tomarse las cosas tan a la tremenda... –sólo pretendía impresionarle, pensé, eso era cierto, quería impresionarle, pero no tanto–. Creer en los sueños no es racional, y además, ya te he dicho que estoy acostumbrada a que no me llenen del todo, no hace falta que te tomes tantas molestias...

–No es ninguna molestia –me miró, riéndose, me había pillado, me había pillado bien. Sentí que nunca llegaría a ser una mujer fatal, una mujer fatal como Dios manda. Mi estrategia se había vuelto contra mí, y ahora ya no se me ocurrían más suciedades, nada ingenioso que decir–. Además, por lo que he podido ver, y sobre todo escuchar, supongo que ni siquiera sería la primera vez.

–Pues, ya ves, creo que sí... –ahí me quedé callada, le miré un momento, sus ojos brillaban, y brillaban sus dientes, que mordían una esquina de su labio inferior, entonces me dije que lo mejor sería restablecer el orden de antes, así que volví a cerrar la boca alrededor de su sexo y desplegué todo el catálogo de mis habilidades, una detrás de otra, muy deprisa, pensando que así a lo mejor se le pasaban las ganas, pero apenas unos minutos más tarde la presión de su mano me obligó a abandonar.

–¿Y bien? –insistió en tono cortés.

–No sé, Pablo, es que... –trataba de despertar su compasión mirándole con ojos de cordero degollado, no tenía que esforzarme mucho, estaba confundida, porque no podía decirle que no, a él no se lo podía decir, pero no quería, eso lo tenía muy claro, que no quería–. ¿Por qué me preguntas esas cosas?

–¿Hubieras preferido que no te lo preguntara?

–No, no es eso, no quiero decir que me parezca mal

que me lo hayas preguntado, pero es que yo, yo qué sé, yo...

–Da igual, no importa, era sólo una idea.

Sus brazos se deslizaron bajo mis axilas, para indicarme que me levantara. Cuando estuve de pie, frente a él, hundió su lengua en mi ombligo durante un instante, y después se levantó, me abrazó, y me besó en la boca durante mucho tiempo. Sus manos fueron ascendiendo lentamente desde mi cintura, a lo largo de mi espalda, hasta afirmarse en mis hombros. Entonces, cuando menos lo esperaba, me dio la vuelta, me puso la zancadilla con su pie derecho, me derribó encima de la alfombra y se tiró encima de mí. Aprisionó mis muslos entre sus rodillas para bloquear mis piernas y dejó caer todo su peso sobre la mano izquierda, con la que me apretaba contra el suelo, entre mis dos omoplatos. Noté un pegote blando y frío, algo que al principio no pude identificar. Luego me acordé de aquel tubo que se me había ocurrido entregarle en lo que me había parecido una impecable demostración de arrogancia y empleé algún tiempo en insultarme a mí misma, ¡hay que ver lo lista que eres, Lulú, hija mía, desde luego, es que eres gilipollas pero perdida, vamos...! Mientras tanto, uno de sus dedos, alarmantemente perceptible por sí mismo, entraba y salía de mi cuerpo. Luego fueron dos, moviéndose a la vez, distribuyendo el sobrante alrededor de la entrada, soltándome por fin la lengua.

–Eres un hijo de puta.

Él chasqueó varias veces la suya contra los dientes.

–Vamos, Lulú, ya sabes que no me gusta que digas palabrotas.

Lancé las piernas hacia delante, y conseguí golpearle en la espalda un par de veces. Intentaba hacer lo mismo con los brazos cuando noté la punta de su sexo, tanteándome.

–Estate quieta, Lulú, no te va a servir de nada, en serio... Lo único que vas a conseguir, si sigues haciendo el imbécil, es llevarte un par de hostias –no estaba enfadado conmigo, me hablaba en un tono cálido, tranquilizador incluso, a pesar de sus amenazas–. Pórtate bien, no va a ser más que un momento, y tampoco es para tanto... –me abrió con la mano derecha, notaba la presión de su pulgar, estirando la piel, apartando la carne hacia fuera–. Además, tú tienes la culpa de todo, en realidad siempre empiezas tú, te me quedas mirando con esos ojos hambrientos, tomas decisiones, aciertas, te equivocas... Esta noche ibas muy bien, ¿sabes?, pero al final has cometido un error gravísimo. Nunca deberías haberme contado que no habías hecho esto antes. Eso es superior a mis fuerzas, no puedo soportarlo, no lo soporto. Y ya sé que no debería decirlo, y mucho menos pensarlo, que no queda bien, que no es progresista, pero la verdad es que me encanta estrenarte... La verdad es que no hay nada en este mundo que me guste más...

Su mano derecha, que imaginé cerrada en torno a su polla, presionó contra lo que yo, a pesar del trabajo de sus dedos, seguía sintiendo como un orificio frágil y diminuto.

–Eres un hijo de puta, un hijo de puta...

Luego ya no pude hablar. El dolor me dejó muda, ciega, inmóvil, me paralizó por completo. Jamás en mi vida había experimentado un tormento semejante. Rompí a chillar, chillé como un animal en el matadero, dejando escapar alaridos agudos y profundos, hasta que el llanto ahogó mi garganta y me privó hasta del consuelo del grito, condenándome a proferir intermitentes sollozos débiles y entrecortados que me humillaban todavía más, porque subrayaban mi debilidad, mi rotunda impotencia frente a aquella bestia que se retorcía encima de mí, que jadeaba y suspiraba contra mi nuca, sucumbiendo a un placer esencialmente inicuo, insultante, usándome, igual que yo había usado antes aquel juguete de plástico blanco, me estaba usando, tomaba de mí por la fuerza un placer al que no me permitía ningún acceso.

Aunque no pensé que fuera posible, el dolor se intensificó de repente. Sus embestidas se hicieron cada vez más violentas, se dejaba caer sobre mí, penetrándome con todas sus fuerzas, y luego se alejaba, y yo sentía que la mitad de mis vísceras se iban con él. La cabeza me empezó a dar vueltas, creí que me iba a desmayar, incapaz de soportar aquello ni un solo minuto más, cuando empezó a gemir. Adiviné que se estaba corriendo, pero yo no podía sentir nada. El dolor me había insensibilizado hasta tal punto que no era capaz de percibir nada más que dolor.

Después, se quedó inmóvil, encima de mí, dentro de mí todavía. Me mordió la punta de la oreja y pronunció mi nombre. Yo no le contesté. Noté que me abandonaba, pero permaneció allí dentro al mismo tiempo, como si el hueco que había abierto se resistiera a cerrarse. Me dio la vuelta, moviéndome con suavidad. Yo no le ayudé en absoluto, mi cuerpo era un peso muerto, no me movía, seguía quieta, con los ojos cerrados, no quería mirarle, no quería que me viera mirarle, no estaba segura de lo que ocurriría si le miraba, si veía cómo me apartaba las lágrimas de los ojos, cómo me acariciaba la cara con la punta de los dedos. Se inclinó sobre mí y me besó en los labios. No le devolví el beso, pero me besó otra vez.

–Te quiero –eso no me lo había dicho antes, ningún hombre me lo había dicho nunca.

Sus labios recorrieron mi barbilla, descendieron por mi garganta, se cerraron alrededor de mis pezones, y aún su lengua prosiguió hacia abajo, resbaló a lo largo de mi cuerpo, atravesó el ombligo y recorrió mi vientre. Cuando no pudo seguir, sus manos me doblaron las piernas para separarlas después, y entonces sentí el calor, el color de una vergüenza inédita, un sonrojo íntimo y hondo, rabioso y público, porque nunca lograría guardarlo sólo para mí. Seguía estando callada, inmóvil, con los ojos cerrados y los brazos pegados al cuerpo, pero él estaba descubriendo ya que a pesar de todo, de su crueldad, de mi indignación, del dolor que las confirmaba en cada segundo, mi sexo estaba húmedo.

Sus dedos se posaron encima de los labios y los aplastaron, uno contra otro. Relajaron un instante la presión para juntarse de nuevo, iniciando un movimiento de pinza que se desplazó poco a poco cada vez más arriba, produciendo un sonido sordo, parecido a un gorgoteo. Cuando llegó al final, su mano estiró mis labios para desnudar completamente mi sexo, dejando al descubierto la piel rosa, tirante, que me escocía como una herida a medio cerrar.

La aplacó con la lengua, recorriéndola despacio, de arriba abajo, y luego se concentró en el insignificante vértice de carne al que se reducía ya todo mi cuerpo, resbalando, presionando, acariciándolo, notaba el extremo de su lengua, dura, frotándose contra él, y mi carne que engordaba, engordaba a un ritmo escandaloso, y palpitaba, entonces lo atrapó entre sus labios y lo chupó, volvió a hacerlo y lo sorbió para adentro, lo mantuvo dentro de su boca y siguió lamiéndolo, y eso ya me obligó a moverme, a doblarme, a impulsar mi cuerpo en vilo hacia él, ofreciéndome por fin para no desperdiciar ningún matiz. Introdujo dos dedos en mi sexo y comenzó a agitarlos siguiendo el mismo ritmo que yo imprimía a mi cuerpo contra su lengua. Poco después, deslizó otro dedo un poco más abajo, a lo largo del canal que él mismo había abierto antes. Yo ya no podía pensar, no podía decidir, pero sentía, y el recuerdo de la violencia añadió una nota irresistible a la presencia del placer para desencadenar un final exquisito y atroz.

Su lengua siguió allí, firme, hasta que cesó la última de mis pequeñas sacudidas. Sus dedos aún me penetraban cuando apoyó la cabeza encima de mi ombligo, y sólo entonces me atreví a meditar, a calcular las consecuencias de lo que había ocurrido en la segunda noche más larga de mi vida. La posibilidad de interpretar aquella batalla como un pacífico empate, me reconfortó por un instante. Hemos hecho tablas, quise pensar, hemos intercambiado placeres individuales, me ha devuelto lo que antes me había arrebatado. Era un punto de vista, discutible desde luego, pero no dejaba de ser un punto de vista. Supongo que en aquel momento no me di cuenta de que ya era capaz de elaborar mis propias clases teóricas, pero lo cierto es que no tuve que esforzarme demasiado para convencer a mi única alumna, que era yo misma.

–Te quiero.

Entonces recordé que ya me lo había dicho antes, te quiero, con el mismo tono solemne, grave, con el que me había advertido una vez que el amor y el sexo no tienen nada que ver, y me pregunté hasta dónde llegarían, qué significarían en realidad aquellas dos famosas palabras, mientras él se tumbaba a mi lado, me besaba, y se daba la vuelta para quedarse boca abajo. No quería perderlo tan pronto, así que me encaramé con cierta dificultad sobre su cuerpo, coloqué mis piernas encima de las suyas, cubrí sus brazos con los míos y apoyé la cabeza en el ángulo de su espalda. Él me recibió con un gruñido gozoso.

–¿Sabes, Pablo?, te estás convirtiendo en un individuo peligroso –sonreí para mis adentros–. Últimamente, cada vez que te veo, estoy una semana sin poder sentarme.

Todo su cuerpo se agitó debajo del mío. Era agradable. No había terminado de reírse, cuando me llamó.

–Lulú...

Le respondí con algo que debía de parecerse a un sonido. Estaba demasiado absorta en mis sensaciones. Nunca lo había hecho antes, tenderme encima de un hombre de aquella manera, pero me produjo una impresión deliciosa, su piel estaba fría y el relieve de su cuerpo bajo el mío, tan distinto al habitual, resultaba sorprendente.

–Lulú... –comprendí que ahora hablaba en serio. No me sorprendió, incluso lo esperaba. Pese a mi exhibición previa, estaba preparada para digerir una nueva despedida, era inevitable, pero a pesar de todo, acerqué mi boca a su oído. No estaba segura de que mi voz no me traicionara.

–¿Sí?

–¿Quieres casarte conmigo?

Cuando era pequeña, me enseñó a jugar al mus y me convirtió en su pareja de las tardes de verano. Habíamos ganado muchas partidas juntos, porque era el mejor mentiroso que había conocido jamás. Estaba segura, casi segura de que iba de farol, pero le dije que sí, de todos modos.

Encontré aparcamiento a la primera, una suerte inaudita en noche de viernes. Cuando estaba cerrando la puerta del coche, uno de ellos tropezó conmigo.

–Perdón –el tono de su voz, dulce y afectada, me pareció tan inequívoco que me dediqué a estudiarles mientras bajaban la cuesta.

Eran dos. El que se había disculpado tenía el pelo castaño, muy corto, rapado por encima de las orejas. Un flequillo largo y lacio, teñido de rubio, le tapaba media cara, con su correspondiente ojo. El otro, cuyo rostro no pude ver, era moreno. Se había recogido el pelo, rizado, en una pequeña coleta, a la altura de la nuca.

Caminaban acompasadamente, por el centro de la calzada empedrada. El más pequeño se retiraba el flequillo de la cara a cada paso. Llevaba una cazadora estampada, con reflejos brillantes, y unos pantalones oscuros muy ajustados al cuerpo. Su amigo, que me pareció mucho más interesante, por lo menos de espaldas, estaba tan moreno como si acabara de volver de la playa. Un foulard naranja, atado a modo de cinturón, ponía un toque llamativo en su sobrio atuendo, una escotada camiseta negra de tirantes, unos pantalones muy anchos, también negros, y una chaqueta de cuero del mismo color.

Les seguí a distancia. Tenía tiempo de sobra.

Dos esquinas más allá, un tío apoyado en un coche,

debajo de una farola, les saludó levantando el brazo. Éste iba vestido de blanco, todo blanco, desde las deportivas hasta la cinta del pelo. Era muy guapo, y tan joven que aún conservaba el aire frágil de los adolescentes.

Me paré delante de un escaparate y les miré a través del cristal. El más bajo llegó primero y depositó un ligero beso en los labios del jovencito. Él se levantó, entonces, y se dirigió hacia el que iba vestido de negro, que estaba cruzado de brazos en medio de la acera. Se colgó de su cuello y le besó en la boca. Pude ver cómo se mezclaban sus lenguas mientras se abrazaban con una pasión que me pareció sincera. Luego, siguieron bajando la cuesta, los tres juntos, el del flequillo solo, a un lado, los otros dos entrelazados por la cintura, el moreno acariciando con una mano el trasero del que iba vestido de blanco para darle de vez en cuando algún azote. Yo les seguía sin un propósito determinado, encantada de haberlos encontrado. Después de dejarle que la reclamara un par de semanas, no había tenido más remedio que devolverle a Chelo la película que me llevé de su casa, y ahora, de repente, me tropezaba con una versión de carne y hueso para mí sola. Eso era tener suerte.

Torcieron por una callejuela. Atisbé desde la esquina y vi cómo entraban en un bar que yo había frecuentado bastante en los tiempos de la facultad. Me hizo gracia, no me imaginaba aquel nido de rojos convertido en un salón de gays, y de hecho, al pasar por delante de la puerta, no les vi. A cambio, en la barra encontré a un par de cuarentonas con pinta de funcionarias progresistas, lo que en otro tiempo se hubiera llamado solteronas modernas, y una pareja de jovencitos, chico y chica, que coqueteaban sin estridencias. Eso me animó a entrar para llamar por teléfono. Eché un vistazo al local y les vi de pie, en una esquina, pero allí había de todo, gente de todos los plumajes, así que decidí quedarme. Me acodé en la barra y pedí una copa.

–¿Sí? –escuché la voz de mi hermano, al otro lado de la línea.

–¿Marcelo? Oye, soy yo, mira, lo siento mucho pero no voy a poder ir a cenar –procuré hablar con la boca pastosa–. Llevo toda la tarde tomando copas con una amiga recién separada y estoy bastante mal, ¿sabes? Prefiero irme a casa a dormir, dile a Mercedes que lo siento muchísimo, que la semana que viene...

–Pato, ¿estás bien? –parecía preocupado. Ya sabía que me lo iba a preguntar.

–Claro que sí, borracha pero bien. –Desde que había dejado a Pablo, Marcelo parecía obsesionado por mi bienestar.

–¿Seguro? –No me creía.

–Que sí, Marcelo, que estoy bien, me he pasado bebiendo, nada más.

–¿Quieres que vaya a buscarte?

–Oye, tío, que ya tengo treinta años, puedo volver sola a casa, vamos, creo yo...

–Es verdad, siempre se me olvida, perdóname. –Nunca había dejado de tratarme como a una niña, en eso era igual que Pablo, pero a mí tampoco me molestaba, también le he adorado siempre, a mi hermano–. Llámame mañana, ¿vale?

–Vale.

Mientras empezaba la copa, me preguntaba a mí misma para qué había entrado allí, por qué había renunciado a cenar en casa de Marcelo, qué podía esperar de todo aquello. Al rato me contesté que no esperaba nada. Había entrado allí para mirarles, y eso fue lo que hice.

Ellos seguían de pie, en la otra punta del bar. Desde mi

observatorio, semiescondida por el teléfono, en un extremo de la barra, podía observarles a placer sin que me vieran. El jovencito y el de negro eran novios, estaba casi segura de eso. Hacían muy buena pareja. Más o menos de la misma estatura, ambos por encima del metro ochenta, compartían cierto aspecto sano y relajado. El moreno tenía un cuerpo magnífico, griego, hombros enormes, torso macizo, piernas y brazos largos y fuertes, ni una sola gota de grasa, los músculos en el límite exacto de lo deseable. Se lo trabaja a conciencia, pensé, como mis niños californianos. Tenía la cara larga y angulosa, los ojos oscuros, muy grandes, no era feo, desde luego, pero en conjunto su rostro resultaba demasiado duro, no pegaba mucho con la coleta ni con su condición de sodomita. Para bien o para mal, tenía cara de macho mediterráneo, de esos que atizan a la mujer con la correa, y eso no se lo iban a arreglar en ningún gimnasio.

Su novio era adorable, y mucho más ambiguo. Muy delgado, su cuerpo poseía cierto toque lánguido, evocador del encanto de los efebos clásicos, aunque resultaba demasiado grande, demasiado voluminoso, demasiado masculino en suma como para asociarlo al modelo tradicional. Eso era lo que más me gustaba de él, no soporto a los efebos aniñados, afeminados, no me dicen nada. Tenía un culo perfecto, duro y redondo, sus líneas se dibujaban con precisión bajo la ligera tela del pantalón abombado, réplica exacta del que lucía su compañero. El óvalo de su rostro era también perfecto. Las mejillas sonrosadas, las pestañas largas y rizadas sobre dos ojos castaños, almendrados, de expresión dulce, los labios, sin embargo, finos y crueles, la nariz pequeña, el cuello sutil, interminable, debe de volverles locos, pensé.

Hablaban entre ellos, mirándose de frente, al principio

se sonreían con una intención cómplice, pero luego su conversación cambió de rumbo. El del flequillo teñido, que no me gustaba nada, demasiado parecido a los mariquitas de toda la vida a pesar de la ausencia de signos convencionales, se metió por medio. El jovencito adoptó entonces una actitud muy complaciente. Acariciaba los brazos de su amigo, deslizaba las manos sobre sus músculos, escondía la cabeza en su hombro, le besaba en el cuello, parecía decirle que le amaba, le amaba sin duda alguna, pero el moreno iba de duro. Sus gestos eran distantes, luego incluso bruscos, sobre todo a medida que avanzaba lo que creí identificar como una discusión. El adolescente estaba dispuesto a todo para congraciarse con él, le pedía perdón con su cara, con sus manos, con todos sus gestos, pero era inútil, llegó un momento en que fue rechazado, los brazos del atleta le alejaron de sí, el del flequillo hizo un gesto de alborozo, estaba contento, pero también se llevó lo suyo, el moreno le chilló y le zarandeó sin contemplaciones. Se comportaba como si estuviera harto de los dos. El más joven le dio la espalda, se apoyó en una repisa que había en la pared y escondió la cabeza entre los brazos, como si estuviera desesperado. Eso ablandó a su compañero, que al final se acercó y le abrazó por detrás, acariciando su pelo, rubio natural. El jovencito se hizo de rogar un rato, pero cuando por fin se dio la vuelta, los dos se besaron con tanta pasión como cuando se habían encontrado, y al rato, estaban como si tal cosa. Yo me estaba divirtiendo mucho, y pedí otra copa sin quitarles los ojos de encima. Entonces escuché una extraña advertencia.

–Los homosexuales solamente son personas humanas como cualquiera.

Me volví muy sorprendida, no tanto por la peculiar sintaxis de la frase como por la misteriosa identidad de mi interlocutor. Detrás de la barra, un jovencito de aspecto similar al del flequillo me dirigía una mirada furiosa.

–Por supuesto –le contesté, mientras me colocaba frente a él.

–Pues entonces, no sé por qué miras tanto a Jimmy. –Éste era muy feo, el pobre.

–No sé quién es Jimmy.

–¿En serio? –entonces empezó a mirarme de otra manera, como si mi respuesta le hubiera descolocado.

–En serio –afirmé.

–Es ese de negro, pero no entiendo, si no le conoces..., ¿por qué le miras tanto?

–Porque me gusta.

–¿Que te gusta? –soltó una carcajada–. Pues lo llevas claro, tía, es gay, ¿sabes?, de toda la vida, ese rubito de ahí es su tronco.

–De eso ya me he dado cuenta –le miré con ojos serios e hice una pausa–. Soy una tía, pero no soy gilipollas, ¿está claro? –no le di tiempo para asentir–. Además, me gusta porque es gay, solamente por eso, ¿entiendes?

–No. –Su desconcierto me hizo sonreír.

–Pues... El caso es que no hay otra manera de explicarlo. Me gustan los homosexuales, me excitan mucho.

–Sexualmente... ¿quieres decir?

–Sí –se quedó inmóvil, con el vaso en la mano, como paralizado, fulminado por mis palabras–. No creo que sea nada del otro mundo, a los hombres, quiero decir a los hombres heterosexuales, les gustan las lesbianas, las lesbianas guapas por lo menos, y a todo el mundo le parece natural.

–Pues yo es la primera vez que lo oigo en mi vida...

–Habrás vivido poco. –Aunque no tenía datos al respecto, me negaba a creer que mi deseo fuera inédito. Los deseos inéditos no existen.

–La primera vez... –repitió aturdido, moviendo la cabeza, mientras me ponía la copa.

Me dejó sola y se quedó un rato pensando, apoyado en la pared, pero un par de minutos después volvió sobre el tema.

–Perdona, pero... No sé si te he entendido bien. ¿Quieres decir que te gustaría acostarte con ellos..., aunque no te hicieran nada, quiero decir, estar allí mirándoles, por ejemplo? –su cara no había recuperado la expresión normal, me miraba como a un bicho raro, espantado todavía.

–Por ejemplo –le contesté–, eso me encantaría.

–¿Quieres que hable con ellos?

Le estudié con disimulo. Parecía solícito, pero desprovisto de móviles mercantiles, por lo menos en aquel momento.

–Por favor –le contesté, y solamente entonces me di cuenta de la movida en la que acababa de meterme yo solita, sin ayuda de nadie.

Desapareció por una puerta abierta detrás de la barra. Le volví a ver unos segundos después, hablando con Jimmy y con su novio, o lo que fuera. Les estaba contando el episodio como si fuera un chiste, y se reía a carcajadas mientras tanto. El rubito también lo encontró gracioso. Jimmy no. Él sólo me miraba. Le sostuve la mirada mientras me preguntaba qué haría si me pedían dinero. Era vergonzoso, pagar para acostarse con un hombre, mucho más vergonzoso que cobrar, desde luego, pero, por otra parte, ellos no eran hombres, es decir, no contaban en ese sentido.

Estuvieron deliberando un rato, al margen del intermediario. Entonces Jimmy llamó al individuo del flequillo, y éste se unió a la discusión, mirándome todo el tiempo con los ojos como platos. Tardaron mucho en llegar a un acuerdo. Luego, el rubito intercambió unas palabras con el camarero y vinieron hacia mí los dos juntos. El novio de Jimmy se me acercó y me plantó dos besos en las mejillas.

–Hola, me llamo Pablo.

–¡Ah! Cojonudo...

–¿Por qué dices eso? –mi observación, poco cortés desde luego, le había ofendido.

–No, por nada, es una manía, en serio..., no tiene importancia. –No movió un solo músculo de la cara, así que se lo conté–. Verás, es que mi marido también se llama Pablo, y como le acabo de dejar...

–Ya –me sonrió–. ¡Vaya, qué coincidencia!

–Sí... –no sabía qué decir.

–¿Te puedes poner de pie? –me preguntó–. Mi amigo quiere verte.

Eso sí que no me lo esperaba, pero me levanté y di una vuelta completa, girando sobre mis tobillos. Luego me volví a sentar y miré en dirección a Jimmy. Su novio también le miraba. Él levantó una mano con el pulgar alzado. El tipo del flequillo seguía a su lado.

–Bueno –el rubio me miró–. ¿Habría pasta?

–Podría haberla... –creo que nunca en mi vida he pronunciado una frase con menos convicción.

–Treinta talegos para cada uno.

–¡Sí hombre! ¿Y qué más? –era consciente de mi inexperiencia, y hasta podía comprender que aprovecharan la ocasión para robarme, pero no tanto–. Veinte, y vais que os matáis.

–Veinticinco...

–Veinte –le miré a la cara, pero no pude leer nada en ella–. Veinte talegos. Es mi última oferta. Total, sólo voy a mirar...

–De acuerdo –aceptó enseguida. Parecía tan contento

que me felicité a mí misma, bravo, Lulú, ya hemos vuelto a hacer el canelo.

–Veinte para cada uno –repitió, y ya estuve segura de que habría aceptado quince, incluso doce.

–Cuarenta... –lo repetí dos o tres veces con aire pensativo, como si fuera capaz de valorar la cifra. Me parecía carísimo, una auténtica burrada, pero en fin, podía permitirme ese capricho, no muy a menudo desde luego, pero, bueno, una vez en la vida... En realidad, ni siquiera tenía idea de cuánto valía una puta, y éstos debían ser más caros, o a lo mejor no, pero al ser una mujer el cliente, serían más caros, o no lo serían, ¿cómo iba a adivinarlo? Pablo seguramente sabría qué hacer, pero ni siquiera había querido decirme cuánto le había dado a Ely aquella noche. Ely era un travesti, pero éstos ni siquiera parecían profesionales, estaba hecha un lío.

–No. Sesenta –la sorprendente afirmación del rubito puso un brusco final a mis elucubraciones.

–¿Cómo que sesenta? –le miré con cara de indignación–. Hemos quedado en veinte para cada uno. Veinte y veinte, cuarenta.

–Es que somos tres.

–¿Y quién es el tercero?

–Mario, ese que está con Jimmy...

–¿El del flequillo? –asintió con la cabeza–. Ni hablar, ése no entra, no me gusta nada.

–Es que... –me miraba con expresión suplicante, como si estuviera atrapado o a punto de perderse–, es que, si no viene él, Jimmy no va a querer.

–Y ¿por qué no?

–Bueno, es que... –se estaba poniendo colorado–. Mario es su tronco.

–Pero, ¿Jimmy no estaba liado contigo?

–Sí... –afirmó–, pero también está liado con Mario.

–¿Sois un trío? –era una posibilidad, pero él negó con la cabeza a toda prisa–. Ya... –De repente comprendí, la discusión de antes me dio la clave–. Sois dos parejas con un miembro intercambiable, y nunca mejor dicho... –Le miré con atención, para comprobar que de cerca era todavía más guapo–. Lo que no entiendo... Lo que no entiendo es cómo eres tan gilipollas, tú. Tú no tendrías por qué compartir un tío con nadie, en la vida, jamás, tú debes tenerlos a cientos, esperando...

–Eso no es asunto tuyo.

–Eso es verdad –admití–. Bueno, al del flequillo no lo quiero, si tiene que venir que venga, pero os voy a dar cuarenta papeles, ni uno más, luego, si queréis, os apañáis entre vosotros, yo no quiero saber nada.

Me miró un momento, en silencio. Luego se dio la vuelta y fue a informar al comité, con la cabeza gacha. Los otros dos discutieron con él, no les debía parecer un buen trato, el rubito se encogía de hombros, al final se pusieron de acuerdo y él regresó para hablar conmigo.

–Bueno, de acuerdo, pero les he dicho que eran cuarenta y cinco, quince para cada uno –me miró como pidiendo disculpas–. No podía hacer otra cosa, en serio... Tú luego me pagas a mí, yo me quedo sólo con diez, y ya está.

–¡Tú eres imbécil, chaval! –Estaba realmente indignada, lo de aquel chico me parecía un desperdicio.

Se quedó parado, sin decir nada. Pero yo todavía tenía que averiguar algunas cosas.

–¿Dónde lo vamos a hacer?

–En tu quel... –me miró sorprendido–. ¿O no?

Tuve que pensármelo un rato. Inés estaba pasando el fin de semana con Pablo, así que eso no era problema, pero no estaba muy segura de querer meterlos en casa. Claro que ir a un hotel decente me saldría mucho más caro, tendría que pagarlo yo, y con las cuarenta mil pelas que me iba a costar la broma ya tenía bastante. Tampoco podía dejarles elegir a ellos, no podía fiarme de la clase de antro en el que me meterían. Así que, al final, pensé que lo mejor era ir a casa.

–Vale –le dije–. No tenéis coche, ¿verdad?

–No, pero Jimmy tiene una moto. Puede ir a buscarla. Yo iré contigo, si no te importa, y no vuelvas a insultarme, por favor.

Le apunté mi dirección en una servilleta de papel y se la llevó a su amigo. Le dio un largo beso de despedida en la boca. Me dieron asco, Jimmy me dio asco, de repente. Estaba a punto de arrepentirme de todo y salir corriendo cuando el rubito volvió y se me colgó del brazo. Salimos a la calle y caminamos hacia mi coche sin decir nada. Pero el silencio era demasiado duro para los dos, así que saqué un tema de conversación vulgar, el encanto del Madrid viejo o algo así, y él se animó. Fuimos charlando por el camino, y me contó su vida, como todos.

–Soy un tío muy raro, no creas –me confesó–. No quiero a mi vieja, por ejemplo.

–Yo tampoco quiero a mi madre –le contesté–. Así que, ya ves, ya tenemos algo en común.

Me dijo que tenía veinticuatro años, pero no le creí, tal vez ni siquiera había cumplido los veinte. Estaba muy enamorado de Jimmy, era su primer hombre, me contó la historia y su relato confirmó mi impresión de que su novio no era más que un macarra repugnante.

–A veces daría cualquier cosa por que me gustaran las tías, de verdad, cualquier cosa.

Era solamente un crío, un crío torpe y encantador. Por eso paré en un banco con el portal iluminado y saqué treinta mil pelas de un cajero automático. Quería quedarme con diez para la compra del día siguiente, y en casa solamente tenía cinco mil duros.

Recuerdo retazos, fragmentos, detalles insospechadamente intensos.

Él era el favorito, estaba segura, a pesar de las humillaciones, constantes.

No le dejaron intervenir al principio. Sentado a mi lado, tuvo que verlo todo. Jimmy calentó a Mario durante mucho tiempo. Sus labios le susurraban frases tiernas, palabras de amor y de deseo, sus brazos le abrazaban con suavidad, luego la presa se hizo más intensa, al final le dio la vuelta, le obligó a dar un par de pasos casi en volandas y se colocaron enfrente de nosotros. Entonces una de sus manos presionó el sexo de su amigo, que separó las piernas, la otra se deslizó a lo largo de su grupa, y ambas comenzaron a moverse, a frotar la carne por encima de la tela, las puntas de los dedos se rozaban entre los muslos y regresaban al punto de partida, las palmas se agitaban sobre el pantalón oscuro como si quisieran abrillantar su superficie, cada vez más rápido, y el sexo crecía, adquiría consistencia, se dibujaba con nitidez más allá de su envoltorio, tenso ahora, a punto de reventar, de sucumbir a la presión de la carne aguda, los muslos le temblaban, la lengua le asomaba entre los labios, su rostro se transformaba, se deformó hasta adquirir una expresión bestial, la cara de un retrasado mental que gruñe y jadea, incapaz de hablar, de mantener los ojos abiertos, de sostener la cabeza.

Son como animales, pensé, como animales, pequeñas y hermosas bestias sumidas hasta las cejas en el fango de un placer inmediato, absoluto, suficiente en sí mismo.

Le bastaron un par de segundos para deshacerse de cualquier obstáculo, entonces asió firmemente el sexo de su amante con una mano, hundió el índice de la otra en el canal de su grupa, lo dejó resbalar sin prisa hacia abajo y le penetró con él al mismo tiempo que comenzaba a masturbarle, mirándome a los ojos.

Mario se dobló hacia delante en un gesto incontrolado, yo dejé caer los párpados un instante y miré a Pablito, él les miraba con los ojos enrojecidos, mordiéndose el labio inferior, amoratado ya, era el favorito, sin duda, pero no se daba cuenta, demasiado joven para comprender, me hubiera gustado hablarle, contarle, los hombres mayores tienen extrañas formas de amar a veces, sé cómo te sientes, yo también he pasado por eso, pero la compasión no fue capaz de desterrar ni siquiera un instante el deseo, así que me limité a darle la mano, él la apretó sin mirarme, Jimmy se dio cuenta de todo, le llamó, me miró con una expresión desafiante, le devolví la mirada, estaba de acuerdo, no volvería a inmiscuirme en su compleja vida sentimental, él daría las órdenes, yo miraría solamente, y entonces dio comienzo la previsible ceremonia del envilecimiento de Pablito, muñeco articulado, objeto entre los objetos, recuerdo retazos, fragmentos, detalles insospechadamente intensos, los otros se miraban a los ojos, se acariciaban con dedos lánguidos, mientras él los satisfacía a la vez, sus labios finos y crueles deformados en una mueca grotesca, hasta que un pie le rechazaba, lanzándole lejos, con fuerza, caía a mis pies, se quejaba, esperaba a ser requerido de nuevo, y de nuevo obedecía, volvía a darles placer a cambio de golpes y de insultos, Jimmy le amenazaba mientras abría con sus manos la grupa de Mario, encaramado a cuatro patas sobre el sofá, él acercaba la cabeza, sacaba la lengua y la hundía sin un reproche en la carne detestada, lamiendo a su rival, que gimoteaba como un bebé insatisfecho, las manos de Jimmy no le soltaban, pero eso no le impedía cambiar de posición, se retorcía para poder llegar con la boca al sexo enhiesto, morado y tieso, suspiraba para anunciarse y luego lo chupaba, despacio, mucho tiempo, haciendo mucho ruido, para que Pablito, que no podía verle, le escuchara, y lo supiera, supiera por qué el tercero entre ellos se deshacía de gusto, se estaba deshaciendo, y después, por último, la humillación suprema, cuando yo ya no me podía contener, había decidido no hacérmelo hasta que se hubieran marchado, me parecía indigno retorcerme allí, ante sus ojos, tan sola, y tan distinta a ellos, resultaría cómico, triste, pero ya no podía más, me rozaba los pezones con la punta de los dedos, me acariciaba los muslos, vestida aún, y advertía que todo mi cuerpo estaba duro, y tenso, entonces Jimmy me preguntó si no pensaba desnudarme, su voz parecía una invitación y la acepté sin pararme a pensar en lo que estaba haciendo, me desnudé y le escuché -mira, eso de ahí es una tía, y está bastante buena además-, Pablito me miraba, estaba inquieto, Mario se reía a carcajadas -¿no te gusta?-, Pablito no contestó, yo me sentía infinitamente sucia, porque era un macarra repugnante, un chulo de la peor especie, pero en aquel momento le habría limpiado las suelas de los zapatos con la lengua si me lo hubiera pedido, lo hubiera hecho, sin más, y me acerqué a él, me tumbé en la mesa, una mesa baja, boca arriba, siguiendo sus instrucciones, él seguía hablando -tú nunca te has follado a una tía, ¿verdad?-, Pablito protestó, dijo que sí, que por supuesto que lo había hecho, pero mentía, hasta yo me di cuenta -pues ya va siendo hora, ya eres mayorcito para probar-, Mario se ahogaba de risa -no te preocupes, yo te ayudaré-, me incorporé sobre los codos para mirarles, Pablito estaba llorando, rogaba y suplicaba, no quería hacerlo, Jimmy le sujetaba, sonriendo de una forma siniestra, yo me preguntaba cómo pensaba obligarle a follarme con aquel sexo flojo y mustio que le colgaba entre los muslos –ponte de rodillas encima de la mesa–, él vino hacia mí y lo hizo, los hombros encorvados, los brazos colgando a lo largo del cuerpo, la cabeza inclinada, lloraba y me miraba, y yo ya no sentía ninguna compasión por él, ya no, ahora era solamente un animal, un perro apaleado, maltratado, infinitamente deseable –y ahora te voy a romper el culo, mi vida–, se acercó a él por detrás, le acariciaba el pecho, le pellizcaba los pezones con las uñas –ahora te la voy a meter por el culo y te vas a morir de gusto–, sus dos manos atraparon el sexo de Pablito al mismo tiempo, y comenzaron a acariciarlo y masajearlo con gestos expertos pero se resistía a crecer de todas formas, Jimmy tenía una voz acorde con su cuerpo, una magnífica voz de hombre –se te pondrá dura, ya lo sabes, no lo vas a poder evitar, cuando yo te la meta se te pondrá dura, seguro, y entonces lo único que tendrás que hacer es metérsela a esta chica por el coño, ese agujerito de ahí, vamos, a lo mejor te gusta y todo–, Mario volvió a reír, Pablito cerró los ojos, ya no lloraba aunque estaba sufriendo, pero eso no impidió que su sexo comenzara a crecer, Jimmy se inclinó sobre él y le habló al oído, no pude escuchar sus palabras, pero sí observé sus efectos, una erección fulminante, luego le empujó hacia delante, le obligó a permanecer a cuatro patas encima de mí y le penetró, arrancándole un alarido impropio de un ser humano, su mano no abandonó el sexo de su amigo, le masturbó al mismo tiempo que le barrenaba hasta que decidió que ya era suficiente –tú, levanta el culo–, inserté mis puños cerrados debajo de mis riñones y me elevé sobre ellos todo lo que pude, mis piernas temblaban, mi sexo temblaba, él mismo guió a su novio, y fue su mano la que sostuvo la polla de Pablito mientras entraba en mí, y entonces, casi al mismo tiempo noté que algo presionaba contra mi cabeza, levanté los ojos y comprendí que eran los muslos de Mario, se había acercado a la mesa por el otro lado y ahora sostenía su sexo en la mano, lo acariciaba delante de las narices de Pablito, que lo miró un segundo y luego, con una especie de suspiro de resignación, se lo metió en la boca, y estuvimos así un buen rato, él lleno, exprimido, aprovechado hasta el último resquicio, complaciéndonos a los tres, transmitiéndome a la fuerza, contra su voluntad, los impulsos que recibía de su amante, y la conciencia de que él no disfrutaba de mí no disminuía en absoluto la intensidad del placer que yo recibía de él, al contrario, estaba satisfecha, se cumplían todas mis expectativas, eran como animales, deliciosos, brutales, sinceros, violentos, esclavos de una piel ansiosa, caprichosos como niños pequeños, incapaces de aguantarse las ganas de nada, y ahora yo tampoco me aguantaba nada, me deshacía de placer debajo de Pablito, mientras veía cómo pagaba su última prenda, la polla de Mario entrando y saliendo de su boca, y luego el estremecimiento definitivo, yo inicié la cadena, no podía más, y me abandoné a un orgasmo furioso, un coro de gemidos se unieron a los míos, y todo comenzó a estremecerse a mi alrededor, todo se movía, una gota de semen me resbaló por la mejilla al mismo tiempo que Pablito conseguía culminar satisfactoriamente su tardía y forzosa iniciación, vaciándose por fin dentro de mi cuerpo.

Mañana pensaré en todo esto.

Estaba mordisqueando una pasta hojaldrada, porque ya no me quedaba ninguna con piñones, cuando escuché el timbre de la puerta.

Mañana pensaré en todo esto, en la horrible resaca que se me ha venido encima, la sensación de frío y de vergüenza que me invadió al final, cuando me dejaron sola, desnuda, encima de la mesa, y sólo podía pensar en que tenía que pagarles, me sentía tan mal, tan desamparada, ellos hablaban entre sí, no significaban nada para mí, no les conocía ni ellos me conocían a mí, pero tenía que pagarles y lo hice. Luego me despedí con palabras torpes, dejé a Pablito contando los billetes, y me metí en el cuarto de baño pensando que todavía había tenido suerte, podían haberme robado, yo qué sé, sólo a mí se me ocurre meterles en casa, abrí la ducha y esperé, cuando escuché el portazo salí para comprobar que me había quedado sola y me metí debajo del chorro caliente, humeante, para derretir las gotas de agua tibia que pudieran quedar sobre mi piel, mañana pensaré en todo esto, me lo repetía a mí misma, mañana, mientras me dirigía a abrir la puerta. Al otro lado estaba Pablito, llorando, la cara oculta por un brazo, el codo apoyado en el marco.

Tras unos minutos de silencio, rotos tan sólo por los sollozos que estaban a punto de reventarle el tórax, busqué algo que decir. Como no encontré nada mejor que una estupidez, la solté de todos modos.

–¿Te has dejado algo?

Se quitó el brazo de la cara, me miró y negó con la cabeza. Cuando ya parecía que se estaba calmando, rompió a llorar de nuevo, y su llanto creció, se magnificó, se elevó hasta adquirir un volumen estentóreo. Entonces le obligué a pasar. Si seguía llorando de aquella manera, iba a despertar a todos los vecinos.

Le pasé un brazo por el hombro, estaba conmovida, nunca había visto llorar a nadie de esa manera, nunca había percibido un desvalimiento semejante, es infeliz, muy infeliz, pensé, y por eso le pasé un brazo por el hombro, pero él cerró los dos alrededor de mi cuello y se abandonó sobre mí. Seguía llorando, pero como pesaba mucho más que yo, desconsolado y todo, me di cuenta de que nos íbamos a caer. Como no me pareció correcto decirle que me soltara, maniobré con los pies tan deprisa como pude, y por lo menos nos caímos encima del sofá.

Le acaricié el pelo, recogido todavía en una coleta diminuta, durante casi veinte minutos, hasta que estuvo en condiciones de hablar.

–¿Puedo quedarme a dormir aquí? –Su petición me sorprendió casi más que su ataque de llanto–. Es que no tengo ningún sitio adonde ir...

–Claro que puedes quedarte a dormir, aunque no lo entiendo. –Le miré un buen rato, busqué heridas, señales, picotazos, algo que se me hubiera escapado antes, pero no descubrí nada nuevo, nada capaz de explicar su situación, parecía cualquier cosa menos un tirado–. ¿No tienes casa?

–Sí, vivo con Jimmy, pero hemos discutido..., me ha dicho que no piensa aguantar mis ataques de celos, que soy una histérica..., va a dormir con Mario..., hoy..., después de lo que me ha obligado a hacer..., ahora ni siquiera me deja dormir con él... –su discurso apenas era tal, más bien una confusa sucesión de palabras inconexas, ahogadas, desfiguradas por el llanto– y yo no puedo ir allí, me moriría..., si fuera a casa me moriría, no lo soportaría, y además, me ha quitado todo el dinero, lo tuyo, por cierto, oye... –levantó los ojos hacia mí y se esforzó por hablar más claro–. Muchas gracias de todas formas por las cinco mil de más, me las ha quitado también, y otras tres mil pelas que llevaba encima, estoy sin un duro, por favor, déjame quedarme aquí.

–Menudo regalo de novio que tienes, hijo... –Supuse

que mis palabras no iban a hacerle ningún bien, pero me sentí en la obligación de pronunciarlas–. Puedes quedarte, por supuesto.

Movió la cabeza para darme las gracias, y continuó llorando, hasta que se quedó sin lágrimas. Cuando le juzgué lo bastante sosegado como para volver a emitir sonidos articulados, le pregunté dónde prefería dormir.

–Puedes acostarte conmigo, en una cama grande o dormir en el cuarto de mi hija, que no está en casa, como quieras...

–¿Tú tienes un hijo? –parecía muy sorprendido por la noticia.

–Sí, tengo una hija de cuatro años y medio, Inés –la expresión de su cara se acentuó–. ¿Te extraña?

–Sí, nunca hubiera pensado que fueras mamá, no te pega nada...

–Muchas gracias, me encanta que me digan eso.

–¿Por qué? –ahora sonreía–. No lo entiendo, siempre se tienen los mismos años, con hijos o sin ellos.

–Supongo que no puedes entenderlo, tú estás en otra parte –con eso di por zanjada la cuestión–. Bueno, ¿dónde prefieres dormir?

–Pues, no lo sé... Supongo que es mejor que duerma contigo, meterme en la cama de una niña de cuatro años, no sé, me da cosa –remató la frase con una carcajada.

–Muy bien, pues vámonos a la cama... Estoy muy cansada, y supongo que tú estarás cansado también, hoy ha sido un día especial –intenté imprimir a mi sonrisa una nota de complicidad–. Las primeras veces siempre son agotadoras.

Volvió a reírse. Su risa me sentaba bien, me reconfortaba, porque de alguna forma me sentía muy cerca de él. En definitiva, pensé, los dos somos ovejitas del mismo rebaño, blancas y lustrosas, mullidas, con un lacito alrededor del cuello, el mío de color rosa y demasiado cómodo, el suyo supongo que rosa también, aunque mucho más doloroso.

Cuando volví de lavarme los dientes le encontré acurrucado en mi lado de la cama.

–¿Te importaría correrte hacia la derecha? –me quité el albornoz y las zapatillas–. Ése es mi lado.

–¿No te vas a poner nada encima, para dormir?

–No, siempre he dormido desnuda. –No era cierto, hasta los veinte años dormí vestida, con camisones de tirantes que me llegaban un palmo por debajo de la rodilla, pero Pablo no quería camisones, no quería más ropa que la imprescindible, y para dormir no hace falta ninguna, ésa fue una de las primeras cosas que aprendí–. ¿Por qué? ¿Te doy asco?

–No, no es eso... –me dio la sensación de que estaba incluso un poco asustado–. Es que nunca he dormido con una mujer.

–No te preocupes –trataba de tranquilizarle, pero no pude evitar reírme–. No te voy a atacar por la espalda, te lo prometo.

Me metí en la cama, y él se quedó mirándome. Luego me besó en los labios con suavidad y se acurrucó lo más lejos de mí que pudo, a pesar de todo.

Cuando me desperté, era él quien me atacaba por la espalda. Notaba sus brazos, alrededor de mi cintura, apretándome, y su sexo, erguido, golpeándome entre las nalgas. Todo su cuerpo se movía rítmicamente contra mí, pero él estaba dormido.

Le cogí una mano y la puse encima de uno de mis pechos. La dejó caer apenas la solté, aunque el contacto no pareció desanimarle. Mira qué bien, pensé, igual me toma por un travesti. Lo intenté de nuevo con los mismos resultados y dejé escapar una risita, regocijada por el desenlace del experimento. Hasta entonces había sido tan inexorable como una ley física, lo primero que hace un tío al despertarse pegado a la espalda de una tía es alargar una mano para agarrarse a sus pechos, no me había fallado nunca hasta entonces, pero éste se negaba a hacerlo, era divertido. Cuando estaba a punto de insertar una de sus manos entre mis muslos para averiguar si se le bajaba o seguía igual de tiesa, sonó el timbre de la puerta.

De repente me di cuenta de que ya lo había escuchado antes, debía de haberme despertado por eso, era ya la segunda vez que llamaban. Miré el reloj, las doce menos cuarto, me eché encima el albornoz a toda prisa e imaginé que sería Marcelo. Sabía que mi disculpa telefónica no le había convencido, pero el caso es que los timbrazos, una ensordecedora avalancha de sonidos agudos, cortos y repetidos, parecían dignos de Inés.

Era Inés. Pablo la llevaba en brazos, envuelta en una gabardina mojada, él estaba empapado, el agua le chorreaba por la cara.

–Hola –el tono de su voz hubiera podido inducir a cualquiera a creer que no hacía más de un par de horas que no nos veíamos–. ¿Te hemos despertado? –asentí con la cabeza–. Lo siento, pero es que se ha echado el frío encima de repente, se ha puesto a llover, y hemos venido a coger un abrigo y un pijama de invierno para Inés...

Esperaba un beso, pero no lo hubo.

–Hola, mi amor. –Mi hija sí se me echó encima para besarme, y Pablo le quitó el impermeable antes de trasvasarla de sus brazos a los míos. Luego entró en mi casa como si fuera la suya.

–Ésta es Cristina. –Me miró un instante, con dureza–. Cristina, te presento a mi mujer.

Entonces me di cuenta de que eran tres. Ella, la pelirroja, no tan desteñida como Chelo me había contado, estaba semiescondida tras la hoja de la puerta. Avanzó un par de pasos y amenazó con seguir, pero le tendí la mano antes de que llegara a acercar sus labios a mi cara. Ella la estrechó, confusa. Pablo intervino en su auxilio.

–Marisa no soporta los besos no sentidos...

–No me llames Marisa, por favor. –De un tiempo a esta parte cultivaba con una odiosa asiduidad esa pequeña técnica de venganza personal, muy efectiva por cierto. Se me rompía algo por dentro cada vez que le escuchaba.

–¿Por qué no? Es un diminutivo cariñoso –se volvió hacia su novia–. Bueno, ella no deja que la bese cualquiera, es muy especial para eso, elige siempre, ¿sabes? No está muy bien educada, claro que eso es más culpa mía que suya.

Inés empezó a reírse como una loca. Tenía la costumbre de estallar en carcajadas cada dos por tres, sin ningún motivo. Aquella vez, su explosión resultó oportuna, sin embargo. El cuarto de estar conservaba intactas las huellas de la batalla nocturna, un chorro de semen seco dibujaba una extraña ese sobre el cristal de la mesa, pero nadie se atrevió a hacer comentarios.

–Voy a hacer café –deposité a Inés en el suelo. Pablo se sentó en el sofá, la pelirroja se dejó caer a su lado, intentó cogerle la mano, él se lo impidió–. ¿Queréis tomar algo?

Querían café, ambos.

Era guapa, muy guapa, y muy joven, desde luego, veinte o veintiún años, podría ser su hija. Yo jamás habría podido pasar por su hija, ni siquiera aunque lo hubiera intentado, que nunca lo hice, pero ella era delgada y flexible, elástica, ágil, tenía las piernas feas, demasiado flacas, eso me reanimó, pero sus ojos verdosos eran enormes, y su pelo rojizo, espeso y brillante, era muy guapa y tenía las tetas de punta, los pezones se le adivinaban a través del jersey, pechos de adolescente, todavía.

Inés arrastró a Pablo a su cuarto para enseñarle la carpeta en la que guardábamos sus trabajos del colegio. Ella me siguió hasta la cocina y se quedó en el umbral de la puerta, mirándome.

–Yo te admiro mucho, ¿sabes? –parecía tranquila y segura de sí misma.

–No, mira, por favor... –no iba a soportarlo, eso sí que no–. Soy una borde, ya lo sabes, y si hay algo que me pone de mala leche son las sesiones de confidencias de mujer a mujer, así que te agradecería que me ahorraras las tuyas.

–No me refería a nada de eso –su voz aún era firme–. He leído tu libro.

–Lo dudo –le contesté–. Yo no he escrito ningún libro.

–Claro que sí –insistió, sorprendida–. Pablo me lo dejó, el libro de los epígrafes. Y me gustó mucho.

–Epigramas.

–¿Qué? –daba la sensación de que nada le importaba demasiado.

–Epigramas, no epígrafes.

–Ah, bueno –emitió una risita–, es lo mismo.

–No –chillé–, no es lo mismo, por supuesto que no es lo mismo.

Calló y bajó los ojos. Ahora ofrecía un blanco perfecto.

–Ese libro no es mío. –Se me estaba desparramando todo el café, aquella cafetera me iba a costar una fortuna–. Yo sólo lo traduje, escribí las notas y un prólogo, nada más. El texto es de Marcial –me miró con extrañeza–, Marco Valerio Marcial, un tío de Calatayud, y no te gustó ni mucho ni poco porque no lo has leído, y no tengo ganas de continuar esta conversación, tú no me admiras, solamente sientes curiosidad por mí porque te estás acostando con mi marido, pero ese sentimiento no es recíproco, ¿entiendes? Tú a mí me pareces una jovencita bastante vulgar, así que no tiene sentido seguir hablando. Lárgate y déjame en paz de una puta vez.

Yo jugaba con ventaja. Ella tenía las tetas de punta, y nada más. Yo tenía treinta años, pero estaba casada con él. Me miró un momento, roja como un tomate. Luego se dio la vuelta y desapareció.

Marcial, recordé. La época dorada de mi vida, aquel maravilloso trabajo, tan económicamente ruinoso, dos años de pequeñas satisfacciones personales, estaba tan orgullosa de mí misma cuando por fin salió el libro, Pablo estaba tan orgulloso de mí...

Cerré la cafetera y la puse en el fuego. Es guapa, muy guapa, pensé, y muy joven, conserva el aire frágil de los adolescentes. Medité un instante, tratando de recordar quién me había producido la misma impresión no hacía mucho tiempo. Cuando lo logré, la cafetera ya pitaba. Apagué el fuego y salí corriendo, pero llegué tarde.

Pablito seguía dormido, desnudo, espléndido y tan empalmado que su sexo parecía el poste central de una carpa de circo. Inés, sentada en el borde de la cama, lo señalaba con un dedo.

–¿Qué es eso, papá?

Pablo, acuclillado a su lado, sonrió.

–Oh, eso... Es que echa de menos a mamá.

–¿Es huerfanita, la pobre? –lo preguntó con un tono de sincera compasión.

–No, Inés –Pablo se rió–. No es huerfanito, echa de menos a mamá, a tu mamá, a Lulú, ¿comprendes?

–Tú no tienes de eso cuando duermo contigo, y también dices que echas de menos a mamá... –se volvió hacia él, parecía intrigada.

–Es que no es lo mismo dormir con mamá que dormir contigo, ¿sabes? Y además, yo soy mucho más viejo que él.

–¡Pero si es una chica, tonto! –Lo que interpretaba como un grave error de su padre la llenó de regocijo, le encantaba pillarnos en un renuncio, a cualquiera de los dos–. Lleva coleta, como yo... –Se tocó el pelo, me gustaba mirarla, se parecía mucho a mí, Pablo solía decírmelo, quiero tener una hija igual que tú, yo me acariciaba la tripa y me reía, pero al final se salió con la suya y tuvimos una hija igual que yo.

–No, Inés –hablaba en voz muy baja, con un tono muy sereno, sedante, el que usaba para explicar las cosas importantes, a ella le fascinaba aquella voz y a mí también–. Eso no tiene nada que ver, yo también podría llevar coleta, si dejara de cortarme el pelo. Es un chico, mírale bien, tiene una bolita en la garganta.

–Elisa también tiene bolita y es una chica. –Inés siempre había llamado Elisa a Ely, le quería mucho, encontraba muy divertidos sus gestos, su acento, su forma de andar y, sobre todo, su nuez.

–Pero Elisa tiene tetas y éste no, mira –Pablo señaló el pecho liso de Pablito e Inés se quedó mirándolo, asintiendo con la cabeza, ése era un argumento definitivo para ella.

Yo me había preguntado muchas veces si aquélla era la manera adecuada de educar a una niña, se lo pregunté a Pablo también, una noche que Ely estaba en casa, había venido a ver *Cómo casarse con un millonario*, la daban por la tele, ¡me pido ser Marilyn!, anunció nada más entrar por la puerta. Entonces llamó por teléfono un amigo francés, de los tiempos de Filadelfia, que estaba en Madrid de paso y quería vernos. No encontrábamos canguro, y al final aceptamos el ofrecimiento de Ely, que se quedó cuidando a Inés. En aquella época nuestra hija acababa de cumplir dos años, y le pregunté a Pablo si aquélla era la manera adecuada de educar a una niña, y él me contestó que le parecía mejor que educarla como me habían educado a mí para luego haber acabado dando con un tío como él. Pero la estamos privando del placer de ser pervertida, objeté. Él insistió, creo que es mejor en cualquier caso, sonreía.

–¿Cómo se llama? –Inés creía que su padre lo sabía todo, en mis conocimientos confiaba mucho menos.

–Pablo –ambos se volvieron para mirarme–. Se llama Pablo, igual que papá, y está muy cansado, así que vamos a dejarle dormir. Además –me dirigí a Inés–, Cristina te estaba buscando antes, me ha dicho que quería jugar contigo a la gallinita ciega...

–Pero si nunca le apetece... –balbuceó. No me extraña nada, pensé, jugar a la gallinita ciega con Inés era una tortura, no se cansaba nunca y hacía trampas todo el tiempo.

–Pues hoy lo está deseando –Pablo soltó una carcajada–. Yo que tú aprovecharía la oportunidad...

Se levantó y salió corriendo. Él también se levantó, y salimos de la habitación.

–¡Vaya, vaya! –su voz era cruel, otra vez–. ¿De dónde has sacado ese pedazo de carne?

Todas mis esperanzas, cualesquiera que fueran, se desvanecieron de golpe.

–Yo podría preguntarte lo mismo... –musité.

–¿Cristina? –me miró sorprendido–. No, por Dios, en ella es mucho menos evidente, y tú lo sabes.

–Pero es muy joven, eso es lo que te gusta, ¿no? –me miró con ojos duros, todavía más duros. Luego pareció tranquilizarse. Se preparaba para hacerme daño.

–Tiene diecinueve años, pero está creciendo muy deprisa.

–Todas crecemos –le dirigí una mirada de triunfo pero me dio miedo sostenerla. Los ojos le echaban chispas, las aletas de la nariz, de su nariz demasiado grande, palpitaban cada vez más deprisa, sus labios estaban tensos, conocía bien todos esos síntomas, iba a estallar en cólera de un momento a otro.

–¡Tú no! –sus palabras hirieron mis oídos, sus dedos se clavaron en mis brazos, sus ojos fulminaron los míos, dejé caer los párpados, me encogí y me mantuve inmóvil, blanda como un muñeco de trapo, sabía que iba a zarandearme y permití que lo hiciera–. Tú no, Lulú, tú no has crecido jamás ni crecerás en tu vida, maldita seas... Nunca has dejado de jugar y sigues jugando ahora, eso es lo que estás haciendo, jugar a lo que te han contado que es ser una mujer adulta. Te has puesto unos deberes a ti misma y procuras hacerlos con buena letra, como una alumna atenta y aplicada, pero no te salen bien... Has dejado de ser una niña brillante para convertirte en una mujer vulgar, y lo peor es que no comprendo por qué, no lo he comprendido todavía, por qué te asustaste, por qué te marchaste con la gente corriente. No entiendes nada, Lulú, y no has crecido, tú no. Nosotros no éramos gente corriente, no lo somos, aunque tú ya lo hayas echado todo a perder... –me soltó, yo no me atrevía a moverme, me tomó de la barbilla y me levantó la cara, pero no quise mirarle–. Nunca te lo perdonaré, nunca.

Se dio media vuelta y se alejó de mí, pero volvió sobre sus pasos enseguida. Yo seguía apoyada en la pared. Le miré. Parecía derrotado.

–No pensaste mucho en mí, ¿verdad?

Antes, mientras hablaba con Inés, le había visto sonreír, comportarse con una entereza que le pertenecía tanto como su propio nombre. Pablo era fuerte, tranquilo, entero, siempre había sido así, y sin embargo ahora, mientras estábamos solos en el pasillo, ante ningún testigo, ningún espectador de nuestras palabras, de nuestros gestos, me di cuenta de que no estaba bien. Tenía la piel muy pálida, los ojos enrojecidos, los párpados hinchados, todas las señales de una resaca monumental. Eso hizo que me sintiera todavía peor, porque pensaba que ahora, con lo de la pelirroja y el simple paso del tiempo, lo habría dejado. Prefería no acordarme de todo aquello, de todo lo que ocurrió antes del verano, cuando me fui de casa. Marcelo dejó de hablarme una temporada, mi propio hermano, todos me señalaban con el dedo. Pablo no, él nunca lo hizo, pero bebía mucho, mucho, estaba todo el día borracho, entonces.

–No me queda mucho tiempo, ¿sabes? Me estoy haciendo viejo, me siento cada vez más ridículo, con todas estas niñatas. No tengo de qué hablar con ellas, y no me apetece enseñarles nada, ya, a ninguna, a veces pienso que estoy empezando a chochear... No me cuesta trabajo encontrarlas, eso sí, las consigo fácilmente, ésa es una de las pocas cosas para las que sirve ser poeta en estos tiempos, para vender libros no, desde luego, pero para ligar y para tomar copas gratis es bastante útil, ya lo sabes. Y sin embargo yo estoy cansado, estoy muy cansado... A este paso, cualquier día de estos voy a empezar a acostarme con mis alumnas... No quiero ni pensarlo.

Esperé cualquier señal, cualquier indicio, para arrojarme a sus pies. Habría bastado con que repitiera la frase que antes había dicho Inés, habría bastado con que dijera que me echaba de menos, pero me dio la espalda y se dirigió al cuarto de estar sin añadir ni una sola palabra más. Estoy perdiendo facultades, pensé de todas formas. En ese momento, Pablito salió por la puerta y me miró con sus habituales ojos de disculpa. Lo había oído todo.

–¿Quieres tomar un café? –asintió con la cabeza.

El desayuno fue breve. Pablo no volvió a despegar los labios. Cristina intentaba impresionar a mi invitado, que se la quitaba de encima con suma facilidad. Inés estaba muy pesada. Quería que todos jugáramos a la gallinita ciega. Aseguraba que siendo muchos era más divertido.

Pablo ni siquiera se despidió de mí cuando se fueron.

–¿Ése es tu marido? –Pablito se había arrellanado en un sillón, sin dar señales de estar pensando en marcharse–. Ah, pues está muy bueno, con esas canas, me gusta mucho. Los hombres mayores tienen un morbo especial...

Cuando le escuché no supe qué hacer, si reírme o echarle de casa, pero no quería quedarme sola. Tal vez ya no pueda volver, no pueda volver nunca, pensaba.

–Bah, no creas –me esforcé por desechar de inmediato aquella hipótesis–, tu novio la tiene más gorda.

–Bueno, eso es sólo psicológico.

–Ya –le contesté–, y los Reyes Magos son los padres.

Me miró con cara de extrañeza, como si no me hubiera entendido.

–Tú le pedías juguetes a los Reyes Magos cuando eras pequeño, ¿no? –Me dio la razón con la cabeza, le sonreí–. Y seguiste pidiendo juguetes a tus padres cuando te enteraste de que lo de los Reyes era un camelo, ¿no? –volvió a asentir–. Y ¿cuándo te hacían más ilusión los juguetes, antes o después de enterarte de todo?

–Antes, pero eso no tiene nada que ver con el tamaño de la polla de tu marido.

–Con el de la suya específicamente no, pero sí tiene que ver con el tamaño de las pollas de los tíos en general, porque las dos cosas, las pollas grandes y los Reyes Magos, son la misma cosa, son dos mitos, ¿comprendes? –No, no comprendía, lo leí en sus ojos–. Mira, el rollo de los camellos, de los zapatos en el balcón, la cabalgata, no alteraba la cantidad ni la calidad de los juguetes, pero les añadía algo, a ti te hacían más ilusión, ¿no? Pues es lo mismo, el tamaño de la polla de Pablo no altera la calidad ni la cantidad de sus polvos, pero Jimmy la tiene más gorda, ¿lo entiendes ahora? Vivimos en un mundo repleto de mitos, el mundo entero se asienta sobre ellos, y ahora tú me sales con que es sólo psicológico... ¿Por qué empezar por el mito de las pollas grandes, por qué derribar ése antes que los demás? Los mitos son necesarios. Ayudan a vivir a la gente.

–Pues ¿sabes lo que te digo? –Adiviné que no le había convencido–. Que me encantaría acostarme con tu marido, aunque no la tenga tan gorda como el mío.

–A mí también me encantaría acostarme con él –aquello iba en serio, ya no tenía ganas de seguir jugando–, pero está cada vez más difícil, de un tiempo a esta parte...

La segunda vez recurrí a Sergio, reciente novio de Chelo, camarero en un bar de moda.

Quería mantenerme fuera del lumpen, quedarme en Malasaña. Allí me sentía cómoda, segura, allí me habían salido los dientes de adulta, horas y horas sentada en aquellos insoportables bancos de fábrica recubiertos por delgados cojines de gomaespuma, tan ineficaces, bebía vodka con lima, repugnante pero muy femenino, en aquella época, cuando hice las primeras risas, las primeras borracheras, las primeras vomitonas. Allí viví después con Pablo todo el tiempo, en un ático enorme, con las vigas al aire, allí seguía viviendo él, uno de los últimos supervivientes, y mi figura formaba ya casi parte del paisaje. Allí mis propósitos podían pasar inadvertidos, eso creía, y aún conocía a mucha gente, a casi toda la gente de antes, éramos muchos todavía, aunque muchos también se habían quedado por el camino, y todos comentábamos lo mismo, cómo ha cambiado el barrio, ya no es igual, aunque quizás los únicos que habíamos cambiado éramos nosotros, todos nosotros, diez, doce, quince años más tarde, los estigmas de la edad, calvas, barriguitas, canas, sujetadores debajo de las blusas, arrugas en la cara, cada noche un poco más profundas, la carne irremediablemente fofa, cada noche un poco más fofa, pero éramos los mismos, casi los mismos, nos reíamos mucho, todavía, y, en realidad, la plaza seguía igual, las calles, los bares seguían igual, poco más o menos.

Quería mantenerme fuera del lumpen, porque me daba pánico que Pablo se enterara de que yo andaba por ahí sola, de noche, soltando pasta para meterme en la cama con un par de maricones, o con tres, o con cuatro, me aterraba la posibilidad de que lo llegara a saber, y él tenía muchos contactos con el lumpen, extraños amigos, delincuentes habituales, gente que se había encontrado en la cárcel y fuera de la cárcel, gente que le adoraba y que me conocía, gente que le habría ido con el cuento a las primeras de cambio.

Quería quedarme en Malasaña, allí había conocido a Jimmy y a Pablito, y conocí a algunos más, pocos, bisexuales ávidos y bien alimentados, no todos hermosos, dispuestos sin embargo a compartir su novio conmigo por pura diversión, pero el filón se agotó pronto, muy pronto, y yo no tenía bastante, incumplí la regla de oro, una sola dosis de cada cosa, y no tenía bastante. Entonces sucedió lo peor que podía ocurrir. Renuncié a actuar a través de intermediarios, me dediqué a buscar por mi cuenta, y los resultados fueron nefastos. Algunos se rieron en mi cara, ellos sólo iban por allí a tomar copas, y mi cuerpo no les interesaba, mi dinero no les interesaba, mi curiosidad no despertaba su curiosidad, otros me despreciaban, y me lanzaban su desprecio a la cara, hasta que me hice famosa, eso fue lo peor, que me hice famosa, y algunos de mis amigos dejaron de saludarme, circularon rumores, Marisa está cada día más rarita... Al final, una vieja compañera de la facultad que se había apuntado muchos años atrás al multitudinario gremio de la hostelería, me lo dijo a las claras, mira, si quieres tíos de ésos, págatelos, debe de haberlos, a puñados, tiene que haber de todo, pero no aquí, joder, que aquí lo único que haces es espantarme a la clientela...

–Sin una sola pluma, eso lo primero, altos, un metro setenta y ocho como mínimo, grandes, convencionalmente guapos de cara, ya sabes, el tipo de chicos que les gustan a las colegialas, delgados pero musculosos sin pasarse, culturistas no, de veinticinco a treinta y cinco años, uno de ellos puede ser más joven, sólo uno, y ninguno más viejo, piel preferiblemente morena, pelo preferiblemente oscuro, las piernas largas y, por favor, poco velludos, lo menos posible. Sería mejor que no estuvieran enamorados entre sí, lo ideal sería que se conocieran y que se gustaran, aunque ya sé que no se puede pedir de todo, la raza me da igual, siempre que no implique una subida de precio, con tal de que ninguno sea oriental, no me gustan los orientales, ¡ah! y, si puede ser, me gustaría que al menos uno de ellos fuera bisexual, o si no bisexual, por lo menos capaz de hacérselo con una tía, vamos, conmigo, quiero decir, aunque no le guste, eso no me importa, no puedo aspirar a que encima le guste, luego, bueno, cuanto..., cuanto mejor dotados estén, pues... en fin, ya sabes, mira a ver lo que puedes hacer, la pasta no es problema, creo...

Lo solté de carrerilla, atropellándome, sin pararme a escuchar lo que decía, como una lección aprendida de memoria en la víspera de un examen oral. Quería terminar pronto, me daba mucha vergüenza haber llegado hasta ese punto.

Él asintió con la cabeza a cada uno de mis requisitos, dándome a entender que comprendía de sobra la naturaleza de mis exigencias, pero insistí por última vez, de todos modos.

–Quiero sodomitas, no mariquitas. ¿Está claro?

–Está claro –me contestó.

Era un tipo siniestro, Pablito ya me lo había advertido, siniestro, pero era también uno de los amos de la calle, controlaba a mucha gente, a muchos corderitos necesitados, descarriados, conmovedores. Yo pretendía mantenerme fuera del lumpen, quería quedarme al margen y lo intenté, pero no pude.

Cuando comprendí que no me quedaba otro remedio, tomé ciertas precauciones, renuncié a servirme de mis propios amigos, y rechacé a Ely, eso desde el principio, porque ella no me lo habría consentido jamás, estaba segura. Al fin y al cabo, yo era todo lo que ella intentaba ser, tenía todo lo que ella quería tener, y a ella le costaba tanto, tanta vergüenza, tantos quirófanos, tantas lágrimas... Para Ely, la humanidad se dividía en dos secciones muy bien delimitadas, y a mí me tocaba estar en el lado de los bienaventurados. Jamás habría tolerado tanto derroche.

Procuré moverme con discreción, citarme en lugares apartados de los circuitos clásicos, evitar todos los riesgos previsibles, pero tardé bastante tiempo en conocer a la gente adecuada en los lugares adecuados, transcurrieron meses antes de que el teléfono fuera suficiente. Me daba pánico que él se enterara de lo que estaba haciendo, y tomé ciertas precauciones, pero no me sirvieron de nada, la torpeza me ha perseguido siempre como una maldición. Me topé con Ely una vez, al principio, y a Gus, un camello amigo de Pablo, me lo encontraba por todas partes, mientras hacía la calle yo también, aunque en sentido inverso, solicitando en lugar de ofrecer, en busca de algo que llevarme a la cama. Llegué a sospechar que tanta coincidencia no podía ser casual, pero terminé por descartar esa hipótesis. Al fin y al cabo, tenía indicios suficientes para suponer que algunos de mis mejores contactos podían hallarse también entre sus mejores clientes. Luego, un buen día, Pablito me habló del chulo aquel, Remi.

A su lado, Jimmy parecía la madre superiora de las mercedarias con toca y todo, pero eso no impidió que llegáramos a entablar una larga y provechosa relación comercial. La primera vez me consiguió una pareja de tíos estupendos, muy guapos, muy caros también. Disfruté mucho con ellos. Después, uno, el más viejo, no mucho mayor que yo en cualquier caso, me interrogó cortésmente acerca de lo que él consideraba una pasión estrambótica. Qué sacas tú en claro de todo esto, fue lo que me preguntó.

Yo me había hecho la misma pregunta muchas veces, y aún me lo preguntaría muchas más a lo largo de las oscuras, febriles noches que sucedieron a aquella primera noche, qué sacaba yo en claro de todo aquello, qué me daban ellos, más allá de la saciedad de la piel.

Seguridad.

El derecho a decidir cómo, cuándo, dónde, cuánto y con quién.

Un lugar al otro lado de la calle, en la acera de los fuertes.

El espejismo de la madurez.

Había otros caminos, intuía otros muchos caminos, itinerarios menos barrocos, menos intensos, menos agotadores, para alcanzar la misma meta, pero ninguno era tan cómodo para mí, porque yo no sabía muy bien hasta dónde quería llegar. Me había tropezado con ellos y me había dejado ir, pensaba, nada más, en cualquier momento podría volver sobre mis pasos, sin traumas y sin lamentaciones, era un pasatiempo inocente, sólo un pasatiempo inocente, y me sentía bien, tan mayor, tan superior, tan entera, mientras jugaba con ellos...

Tenía miedo, sin embargo, tenía cada vez más miedo, y no sólo por la cuestión del dinero. Eso llegaría a convertirse en un problema serio cuando se agotó la cuenta de Inés, el dinero que Pablo ingresaba todos los meses en aquella cuenta. Yo nunca le había pedido dinero, no quería más que el imprescindible para pagar a medias los gastos de la niña, pero él ingresaba de más, mucho más, de todas formas. Me resistí a gastármelo, al principio lo intenté, pero en aquellos tiempos mis buenos propósitos adolecían de una estructura tan endeble, y lo tenía tan a mano... Al final me lo gasté todo, me lo fundí muy deprisa, hasta la última peseta, y entonces la pasta comenzó a ser un problema, aunque nunca sería el más grave de los problemas.

Tenía miedo, miedo de no ser capaz de reaccionar, de no saber parar a tiempo. A ratos me sentía inútil para distinguir la frontera entre la fantasía y la realidad, amenazada por las sombras de un mundo sucio y ajeno al que jamás había creído poder pertenecer, pero que ahora estrechaba un cerco cruel, obsesivo, en torno a mí.

Debería haberlo hecho, me daba cuenta de que debería haberlo hecho, pero no podía renunciar a ellos, no podía, porque nada se les parecía, ningún deseo era comparable al que me inspiraban, ninguna carne era comparable a la que me ofrecían, ningún placer era comparable al que me proporcionaban, ellos eran lo único que tenía, ahora que había vuelto a vivir una vida trabajosa y monótona, hecha de días grises, todos iguales, ellos, un pasatiempo inocente, eran mi única posesión y mi única diversión al mismo tiempo.

La raya, una línea cada vez más nítida, concreta, perceptible, estaba cerca, muy cerca, y me daba miedo.

Pensaba mucho en Pablo entonces, porque con él todo había sido siempre muy fácil.

Les brillaban los ojos y se reían por cualquier cosa. Estaban tan guapos los dos, y parecían tan jóvenes, que les reconocí como los mismos de veinte años antes, aquella mañana de primavera.

El Retiro. Habíamos ido con las monjas a ver la Casa de Fieras, excursión, lo llamaban, cuatro paradas de autobús y lo llamaban excursión, pero era una auténtica fiesta en día lectivo, por más que las jaulas apestaran y que las fieras no fueran tales, apenas unas pobres bestias degradadas y flacas, con la piel deslustrada, llena de mataduras, y una nube de moscas sobre sus cansadas cabezas. El elefante era ya como de la familia, toda la vida mirándole, dándole unas pocas pesetas a su cuidador para que lo malalimentara con los mismos trozos de pan duro, los mismos cacahuetes, lo sentí mucho cuando murió por fin, el pobre, de viejo, como murió aquel desastre de zoológico que llevaba toda la vida cayéndose a cachos. Era bonito de todas formas, aunque apestara, y muy pequeño, tanto que terminamos enseguida, lo vimos todo en tres cuartos de hora, y a las monjas no les quedó más remedio que soltarnos.

Ellos, los dos, estaban sentados en un banco, al sol, junto al estanque, qué envidia me dieron, deberían haber estado en clase aquella mañana, pero en la universidad las pellas no eran ni siquiera pellas, cómo me hubiera gustado ser como ellos, entonces me desmarqué del grupo, se lo avisé a Chelo, me voy con mi hermano, Pablo llevaba un libro, se subió al banco, Marcelo me mandó un beso y me hizo una señal con la mano, no quería que me acercara más, me senté en el suelo, a mirarles, Pablo carraspeó, enunció con voz fuerte y clara –*Les fleurs du mal*–, y comenzó a declamar, a bramar en francés, describiendo grandes círculos con el brazo libre, se encogía y se estiraba, ocultaba de vez en cuando la cara contra su hombro, presa de una dolorosa emoción, y me increpaba con dedos crispados de patetismo, a mí, que al principio era su única espectadora, aunque luego se fue formando un corrillo con ocho o diez personas, no más, algunos desconcertados, otros muertos de risa, yo imitaba a estos últimos por quedar bien aunque no me estaba enterando de nada, no tenía ni idea de por qué Marcelo se volvía hacia Pablo para mirarle con admiración, no sabía por qué fingía acusar cada palabra, imprimiendo sucesivamente a su rostro expresiones de pesar, de alegría, de pánico, de tristeza, de inseguridad, de miedo y hasta de desesperación... Al principio pensé que se habían vuelto locos. Luego, cuando empezaron a revolverse, incapaces de seguir aguantándose la risa, ya no supe qué pensar, porque sus convulsiones eran cada vez más violentas. Cuando terminó de hablar, Pablo saludó al personal haciendo una reverencia. Marcelo se subió entonces al banco con él, le señaló con el dedo y gritó –¡Camaradas, esto es el socialismo!–, y estallaron los aplausos, largos aplausos, no sé hasta qué punto conscientes, que no me impidieron percibir sin embargo la voz de mi tutora, cada vez más nerviosa –¡María Luisa Ruiz Poveda y García de la Casa, venga usted aquí!–, pero no le hice caso, desobedecí, me limité a chillar en su dirección –¡Me voy a casa con mi hermano mayor!–, y ellos me dieron la mano mientras un municipal se nos acercaba a toda prisa. Hicimos como que no le habíamos visto, y empezamos a caminar muy despacio en dirección contraria, atravesamos la verja sin ningún contratiempo, y me invitaron a tomar el aperitivo en una terraza, coca-cola y gambas a la plancha, todo un lujo.

En aquel momento decidí mutilar yo también mis apellidos por su parte más noble. Desde entonces soy Ruiz García, Ruiz García a secas. Marcelo firmaba así desde hacía muchos años, sólo por joder, y lo conseguía, eso desde luego, a mi padre se lo llevaban los demonios cada vez que cogía el teléfono o sacaba una carta del buzón. Él estaba muy orgulloso de la aristocrática eufonía de los apellidos de sus vástagos, de la casual coincidencia que barnizaba de nobleza nuestros dos linajes perfectamente plebeyos, y hacía mucho hincapié en la conjunción que los unía. No desdeñaba ningún recurso apto para fomentar la confusión, y por eso ninguno de nosotros tenía un solo nombre propio, sino varios escogidos con mucho cuidado, por si colaba. Yo tengo cuatro y de los más conseguidos, María Luisa Aurora Eugenia Ruiz-Poveda y García de la Casa, pero sólo soy Lulú Ruiz García desde aquel día, cuando me los encontré en El Retiro. En París lanzaban adoquines contra la policía, ellos se conformaban con declamar a Baudelaire en un parque público, pero eran jóvenes y guapos, les brillaban los ojos y se reían por cualquier cosa.

–¿Qué te pasa? –la voz de Marcelo me sonó muy lejana, pero cuando volví la cabeza casi tropecé con él–. ¿No estás bien todavía?

–Sí, sí, claro que estoy bien, ya no tengo fiebre... –le aseguré. Convalecía de una larga gripe mal curada, por eso habíamos cenado los tres en casa–. Es que me he quedado colgada de una historia muy vieja, aquella mañana del Retiro, *Las flores del mal*, ¿os acordáis? No sé por qué, pero hoy me recordáis mucho a vosotros mismos aquel día, os traéis algo entre manos, estoy segura, y eso os rejuvenece, no sé por qué... –se rieron mucho con mis comentarios, se miraron el uno al otro con una expresión significativa, pero permanecieron mudos–. ¿No me lo vais a contar?

–No –la respuesta de Pablo quedó ahogada por el ruido del timbre de la puerta, un atronador mecanismo de cuerda que tendría cerca de ochenta años de edad y habíamos conseguido salvar de milagro.

No sabía que esperáramos visita, pero llegó un montón de gente, entre ellos Luis, compañero del colegio de ambos, feo y viejo amigo en pleno proceso de desintoxicación posruptura sentimental muy grave, con cuernos dolorosos de por medio, que vino con dos tías. Una era pequeña, rubia, metida en carnes y femenina hasta el empacho, su tipo de toda la vida, nunca se cansaba de ellas. La otra, grande y huesuda, con acento sudamericano, me pareció muy rara, demasiado parecida a un tío, aunque el agudo tono de su voz desmentía esa impresión. Traté de indagar acerca de su auténtica naturaleza, pero Pablo no quiso contestar a ninguna de mis preguntas, y Marcelo decidió seguir su ejemplo.

Luis dirigía a Pablo de tanto en tanto miradas cargadas de interrogantes y creí adivinar por qué. Era evidente que había venido a echar una mano, pero estaba fuera del plan, cualquiera que éste fuera, y ni siquiera sabía cuándo le tocaba intervenir.

–Bueno –dijo por fin, respondiendo quizás a una señal que se me escapó–, ¿con quién empezamos?

–Bah, pero no me digas que todavía estás pensando en eso –Marcelo me miró de reojo, no me engañaba, quería picarme–. Yo paso.

–¿De qué pasas? –piqué, por supuesto. No les iba a privar de esa satisfacción, con el trabajo que se habían tomado, traer a Luis y todo eso.

–Nada, no es más que una chorrada –fue el propio Marcelo quien me contestó–, la última chorrada, pero medio Madrid está como loco con ella...

–Pero, ¿qué es? –empezaba a sentir curiosidad–. Hace casi dos semanas que no salgo de noche, con lo de la gripe.

–Es un juego –Pablo me sonrió–, un juego tonto, como el del pirata pata de palo... Aquel del medio limón, y el cuello de pollo, claro que tú eras muy pequeña, no sé si jugarías alguna vez.

–Sí, sí, claro, jugué muchas veces –todavía me acordaba del susto–, era muy divertido.

–¿Cómo se jugaba? –preguntó alguien.

–¡Oh! Era un juego iniciático, bastante complicado –expliqué–. Hacían falta por lo menos tres personas para organizarlo. Una esperaba sentada en una silla, en un cuarto a oscuras, con una mano llena de pegotes de plastilina, medio limón exprimido sobre la cara y un cuello de pollo crudo, lo más grande posible, entre las piernas, además de otras cosas que ya no recuerdo... ¡Ah, sí!, también había un bastón, que hacía de pierna ortopédica. Una segunda persona elegía al inocente de turno y le explicaba que le iba a llevar a ver al pirata pata de palo, le metía en la habitación a oscuras, le cogía una mano, se la pasaba por encima de los pegotes de plastilina y le contaba que era la mano leprosa del capitán. Luego le agarraba un dedo y se lo metía de repente en el medio limón, diciéndole que era la cuenca vacía del ojo que el corsario perdió en una batalla –¡qué asco!, exclamó la nueva novia de Luis, tan femenina–, al final, había que conducir la mano muy despacio a lo largo del cuerpo del supuesto pirata, para que la víctima supiera en todo momento por dónde iba, el estómago, la tripa... Un poco más abajo, de repente, se le cerraba la mano alrededor del cuello de pollo, que el otro colocaba en el ángulo adecuado, y os juro que era igual, igual, igual que la polla de un tío, un cilindro de carne húmedo y como lleno de nervios por dentro –me reí, acordándome de las risas y los chillidos con los que solía culminar cada sesión–. En ese momento, una tercera persona encendía la luz y se desvelaban todos los misterios, era muy divertido...

–¡Pero si es genial! –el/la sudamericano/a parecía entusiasmado/a–. ¡Juguemos ahora, por favor! No me digan que no les apetece también a ustedes...

–Sí, vamos a jugar. –Una morena espectacular, pálida y muy delgada, embutida en un traje de chaqueta de cuero morado, que había llegado con un grupo a cuyos integrantes sólo conocía de vista, se unió a los ruegos de nuestra ambigua invitada. Sus palabras pronto fueron coreadas por otras voces.

–¡Pero si es una tontería! –Marcelo se resistía a aceptar las exigencias de lo que ya se perfilaba como un clamor popular.

–Bueno –insistió Luis–, ¿con quién empezamos?

–¿Clarita? –Pablo se dirigía a la novia de Luis. Le dirigí una mirada furibunda, él la captó, me devolvió una sonrisa malévola, no se atreverá, pensé, no se atreverá–. Muy bien, empezaremos con Lulú –no se atrevió–. Necesito cinco pañuelos grandes.

–Seis –le corrigió Marcelo.

–No –Pablo se sacó del bolsillo del pantalón una esfera de plástico rojo, algo más pequeña que una bola de billar, atravesada por algo negro, una cinta, o una goma, y la hizo bailar en su mano–. Solamente cinco.

–Ahora mismo te los traigo...

–No –me detuvo–. Tú no puedes quedarte aquí, tienes que estar en otra habitación, ya te he dicho que era un juego muy parecido al de pata de palo.

Me cogió del brazo y me condujo a través del pasillo. Saqué cinco pañuelos de cabeza del cajón de la cómoda de mi cuarto y retrocedimos un tramo para entrar en lo que yo solía llamar la habitación de invitados, un dormitorio con una cama grande que solía utilizar la canguro de Inés.

–Te voy a vendar los ojos –Pablo miró a contraluz todos los pañuelos, eligió el más oscuro, lo enrolló sobre sí mismo y me lo colocó alrededor de la cabeza, apretando fuerte–. ¿Ves algo?

–No.

–¿Seguro? –insistió–. Es fundamental que no puedas ver nada, si no, el juego no tiene ninguna gracia.

–Seguro –le contesté–, no puedo ver nada.

Entonces dejó de hablar. Intuí que estaba moviendo la mano, o haciendo cualquier otra cosa que confirmara la eficacia de la venda.

–Vale, te creo, no ves nada. Túmbate en el centro de la cama, boca arriba.

–¿Para qué?

–Voy a atarte a los barrotes.

–Oye –todo aquello estaba empezando a inquietarme–, ¿qué jueguecito es éste?

–Si quieres lo dejamos y se lo hacemos a Clarita...

–Ni hablar –me tumbé en el centro de la cama–, pues no faltaría más, átame.

Sin dejar de reírse, tomó la muñeca de mi brazo derecho y la fijó con un pañuelo a uno de los barrotes del cabecero. Luego repitió la operación con mi brazo izquierdo. Las ligaduras eran firmes pero bastante holgadas, no me hacían daño y me permitían una cierta capacidad de movimiento, aunque me resultaba imposible desprenderme de ellas.

–Luego no te enfades conmigo –mi tobillo izquierdo acababa de ser inmovilizado–, porque es una auténtica gilipollez, el juego, en serio, te va a decepcionar...

Cuando terminó con mi pierna derecha, se tumbó a mi

lado y me besó. Su contacto me produjo una sensación extraña, porque no podía verle, ni tocarle, no sabía dónde estaba. Retiró su boca de pronto y me quedé con la lengua fuera, intentando atraparle, buceando en el aire. Él se rió y volvió a besarme.

–Te quiero, Lulú.

Entonces empecé a sospechar que iba a ser inmolada, todavía no sabía de qué manera, ni en beneficio de quién, pero iba a ser inmolada. No dije nada, sin embargo. No era la primera vez.

Se separó de mí y le escuché caminar hacia la puerta. Antes de salir de la habitación me hizo una última advertencia:

–No te mosquees si tardamos en volver... Ahora hay que preparar bastantes cosas.

Se marchó, y escuché el ruido de la puerta que se cerraba tras él.

Esto era lo único que faltaba, pensé, lo demás ya se ha cumplido, con pequeñas variaciones de índole sobre todo económica, es cierto. Desde luego, el dinero tiene una nítida vertiente lujuriosa y no habíamos andado muy bien de dinero al principio, hasta que se murió mi suegro y comenzamos a disfrutar de los beneficios de la imprenta, sólido negocio familiar, pero eso nunca había sido demasiado importante. Me había sentido suficientemente querida, suficientemente mimada y malcriada a lo largo de todos aquellos años.

Nunca habíamos tenido criados, ni muchos ni pocos, sólo una asistenta dos veces madre soltera de un pueblo de Guadalajara, muy borde la pobre y bastante fea, claro que ya tenía lo suyo con lo que llevaba a cuestas, pero todo lo demás se había cumplido, antes o después. Al principio no me acostumbraba, iba colocando trampas por toda la casa, un paquete de tabaco aquí, un libro allí, cuando me levantaba por la mañana estaban en el mismo sitio, parecía magia, abrir la puerta del congelador y descubrir que siempre había hielo, y cervezas frías, no se las había bebido nadie, comprarme un vestido, dejarlo dos semanas en un armario, ir a ponérmelo y tener que quitarle las etiquetas, después de dos semanas todavía tenía etiquetas, era increíble, y tener un cuarto para mí sola, eso sobre todo, anunciar –me voy a estudiar–, y encerrarme en mi cuarto, una habitación entera para mí sola, Dios de mi vida, ésa era la más intensa de las bienaventuranzas, no me lo podía creer, tardé bastante tiempo en acostumbrarme. La intimidad era una sensación tan novedosa para mí, que al principio me abrumaba.

A Pablo le divertía mucho mi actitud de perpetua sorpresa, y la fomentaba con regalos individuales, cosas maravillosas para mí sola, plumas estilográficas, peines, una caja de música con cerradura, un diccionario griego-esperanto, un tampón de goma con mi nombre completo grabado en espiral, unas gafas con cristales neutros, eso fue lo que me hizo más ilusión, nunca las he necesitado, pero me apetecía tanto tener unas gafas... Él no comprendía muy bien los mecanismos de mi alegría. Sólo tenía una hermana, y sus padres siempre habían sido ricos, mucho más ricos que los míos. Nunca había heredado nada de nadie, siempre había dormido solo, y siempre había creído, él también, que los hijos de familia numerosa se reían mucho y disfrutaban de la infancia más feliz de las posibles.

Yo tenía cinco años, nada más que cinco años, cuando dejé de existir. A los cinco años dejé de ser Lulú y me convertí en Marisa, nombre de niña mayor. Mamá llegó a casa con los mellizos y todo se acabó.

Me acostumbré a vagar por el pasillo yo sola con un

cesto lleno de cacharritos, y a que nadie quisiera jugar conmigo, a que nadie me cogiera en brazos ni tuviera tiempo para llevarme al parque, ni al cine, los mellizos dan mucho trabajo, repetían. Fue entonces cuando Marcelo se fijó en mí. Siempre ha sentido debilidad por las causas perdidas, y yo nunca podré agradecérselo bastante, nunca. Su amor, un amor gratuito e incondicional, fue el único apoyo con el que conté durante mi atípica edad adulta, solamente le tuve a él entre los cinco y los veinte años, aquella horrible vida gris, hasta que Pablo regresó y su magnanimidad me devolvió a los placeres perdidos, a aquella infancia que me había sido tan brusca e injustamente arrebatada. Él jamás me decepcionó. Nunca me ha decepcionado, pensé, esto es lo único que faltaba, todo lo demás se ha cumplido... Entonces volvieron.

No sabía cuántos, ni quiénes eran, porque debían de andar descalzos y, además, el sonido de una tijera, la tijera que uno de ellos abría y cerraba rápidamente, tris, tris, tris, ahogaba todos los demás ruidos, anulando mi única vía posible de conocimiento.

Sentí que alguien se dejaba caer sobre la cama, a mi lado, y me colocaba un cigarrillo en la boca.

–¿Quieres fumar? –era Pablo–. Luego no vas a poder...

Atrapé el filtro entre los labios y disfruté con ansiedad de la merced que se me concedía. Cuando había consumido casi todo el tabaco, el pitillo me fue retirado de la boca y, acto seguido, noté una extraña presión debajo de la oreja izquierda.

Lo que yo percibía como una bola lisa y de contornos regulares, que debía de ser de plástico, porque mi lengua no fue capaz de detectar en ella sabor alguno, me taponó la boca. Unos dedos rozaron mi oreja derecha para colocar algo debajo de ella. La bola se encajó entonces entre mis labios, y sobre cada una de mis mejillas se tensaron dos hilos, o cuerdas, que convergían en el centro. Incluso a ciegas, no me resultó difícil adivinar la estructura de mi mordaza. La esfera de plástico rojo que antes había visto en la mano de Pablo debía de estar perforada en el centro. A través de ella pasaba una goma doble, seguramente una goma forrada, como las que se usan para recoger el pelo, porque no me pellizcaba la piel, cuyos extremos se deslizaban debajo de las orejas para mantenerla tensa contra la boca. El concepto era tan sencillo como efectivo. Me impedía emitir cualquier sonido.

Inmediatamente después, volví a escuchar la tijera que se abría y se cerraba, esta vez a mi lado. En la otra punta de la cama, alguien me descalzó y acarició los dedos de mis pies, produciéndome unas cosquillas insoportables. Entonces noté el contacto de algo desagradable, duro y frío, debajo de la manga de mi blusa, junto a la axila. Tris, tris, tris, la tijera rasgó a la vez la tela y la hombrera del sujetador. Luego, Pablo, suponía que era él porque la presión contra mi costado se había mantenido invariable todo el tiempo, se inclinó encima de mí y repitió la operación en el otro lado. Después, la tijera se escurrió entre mis pechos y cortó el sujetador por el centro.

Aquello terminó de convencerme de que era Pablo, porque le encantaba romperme la ropa. A veces me cabreaba en serio con él, porque algunas cosas no me duraban ni dos horas, blusas y camisetas sobre todo, las elegía con mucho cuidado, me tiraba un montón de tiempo en la tienda, dudando, estudiándome delante del espejo, y luego ni siquiera llegaba a salir a la calle con ellas. Algunos meses, mi consumo de bragas alcanzaba cotas escandalosas –esto es una ruina–, me quejaba yo –no te haces ni idea de la pasta que nos cuesta esta manía tuya–, y él se reía –no las lleves–, me contestaba –por lo menos en casa, no las necesitas para nada–, y acabé haciéndole caso, como siempre, iba desnuda debajo de la falda porque casi nunca llevaba pantalones, a él no le gustaban, pero no llegué a acostumbrarme del todo, y cuando aparecía alguna visita, como aquella noche, me iba al baño corriendo, tenía mudas de ropa interior estratégicamente repartidas por toda la casa, aunque casi siempre andaba medio desnuda, eso también se había cumplido, y ahora, cuando cualquiera hubiera optado por reducir el destrozo al mínimo desabrochando el sujetador por detrás, él lo desarboló de un tijeretazo y me despojó de todo en un par de segundos. Entonces se desplazó ligeramente hacia delante, y mis pies fueron abandonados.

Nadie hablaba, nadie generaba sonidos que yo pudiera identificar, no sabía cuántos, ni quiénes eran, pero intuía que mi hermano estaba entre ellos y no me gustaba esa idea. Nunca había sabido hasta qué punto conocía Marcelo los detalles de mi historia con Pablo y prefería que todo siguiera igual, pero aquella noche presentía que él también estaba allí, mirándome.

La enorme hebilla plateada de mi cinturón, un cinturón negro de ante, tan ancho que cubría buena parte de mi estómago, fue desabrochada de forma convencional. La tijera se deslizó entonces sobre mi ombligo, debajo de la falda, y prosiguió hacia abajo, tris, tris, tris, hasta seccionar completamente la tela por el centro. Alguien situado a mis pies tiró entonces de ella y noté cómo se escurría por debajo de mis riñones. Pensé que terminaría el trabajo con las manos, como era su costumbre, pero esta vez prefirió usar la tijera. Luego, volvieron a abrocharme el cinturón.

Entonces me quedé sola en la cama otra vez. Durante unos segundos no pasó nada. Yo trataba de imaginar el aspecto que tendría, atada a los barrotes del cabecero y de los pies, las piernas abiertas de par en par, los ojos vendados con un pañuelo negro, la boca taponada por aquel artilugio estrafalario cuyas gomas se me clavaban en las mejillas y me hacían arder las orejas, y me sentía muy incómoda, y más que avergonzada por mi estúpida credulidad.

Había caído en una trampa burda, infantil, a mi edad. No parecía capaz de espabilar, quizás nunca espabilaría del todo, y aunque ese punto no solía preocuparme demasiado, aquella noche me sentía mal, porque mi hermano estaba delante. Debería haber esperado algo por el estilo desde hacía años, sabía que Pablo jamás se quedaba con nada dentro, pero, al fin y al cabo, no había vuelto a mencionar ese tema desde la primera vez, la noche de la calle Moreto.

–¿Te gusta? –su voz expresaba una satisfacción que ya conocía. Solía mostrarse muy orgulloso de mí en aquellas ocasiones.

Si su interlocutor contestó, no lo hizo con palabras.

La afilada punta de una de las hojas de la tijera comenzó a dibujar retorcidos arabescos sobre mi escote. Después se detuvo en un punto concreto, y el giro que alguien imprimió al resto del instrumento consiguió que la otra punta describiera círculos cada vez más amplios, como si fuera un compás. Yo procuré no mover ni un músculo. No tenía miedo, porque sabía que no iban a hacerme daño, pero el contacto con el metal afilado me inquietaba. Las tijeras recorrieron todo mi cuerpo, acariciaron mi garganta, bailaron sobre mis pezones, resbalaron sobre mi vientre, llegaron incluso a aprisionar pequeñas porciones de piel, manteniéndome tensa, expectante, a merced de sus peligrosas caricias, hasta que de repente dejé de sentir la helada compañía del metal. Ya no volvería a encogerme bajo sus amenazas.

Entonces, alguien dejó caer una mano sobre mí. Yo me

preguntaba de quién sería, quién controlaba esa mano que, tras un ligero azote inicial, comenzó a estrujarme, a amasarme la carne, a estrecharme por la cintura, a aplastarme los pechos, a hundirse en mi ombligo, a deslizarse sobre mis muslos, a hurgar por fin en la hendidura del sexo con los dedos, presionando más tarde con toda la palma contra él. Luego advertí otra, una segunda mano, y una tercera, eran dos personas, aún creí percibir una cuarta mano, aunque me resultaba muy difícil calcular, sobre todo porque la cama se llenó de gente, notaba su proximidad a ambos lados, escuchaba los crujidos del colchón, que acusaba sus desplazamientos, unos labios se posaron sobre mi cuello, besándolo muchas veces seguidas, y en ese mismo instante una lengua distinta se detuvo sobre mi axila, un dedo se introdujo en mí, un brazo se deslizó por debajo de mi cintura, una mano acarició mi mano derecha, una pierna rodó sobre mi pierna, una rodilla se me clavó en la cadera. Yo intentaba pensar.

Una era la sudamericana, estaba segura, otro era Pablo, porque jamás me había ofrecido a nadie sin tomar parte en el juego, y debía de haber un tercero, un segundo hombre, sin duda, porque creía notar predominio de formas masculinas, su contacto era anguloso y áspero, o tal vez la sudamericana fuera un tío después de todo. Estaba desconcertada, y ellos, quienes fueran, hacían todo lo posible por desorientarme todavía más, sus manos y sus bocas se movían sobre mi cuerpo muy deprisa, cambiaban al instante de objetivo, era imposible seguirles la pista, adivinar si la lengua que reaparecía ahora sobre mi dolorida oreja era la misma que segundos antes había desaparecido entre mis piernas, identificar las caricias, los mordiscos, no podía saber quiénes eran, algo demasiado gordo para ser un dedo se posó sobre mis párpados cerrados por encima de la venda y presionó alternativamente sobre mis ojos, un pene –no me atrevía a calificarlo de otra manera, estando así, a ciegas, con las manos atadas... ¿cómo saber si era una polla gloriosa, toda una verga incluso, o una simple picha triste y arrugada?– me dejó sentir su punta contra un pecho, rodeándolo primero, frotando el pezón después hasta impregnar la piel de baba pegajosa. Y Marcelo lo estaba viendo todo.

Durante un tiempo intenté contenerme, no abandonarme, estarme quieta, sin mostrar complacencia y con todo el cuerpo pegado a la colcha, la cabeza recta. Lo hacía por él, por mi hermano, porque no quería que me viera entregada, pero advertí que mi piel empezaba a saturarse. Conocía bien las etapas del proceso, los poros erizados al principio, después calor, una oleada que inundaba mi vientre para desparramarse luego en todas las direcciones, cosquillas inmotivadas, gratuitas, en las corvas, en la cara interior de los muslos, alrededor del ombligo, un hormigueo frenético que preludiaba el inminente estallido, hasta que un muelle inexistente pero de potencia fabulosa saltaba de pronto dentro de mí, me propulsaba con violencia hacia delante, y ése era el principio del fin, la claudicación de todas las voluntades, mis movimientos se reducían en proporciones drásticas, me limitaba a abrirme, a arquear el cuerpo hasta que notaba que me dolían los huesos, y mantenía la tensión mientras basculaba armoniosamente contra el agente desencadenante del fenómeno, cualquiera que fuera, tratando de procurarme la escisión.

Mi piel se estaba saturando, y yo no podía luchar contra ella.

–Cuando quieras... –la voz de Pablo, quebrada y ronca, inauguró una nueva fase.

Las manos, todas las manos, y todas las bocas, me

abandonaron de repente. Unos dedos frescos y húmedos, deliciosos sobre la piel ardiente, resbalaron por debajo de una de mis orejas y la liberaron del pequeño tormento de la goma. Sus uñas no sobresalían más allá de la punta de los dedos. La sudamericana tenía las uñas cortas, lo recordaba porque me había fijado antes en sus manos, unas manos preciosas, finas y delicadas, impropias del resto de su cuerpo. La bola de plástico cayó de entre mis labios. Su ausencia me produjo una sensación tan agradable que apenas moví la mandíbula un par de veces para desentumecer la mitad inferior de mi rostro, me sentí obligada a manifestar mi gratitud.

–Gracias.

Alguien que no era Pablo, porque él jamás habría reaccionado así, reprimió una carcajada. El sonido me resultó casi familiar, pero no tuve tiempo de pararme a analizar sus posibles fuentes, porque no habían transcurrido más de un par de segundos cuando me encontré otra vez con la boca llena. Un desconocido sexo masculino se deslizaba entre mis labios.

–Yo sigo aquí, estoy a tu lado. –La aclaración era innecesaria, porque sabía de sobra que no era él. Percibí su aliento junto a mi rostro, y noté cómo una de sus manos penetraba entre mi nuca y la almohada para aferrarse a mis cabellos e impulsarme a continuación hacia arriba. Ahora Pablo marcaba el ritmo, guiando mi cabeza contra el émbolo de carne que entraba y salía de mi boca, una polla anónima, bastante más grande que la suya en la base desde luego, aunque de forma decreciente hacia la punta, que me parecía más corta y más estrecha. Al rato, cuando los movimientos de mi desconocido visitante se hacían más incontrolados por momentos, Pablo se incorporó y se arrodilló a mi lado. Supuse que iba a unirse a nosotros, pero no lo hizo.

Sus manos comenzaron a hurgar en el pañuelo que sujetaba mi muñeca derecha, hasta desprenderla del barrote dorado. Casi al mismo tiempo, otras manos, que no pude identificar con plena seguridad como propiedad de mi amante de turno, desataron mi mano izquierda. Él extrajo su sexo de mi boca, entonces.

Ya presentía que eran sólo dos, dos hombres, quizás desde el principio, lo de la sudamericana no debía de haber sido más que un espejismo. Habían bastado dos hombres para hacerlo todo, pero ahora, con tanto movimiento, ya no sabía quién era Pablo y quién era el otro, había vuelto a perder todas mis referencias.

Alguien deshizo las ligaduras que apresaban mis tobillos.

Alguien tomó mis dos muñecas y me las ató una contra otra, en medio de la espalda.

Alguien me empujó para darme la vuelta.

Alguien se aferró a mi cinturón, tiró de él para arriba y me obligó a clavar las rodillas en la cama.

Alguien, situado detrás de mí, me penetró.

Alguien, situado delante de mí, tomó mi cabeza entre sus manos y la sostuvo mientras introducía su sexo en mi boca. Era la polla de Pablo.

–Te quiero.

Solía repetírmelo en los momentos clave, me tranquilizaba y me daba ánimos. Sabía que su voz disipaba mis dudas y mis remordimientos, pero esta vez Marcelo lo estaba viendo todo, tal vez había escuchado también su última frase. Y sin embargo, en aquel momento yo ya estaba muy lejos de él, muy lejos de todo, estaba casi completamente ida, a punto de correrme.

–Déjame, Lulú –no dejaba de ser gracioso que me pidiera eso, que le dejara, cuando yo apenas era capaz de apartar la boca de su cuerpo sin ayuda, mis manos atadas, mi cuerpo inmovilizado también por las gozosas embestidas que me atravesaban–. Ahora me toca a mí...

Levantó mi cabeza con mucho cuidado y la depositó sobre la cama, mi mejilla izquierda en contacto con la colcha. Como impulsado por una cruel intuición, el desconocido salió de mí en el preciso momento en que mi sexo comenzaba a palpitar y a agitarse por sí solo, ajeno a mi voluntad.

–No me hagáis eso ahora –apenas podía escuchar mi propia voz, un susurro casi inaudible–. Ahora no ...

–¿Pero cómo puedes ser tan puta, querida? –La risa latía bajo las palabras de Pablo–. Si ni siquiera sabes quién es. ¿O ya te lo imaginas? –Le contesté que no, no lo sabía, la verdad era que no tenía ni idea de quién podía ser, y tampoco me importaba nada, con tal de que algo, o alguien, me rellenara de una vez–. Ay, Lulú, Lulú... ¡Qué vergüenza! Tener que contemplar una escena como ésta de la propia esposa de uno, es demasiado fuerte para un hombre de bien...

Los dos seguían allí, en alguna parte, sin tocarme un pelo, mientras los segundos iban pasando sin que ocurriera nada. Yo estaba cada vez más histérica, tenía que tomar una decisión y opté por intentar prescindir de ellos, aun a mi pesar. Estiré las piernas y traté de frotarme con la colcha. Fracasé en un par de intentos porque me costaba mucho trabajo coordinar mis movimientos con las manos atadas, pero al final logré establecer un contacto regular, aunque demasiado exiguo, con la tela. No me sirvió de mucho, mis movimientos acentuaban las necesidades de mi sexo en lugar de amortiguarlas, y mientras tanto Pablo seguía hablando, y su discurso me excitaba más que cualquier caricia.

–En fin, que estás hecha un putón, hija mía... Por mí no te cortes, déjalo, sigue restregándote el coño contra la colcha, pero habla, coméntanos la jugada, ¿te da gusto? ¡Qué espectáculo tan lamentable, Lulú!, y delante de todos nuestros invitados, todos están aquí, mirándote, ¡qué pensarán de nosotros ahora...! Pero tú sigue, no te preocupes por mí, total, no pienso aguantar esto mucho más tiempo, ¿sabes? Me voy, me largo ahora mismo, no pienso seguir aquí, contemplando cómo liquidas mi honor... Pero, eso sí, te juro que de ésta te acuerdas, que te vas a acordar... –se inclinó sobre mí para hablarme al oído, su cuerpo inaccesible todavía–. Estoy pensando que te voy a dejar aquí encerrada un par de días. A lo mejor incluso te vuelvo a atar a la cama, pero con cinta adhesiva, a ver si así se te bajan los humos...

–Por favor –dirigí la cabeza en dirección a su voz e insistí por última vez, al borde de las lágrimas–, por favor, Pablo, por favor...

Entonces, unas manos me aferraron con violencia por la cintura y me dieron la vuelta en el aire. Sus dedos se hundieron de nuevo en mi cuerpo y me atrajeron deprisa hacia delante. Cuando por fin empezó a penetrarme, volvió a decirme que me quería. Lo repitió varias veces, en voz muy baja, como una letanía, mientras me conducía hasta mi propia aniquilación. Pero ellos aún no tenían bastante.

Me penetraron por turnos, a intervalos regulares, uno tras otro, de forma sistemática y ordenada. Después, el que no era mi marido, me levantó por las axilas y me obligó a ponerme de pie. Le pedí que me sujetara, porque las piernas me temblaban, y lo hizo, me ayudó a caminar unos pasos y entonces escuché la voz de Pablo, quédate ahí, me dijo.

Él era el único que había hablado todo el tiempo, el otro aún no había despegado los labios, y yo seguía sin verle, no podía ver nada, el pañuelo firme sobre mis sienes, presentía que si el placer no hubiera sido tan intenso ya me habría estallado la cabeza de dolor.

Pablo se colocó detrás de mí y me desató las manos.

–Súbete encima de él.

Sus brazos me guiaron, me arrodillé primero encima de lo que supuse que era una especie de *chaise longue* corta y muy vieja, tapizada de cuero oscuro, procedente del mobiliario del viejo taller-atelier de mi suegra. El desconocido me cogió por la cintura y me situó encima de sí. Una de sus manos sostuvo su sexo mientras con la otra me ayudaba a introducirme en él. Luego, ambas recorrieron mi cuerpo durante un breve, brevísimo período, tras el cual hicieron presa en mi trasero, amasando ligeramente la carne antes de estirarla para franquear un segundo acceso a mi interior.

Vaya, esta noche vamos a tener un fin de fiesta de gala, pensé, mientras me admiraba de la tranquila naturalidad con la que ambos, Pablo y el otro, se repartían mi cuerpo a partes iguales, como si estuvieran acostumbrados a compartirlo todo. Y enseguida fui penetrada por segunda vez.

El cuerpo del desconocido se tensó debajo de mí, sus manos modificaron mi postura, me obligó a tumbarme encima de él al tiempo que levantaba mis brazos para que apoyara las manos en el respaldo. Luego se quedó quieto. Sólo entonces Pablo comenzó a moverse, muy despacio pero de forma muy intensa a la vez. Sus acometidas me impulsaban contra el cuerpo del otro hombre, que me alejaba después de sí, las manos firmes en mi cintura, para facilitar un nuevo comienzo, y mientras el ritmo de la penetración se hacía cada vez más regular, más fácil y fluido, advertí que mi anónimo visitante abandonaba su pasividad inicial para elevar todo su cuerpo hacia mí, de forma casi imperceptible al principio, con progresiva nitidez después, aunque siempre con suavidad, acoplándose sin dificultades a la frecuencia que Pablo marcaba desde atrás. Sus sexos se movían a la vez dentro de mí, y yo podía percibir la presencia de ambos, sus puntas se tocaban, se rozaban a través de lo que sentía como una débil membrana, un leve tabique de piel cuya precaria integridad parecía resentirse con cada contacto, y hacerse más delgado, cada vez más delgado. Me van a romper, pensaba yo, van a romperme y entonces se encontrarán de verdad, el uno con el otro, me lo repetía a mí misma, me gustaba escuchármelo, van a romperme, qué idea tan deliciosa, la enfermiza membrana deshecha para siempre, y su estupor cuando adviertan la catástrofe, sus extremos unidos, mi cuerpo un único recinto, uno solo, para siempre, me van a romper, seguía pensándolo cuando les avisé que me corría, no solía hacerlo pero aquella vez la advertencia brotó por su cuenta de mis labios, me voy a correr, y sus movimientos se intensificaron, me fulminaron, no fui capaz de darme cuenta de nada al principio, luego noté que debajo de mí el cuerpo del desconocido temblaba y se retorcía, sus labios gemían, sus espasmos prolongaban mis propios espasmos, entonces, desde atrás, una mano arrancó el pañuelo que me tapaba los ojos, pero no los abrí, no podía hacerlo todavía, no hasta que Pablo terminara de agitarse encima de mí, no hasta que su presión se disolviera del todo.

Después permanecimos inmóviles un momento, los tres, en silencio.

Quizás, pensé, lo mejor sea no abrir los ojos, salir de él a ciegas, a ciegas dar la vuelta y meterme en la cama, acurrucarme en una esquina y esperar. Eso habría sido lo mejor, pero no fui capaz de resistir la curiosidad, y levanté muy despacio la cabeza, hundida hasta entonces en su hombro, esperé un par de segundos y le miré a la cara.

Mi hermano, sus rasgos aún distorsionados por las huellas del placer, me sonreía.

Luego acercó su cabeza a la mía y me besó en los labios, el signo que reservaba para las ocasiones importantes. Volví a cerrar los ojos y Pablo se ocupó entonces de mí, siempre lo hacía. Me metió en la cama, me tapó, me besó, cogió a Marcelo y salieron de la habitación, se quedó con él hasta que se marchó, le llevó un vaso de agua a Inés, que se había despertado, volvió junto a mí, me abrazó, me meció, me consoló, y me hizo compañía hasta que me quedé dormida.

Pablo tenía muy clara la frontera entre las sombras y la luz, y jamás mezclaba una cosa, una sola dosis de cada cosa, con la otra, la serena placidez de nuestra vida cotidiana.

Con él era muy fácil atravesar la raya y regresar sana y salva al otro lado, caminar por la cuerda floja era fácil, mientras él estaba allí, sosteniéndome.

Luego, lo único que tenía que hacer era cerrar los ojos.

Él se encargaba de todo lo demás.

Su voz era la que menos me apetecía escuchar en aquel momento. Sentí la tentación de colgar sin contestarle, pero luego recordé que había tenido muy pocos regalos aquel año, porque Pablo no me había regalado nada.

–¿Marisa?

–Sí, soy yo.

–Hola, soy Remi.

–Ya te había conocido.

–Te llamé varias veces la semana pasada, pero nunca estabas en casa...

–Sí, es que el lunes fue mi cumpleaños, y he salido bastante estos días.

–Felicidades. ¿Cuántos te han caído?

–Veintiocho... –mentí, pero me dio vergüenza, así que rectifiqué–, más tres, treinta y uno.

–Vaya, es una buena edad.

–Sí –él debía de tener cuarenta y cinco, por lo menos–, eso dicen.

–Bueno, yo te llamaba por un tema...

–Lo siento, tío, en serio, prefiero avisarte antes de que sigas, pero es inútil, estoy sin un duro, no puedo permitirme ningún lujo.

–No, no va por ahí...

–¿No? –su última frase me desconcertó. Nuestra relación se había limitado exclusivamente desde el principio a un solo aspecto, uno solo, muy bien definido.

–No. Esta vez no te llamo por lo de siempre, o sí, en realidad es algo parecido, pero no te va a costar ni una pela, tranquila...

–No te comprendo.

–Verás, es que tengo un cliente... especial, un tío de Alicante que se ha montado vendiendo apartamentos a jubilados alemanes y belgas, ya sabes...

–¿Y qué?

–Bueno, el caso es que el tío este viene de vez en cuando en invierno a Madrid, a correrse una juerga, ¿entiendes?

–Entiendo.

–Oye, si te vas a cabrear conmigo, lo dejamos, ¿eh?

–No, no estoy cabreada contigo –me di cuenta de que mi última respuesta había sido demasiado brusca–. Sigue.

–Vale. El caso es que éste hace a todo, ¿sabes?, y... Bueno, que me ha pedido que le organice una fiestecita, y que invite también a alguna tía, y he pensado que a lo mejor te apetece venir, a los demás ya les conoces, Manolo, Jesús y algunos más, en fin, piénsatelo, sería pasado mañana...

–¿En la Encarna?

–Pues... No lo había pensado, pero si tú quieres puede ser allí, en la Encarna, a la una y media...

–¿Tan tarde?

–Sí, él tiene algo que hacer antes, una cena con los compañeros de la mili, o no sé qué, no me lo ha explicado bien, y luego quedamos...

–No, mira Remi, de verdad, paso.

–Pero ¡si tú no tendrías que hacértelo con él! Tú no, él sólo quiere mirar, si se trae un chico, y una puta y todo...

–No me lo creo.

–Te juro que es verdad. ¿Para qué te iba a mentir? No me interesa llevarme mal contigo, tía, ya lo sabes.

–Da igual. No quiero, no voy a ir.

–Pues allá tú, porque si es verdad que andas mal de dinero, te podrías sacar una pasta, ¿sabes...?

A la hora de comer, estaba casi decidida a ir, aunque aquella tarde le había colgado el teléfono en cuanto mencionó la cuestión del dinero.

Al principio me sentí fatal, me quedé horrorizada, y más que eso, espantada de mí misma. Me preguntaba qué clase de aspecto ofrecería para que Remi se hubiera atrevido a venirme con aquella proposición, pero él insistió, volvió a llamar un par de horas más tarde, y me atacó por mi punto más débil. Pero qué más te da, me dijo, ¿es que no es lo mismo estar en un lado que en otro? Yo le había comentado una vez que al principio me parecía más vergonzoso pagar que cobrar por acostarme con un hombre. Él me lo recordó y, lo que fue peor, adoptó el tono sincero y desinteresado de un hermano mayor para criticar mi falta de coherencia, lo que hubiera definido, de haber contado con el vocabulario suficiente para hacerlo, como una simple colección de prejuicios infantiles, pura ingenuidad. Me lo dijo de otra manera, si estás metida en esto, estás metida hasta el final, sácale algún provecho, tonta, qué más te da, has hecho lo mismo un montón de veces, por qué va a ser distinto ahora...

A la hora de comer, estaba casi decidida a ir.

La raya me tentaba, su proximidad ejercía una atracción casi irresistible sobre mí, la llamada del abismo, precipitarme en el vacío y caer, caer a lo largo de decenas, centenares, millares de metros, caer hasta estrellarme contra el fondo, y no tener que volver a pensar en toda la eternidad.

Luego, en casa, al salir de la ducha, me miré detenidamente en el espejo y me di cuenta de que estaba empezando a engordar. Me envolví en un albornoz, para no verme.

Las dudas brotaron después, a media tarde, mientras me preguntaba cómo debería vestirme para acudir a mi extraña cita, qué tipo de ropa escoger, algo negro, corto, estrecho, escotado, o un vestido normal, de mujer corriente.

Si no hubiera buscado la manera de desembarazarme de Inés, todo habría sido más fácil, pero ya le había pedido a mi hermana Patricia que fuera a buscarla al colegio para llevársela a dormir a casa de mis padres.

Aunque quizás no había sido mala idea, después de todo. Decidiera lo que decidiera al final, creo que no me habría gustado ver a mi hija aquella noche.

Dudaba.

El balance era nefasto.

Él no había querido escucharme, yo intentaba explicárselo, hablé, hablé sola frente a él durante horas, pero mis palabras se estrellaban contra sus oídos como las pelotas de tenis rebotan sobre un frontón.

No había querido escucharme, se aferró a la más reciente de mis convulsiones y no quiso ver más allá, se negó a escucharme, se negó a entender. Lo siento, dijo, lo siento mucho, la idea fue mía, sólo mía, y nadie se enteró, te juro que nadie se enteró, nadie sabe nada, les echamos a todos corriendo de casa... Es culpa mía, hace años que me rondaba por la cabeza, ya lo sabes... Marcelo no es sólo tu hermano, también es mi mejor amigo, y pensé... No sé lo que pensé, pero él no tuvo nada que ver, te lo digo en serio, todo se me ocurrió a mí, la idea fue mía, aunque la verdad es que no me costó demasiado trabajo convencerle... Los dos pensábamos que no tenía importancia, ya no tenéis edad para dejaros atrapar por una pasión fatal, ¿no? Eso pensábamos, pero no nos imaginamos que pudiera llegar a afectarte tanto... Puedes estar segura de que si lo hubiera sospechado, habría renunciado a tiempo, te juro que lo siento, Lulú, perdóname... Por favor, perdóname.

Yo intentaba explicárselo, lo intenté, hablé sola, sola durante horas. El incesto no había entrado nunca en mis planes, desde luego, y nunca pensé tampoco que Marcelo pudiera reaccionar de una manera tan natural después de una cosa así, porque ninguno de los dos volvió jamás sobre el tema, ni juntos ni por separado, aquí no ha pasado nada, lo leía en sus rostros, en sus gestos, en la imperturbable naturalidad de todas sus acciones, aquí no ha pasado nada, y habían pasado cosas, muchas cosas, pero no era eso, no era sólo eso.

Ya entonces había comenzado a cuestionar la calidad de las lecciones teóricas, de todas las lecciones teóricas, empezando por la primera, y me atormentaba la sospecha de que el amor y el sexo no podían coexistir como dos cosas completamente distintas, me convencí a mí misma de que el amor tenía que ser otra cosa.

La mitad de mi vida, ni más ni menos que la mitad de mi vida, había girado exclusivamente en torno a Pablo. Nunca había amado a nadie más, y eso me asustaba. Mi limitación me asustaba. Me sentía como si todos mis movimientos, desde que saltaba de la cama cada mañana hasta que volvía a ella por la noche, hubieran sido concebidos de antemano por él, y eso me abrumaba. Su seguridad me abrumaba. Entonces me convencí de que mientras siguiera a su lado nunca crecería, y cumpliría treinta y cinco, y luego cuarenta, y luego cuarenta y cinco, y luego cincuenta, cincuenta y cinco, y hasta sesenta y seis, la edad de mi madre, y no habría llegado a crecer jamás, sería una niña eternamente, pero no una hermosa niña de doce años, como cuando vivíamos en aquella casa falsa, enorme y vacía, en la que no pasaba el tiempo, sino un pobre monstruo de sesenta y seis años sumido en la maldición de una infancia infinita.

La autocompasión es una droga dura. Por eso me marché.

Pero nunca había podido olvidar que antes, cuando vivía con él, era feliz.

Al final elegí un vestido negro, corto, no demasiado escotado pero sí muy estrecho, de un tejido elástico que se me pegaba al cuerpo como un bañador.

Después, el aplicador del rímel, que sostenía con la mano derecha, me resbaló inexplicablemente de entre los dedos para dibujar tres finas líneas de tinta sobre el pómulo. Chasqueé los labios para expresar mi descontento conmigo misma y empapé en agua la punta de un pañuelo de papel para tratar de remediar el desaguisado. Al mirarme en el espejo, contemplé el rostro de una mujer de mediana edad, vieja, labios tensos enmarcados por un rictus familiar pero distinto, dos finas arrugas que revelaban conocimiento y edad, una mezcla compleja, la antítesis de la risa fácil, incontrolada, que solía trastocar en una mueca la sonrisa de aquella extravagante golfa inocente que fui una vez.

Mantuve los ojos fijos en esa mujer, durante algunos segundos, y decidí que no me gustaba.

El balance era nefasto.

Abrí el grifo del agua fría, me lavé la cara con jabón, la froté a conciencia con una esponja, haciendo espuma, hasta que la piel comenzó a tirarme, y me sentí mucho mejor.

Necesitaba llevar algo entre las manos, un objeto capaz de hacerme compañía, de sostenerme, de animarme. Sentía que no podía volver con las manos vacías.

De repente me acordé de ella, una bolsa de plástico naranja rajada y rota a la que siempre le había faltado un asa. Dentro, cinco piezas de porcelana, dos brazos, dos piernas, una cabeza, y un cuerpo relleno de lana, el vestidito sucio y el gorro blanco, diminuto, amarillento ya, la holandesita despedazada, colega en los trabajos de la infancia eterna, que heredé en la cuna, junto con mi propio nombre, de la tía abuela María Luisa, a quien nunca conocí.

Llevaba veinte años prometiéndome a mí misma que al día siguiente, sin falta, la llevaría a arreglar al sanatorio de muñecas de la calle Sevilla, y nunca lo había hecho.

Él comprendería.

Todavía era muy pronto.

Compré una guía en el quiosco de la esquina y consulté la cartelera. Buscaba una señal, un sortilegio. En un cinestudio de Villaverde Alto ponían *Milagro en Milán*, pero Villaverde estaba demasiado lejos, y no fui capaz de encontrar ninguna otra vieja película maravillosa en ninguna parte.

Entonces elegí Fuencarral, mi calle favorita, y me metí a ver una comedia americana de estreno, una chorrada intrascendente con una espléndida actriz secundaria en el papel de madre del protagonista.

Al final, decidí usar la llave.

La casa estaba a oscuras. Avancé con precaución al principio, asiendo con las dos manos la bolsa naranja como si fuera un escudo, hasta que mis ojos se habituaron a la falta de luz. Entonces deposité a la pequeña inválida holandesa en una esquina del salón y comencé a sortear obstáculos con una agilidad desconocida.

La puerta del dormitorio estaba cerrada. Inmóvil en el pasillo, sin hacer ningún ruido, pegué la oreja a la puerta, crucé los dedos y no escuché nada. Me quité los zapatos, empujé el picaporte con dedos sigilosos y entré andando de puntillas.

Tardé unos instantes en asegurarme de que era Pablo quien dormía, solo, vuelto hacia el centro de la cama.

Respiré hondo, y sonreí.

Aquello no encajaba con la más favorable de mis hipótesis –nadie en casa, acostarme y esperar–, pero tampoco era la peor –encontrar a dos personas debajo de las sábanas.

Me desnudé en silencio, busqué la camisa que él se debía de haber quitado momentos antes, la encontré tirada encima de una silla, la miré, la toqué, la olí, la reconocí, me la puse y me tumbé en el suelo, a su lado, ejecutando el mejor plan que había sido capaz de concebir mientras aquellos dos imbéciles californianos se divorciaban y se reconciliaban sin parar en la pantalla grande. La hija pródiga vuelve a casa, se tira en el suelo como una perra, reconoce sus faltas e implora el perdón del padre, a quien sabe compasivo y magnánimo. No era un plan impecable pero tampoco estaba mal, dada la precipitación y lo espantosa que había resultado la película.

–Te quiero –susurré.

Ya está, pensé luego, todo ha sido muy fácil.

Cerré los ojos, estaba muy cansada, todo ha salido bien, me repetí, ahora podré dormir, dormir durante horas, cuando nos despertemos, él me descubrirá y comprenderá, todo ha sido muy fácil... El suelo, duro, me pareció infinitamente acogedor hasta que escuché el chasquido de un mechero, y a continuación su voz, fría.

–Levántate, Lulú. No cuela.

Al principio no me atreví a moverme, me quedé quieta, encogida, temblando, convenciéndome a mí misma de que no había escuchado nada porque nadie había dicho nada, pero él lo repitió, con voz clara.

–Ya es demasiado tarde, Lulú. Esta vez no cuela.

Me levanté de golpe, cerré las manos alrededor de las solapas de su camisa y separé los brazos con todas mis fuerzas.

Los botones fueron saltando al suelo, uno tras otro.

Hice pasar el vestido a través de mi cabeza, embutí como pude los brazos en las mangas y estiré el borde hacia abajo, salí huyendo al pasillo, me puse los zapatos y seguí corriendo.

–¿Adónde vas?

Llegué al salón, cogí mi bolso y agarré también la bolsa naranja, pero entonces me di cuenta de que él venía detrás de mí, por el pasillo, y seguramente ya la había visto, no tenía tiempo para esconderla.

La vieja holandesita no podría hacerme compañía en el sitio al que me dirigía, así que volví a dejarla encima de una mesa.

–¿Adónde vas?

Salí dando un portazo, pero fallé, como de costumbre.

La hoja golpeó contra el marco un par de veces sin llegar a cerrarse.

Conocía a la Encarna desde hacía muchos años.

Había ido con Pablo algunas veces al viejo chalet de la calle Roma donde ella empezó honradamente de jovencita, con una pensión para subalternos, picadores enjutos y afilados, banderilleros bajitos y rechonchos, que se la tiraban con fruición, conscientes siempre de que ella sería quizás la última mujer de sus vidas. Eso todavía lo recordaba con nostalgia, pero solía repetir que entre las cogidas propias, las cogidas del matador, y que todos ellos eran una partida de cabrones que la mitad de las veces se largaban sin pagar, la pensión acabó siendo un negocio ruinoso. Fue la necesidad, según su propia versión, la que la impulsó a alquilar habitaciones para otro tipo de corridas.

Pero la calle Roma, un excelente lugar para una pensión taurina, no lo era tanto para una casa de citas, sobre todo cuando aquella zona, barrio de Salamanca al fin y al cabo, empezó a llenarse de yuppies, la nueva gente bien, más inculta incluso que la de antes e incapaz de apreciar el encanto de tradiciones tan añejas como la casa de Encarna, así que al final se la malvendió a un director de cine que la encandiló llamándola monumento, y con lo que sacó por ella se compró un piso inmenso en una bocacalle de Espoz y Mina, en un viejo edificio señorial, lo recalcaba engolando la voz, señorial, se trajo del pueblo a una sobrina peluquera que había hecho un curso de decoración de interiores por correspondencia, y reclutó unas cuantas chicas, no demasiado jóvenes, no demasiado guapas, pero rentables, ya que estamos, vamos a hacer las cosas bien, repetía.

Cuando no podía ir a casa, solía recurrir a la Encarna. Me llevaba muy bien con ella.

Cogí un taxi para llegar hasta allí, porque no tenía ganas de conducir, y después di una vuelta a la manzana, caminando muy despacio. Procuraba no pensar, olvidar que había sido rechazada, pero había demasiada animación aquella noche de viernes, día tres.

Una puta flaca y vieja, con un par de manchas oscuras en la cara, canas demasiado patentes sobre el pelo teñido, camiseta de tirantes con un escote inmisericorde para con sus tristes pechos desinflados, y una cazadora de plástico ligero con alegorías de Fórmula 1, me pidió un cigarrillo, tiritando de frío. Se lo di, mirándola de frente, y volví enseguida sobre mis pasos.

Me encontré en el portal con la sobrina de Encarna, que volvía de tomarse unas copas con su novio, un buen chico que trabajaba en una óptica y no tenía ni idea de nada. La dueña de la casa estaba arriba, haciendo un solitario frente al televisor. Cuando me vio entrar, me hizo un gesto con la cabeza para señalar un cuarto pequeño y situado al final del pasillo, el gabinete de lo que las dos llamábamos de coña la suite nupcial, la mejor habitación de la casa.

Encarna estaba rara, nerviosa y huidiza. Cuando le pregunté por su artrosis, me di cuenta de que no quería hablar conmigo. Se limitó a responder con un par de monosílabos forzados a mis preguntas de cortesía, y me recordó que llegaba tarde.

No me gustaba el tema de aquella noche, no me había gustado nunca, me olía mal desde el principio, presentía algo que no me iba a gustar, pero ya no podía volver atrás.

Ya no tenía ningún sitio al que volver.

En el cuarto del fondo, tres viejos conocidos míos me saludaron como si se alegraran mucho de verme. Yo no les respondí de la misma manera.

–¿Dónde está Manolo?

–Y yo qué sé... –Jesús, un chico bajito y con aspecto atlético que a mí nunca me había gustado mucho aunque por lo visto tenía mucho éxito con los tíos, se me quedó mirando muy sorprendido–. Que yo sepa, no va a venir.

–Remi me dijo que Manolo estaría aquí –aquella ausencia confirmaba mis peores cálculos–. Si él no está, yo me voy...

–Vamos, Marisa –el que intervino en la conversación era uno de mis favoritos absolutos, se parecía mucho, mucho, a Lester, un encantador estudiante británico de buena familia vapuleado por la mala vida, desconocía su nombre auténtico, yo siempre le había llamado así–. ¿Qué tiene Manolo que no tengamos los demás?

–Que de él me fío, y de vosotros no.

A Manolo le gustaban las tías. A Manolo le gustaba yo. Estoy en esto sólo por la pela, solía repetirme, sólo por eso. Era joven aunque no demasiado, guapo aunque no demasiado, listo aunque no demasiado, pero tenía algo especial, además de una polla como un martillo. Nos lo habíamos montado alguna vez los dos solos, en casa, en plan amateur, y había llegado a cogerle cariño. Yo le gustaba y él me aconsejaba, me advertía con quién debía y con quién no debía ir, qué debía y qué no debía hacer. Él no me vendería, él no, estaba segura de eso, pero de los demás no podía fiarme, no me fiaba, estuve a punto de darme la vuelta y largarme de allí, pero la idea de acostarme sola aquella noche me resultaba insoportable.

Mientras tanto, ellos ya habían empezado a trabajar. Me conocían muy bien, y conocían su oficio.

El que se parecía a Lester se colocó detrás de mí, rodeó mi cuerpo con los brazos y comenzó a acariciarme, a sobarme con las manos abiertas, hablándome en voz alta, subiéndome el vestido por detrás, descubriendo la carne desnuda con fingida sorpresa, apretándose contra mí, clavándome la bragueta de sus pantalones de cuero en el culo, moviéndose rítmicamente para impulsarme hacia delante. Manolo me había jurado un par de veces que era un homosexual puro, que sólo le gustaban los hombres, y de hecho jamás había follado conmigo, pero a veces me costaba trabajo creérmelo.

Como compensación, su novio, que se llamaba Juan Ramón, tenía cara de tonto y contemplaba la escena con expresión risueña, se calzaba cualquier cosa que le pusieran delante.

Se acercó a nosotros, se colocó delante de mí y me abrazó. Sus manos tropezaban con las de su amigo, su boca se encontraba con la suya encima de mi hombro, su sexo, enfundado en unos vaqueros viejos que parecían a punto de estallar, tropezaba con el mío, sus caricias nos abarcaban a los dos.

No pude evitar que mis ojos se cerraran, que mi cuerpo se tensara, que mis brazos se ablandaran en cambio, inermes, que mi sexo comenzara a engordar, no pude evitarlo y tampoco me tomé el trabajo de intentarlo, porque ya todo me daba igual y ellos eran tan deliciosos, eso era lo único que no había cambiado, ellos seguían siendo deliciosos cuando jugaban conmigo, se lanzaban mi cuerpo mutuamente como si fuera una pelota grande, sentía cómo sus acometidas me impulsaban hacia delante y hacia atrás, balanceándome entre ellos, me apretaban, me daban calor, un placer fácil, primario, me gustaban, me gustaba lo que se hacían y lo que me hacían a mí, se besaban entre ellos y me besaban, se tocaban entre ellos y me tocaban, se chupaban entre ellos y me chupaban, y yo disfrutaba más con las miradas, las sonrisas, las palabras que se dirigían el uno al otro que con las miradas, las sonrisas, las palabras que me dirigían a mí, pero no se lo decía, ellos no lo entenderían, eran bastante brutos los dos, animalitos, sus manos se perdían de vez en cuando bajo mi vestido, y su contacto era muy distinto al que producían las manos de los otros hombres, no había violencia, ni ansias de reconocimiento en ellas, eso lo reservaban para sí mismos, y sus dedos, ligeros, no llegaban a detenerse sobre mí, si acaso me daban descuidados golpecitos, caricias pobres, rácanas, pero el simple roce de sus uñas me erizaba la piel, y yo acariciaba sus cabezas, hundía las manos en sus cabellos, pobrecitos, mis niños pequeñitos, de la que os habéis librado, qué incomprensible fallo el de la Naturaleza, privarme de la oportunidad de medirme con vosotros en igualdad de condiciones, relegarme a la condición de espectadora de vuestros juegos inocentes, habrían dejado de ser tan inocentes, conmigo, pero ya no hay remedio, pobrecitos, qué suerte habéis tenido, queridos, queridos míos.

Cuando ya lo habían arrugado por encima de mis pechos, ambos tiraron al mismo tiempo del vestido para obligarme a levantar los brazos y me lo sacaron por la cabeza. Entonces me anunciaron entre risas que iban a disfrazarme.

Jesús, que jamás me había puesto un dedo encima, nos miraba desde un rincón, ataviado de una forma extraña.

Parecía un héroe de cómic, un reluciente vengador galáctico, oscuro y peligroso, estúpido a la vez, con esas enormes hombreras, y los leotardos negros, abiertos por delante y por detrás, como esos pantys agujereados –pantys para follar, la cruda realidad es que ningún mito dura eternamente–, que ahora venden hasta en las mercerías más corrientes con la excusa de que no te los tienes que quitar para ir al baño, y así es más difícil hacerse carreras. Su sexo depilado colgaba aburrido sobre el látex que se pegaba a sus muslos como una segunda piel. Está ridículo, pensé, aunque en realidad me gustaba mirarle. Estaba ridículo pero muy pronto yo misma ofrecería un aspecto parecido al suyo.

Me pusieron unas botas negras muy altas, que me llegaban hasta la mitad del muslo, estrechas hasta la rodilla, más anchas después, con una plataforma salvaje, y los tacones más finos y empinados que había visto en mi vida.

–Yo no voy a poder andar con esto –les advertí, ellos se rieron–. En serio, que vosotros no me conocéis, pero yo me mato, fijo que yo con estas botas me mato...

Los restantes accesorios eran más cómodos, pero igual de estrambóticos, un cinturón adornado con tachuelas plateadas, que se prolongaba en varias tiras de cuero también tachonadas que había que abrochar de una en una y se cruzaban a distintas alturas sobre mis caderas, una especie de sujetador vacío, tres tiras de cuero que enmarcaban en un triángulo negro cada uno de mis pechos sin cubrirlos, y un collar de perro a mi medida, adornado con aros metálicos.

Lester me condujo hacia un espejo, me miré y me gusté, aquellos correajes me sentaban bien, me encontré guapa, se lo comenté a ellos y estuvieron de acuerdo conmigo, estás muy bien, me hubieran dicho lo mismo si hubiera llevado puesto un saco de patatas pero era agradable oírlo.

Luego me sujetaron por los brazos y me condujeron a la habitación del fondo, donde tres figuras, sentadas en una especie de diván con adornos de falsa madera dorada, saludaron mi aparición con estrépito.

El del centro –delgadísimo, bajito, semicalvo, la uña del meñique derecho muy larga, las otras solamente negras, con uno de esos ridículos bigotitos, una línea finísima que no llegaba a cubrir los confines del labio, sobre una paradigmática cara de vicioso– debía de ser el especulador inmobiliario alicantino.

A su diestra, un adolescente de belleza pueblerina, mofletes sonrosados, quince años, dieciséis todo lo más, se acariciaba la ropa sin parar. De uno de los codos de su americana, cachemira de diseño italiano con enormes hombreras, colgaba todavía el enganche de plástico de una etiqueta.

A su siniestra, una jovencita de mejillas macilentas, el brazo izquierdo surcado por un rosario de pequeños puntos sanguinolentos, no había tenido tanta suerte.

Había también un hombre muy alto, inmenso, con pinta de culturista, al que no conocía, y una mujer de unos treinta y cinco años, alta, robusta pero de carnes duras, guapa a pesar del maquillaje de bruja, pestañas postizas, enormes rabillos, labios granates y los pezones perforados por dos anillas plateadas.

Ella fue quien más se alegró de verme. Me señaló con un dedo, y luego arqueó las cejas, frunció los labios y me dedicó una sonrisa pavorosa.

Alguien me lo había contado, hacía muchos años, y me había parecido un chiste muy malo, sólo duelen las treinta primeras hostias, pero es verdad, la pura verdad, sólo duelen las veinte, las treinta primeras hostias, luego ya todo da lo mismo.

Y sin embargo, al principio me lo pasé bien, muy bien, la verdad es que confiaba en que se tratara de una cuestión de puro fetichismo, cuero, hierros, argollas y punto, a juzgar por sus comentarios iniciales, el de Alicante era un individuo muy simple, demasiado simple para que todo aquello fuera mucho más allá. Por eso permanecí tranquila cuando el inmenso desconocido fijó el extremo de la cadena en el aro posterior de mi collar, ensartando uno de los eslabones en un grueso clavo que había fijado antes en la pared. Pobre Encarna, pensé, te están jodiendo la casa.

Estaba todavía tranquila, y muy excitada por la atmósfera que espesaba el aire de la habitación, el deseo sólido, denso, que distorsionaba los rostros de algunos de los presentes, sólo dos ojos ávidos, enormes.

El culturista asumió el papel de maestro de ceremonias, agarró a Jesús por un brazo, le llevó al centro de la habitación y le tiró al suelo.

Juan Ramón se acercó despacio, y le puso un pie encima de la nuca para impedir que se levantara, una pura concesión a la ortodoxia iconográfica, pensé, porque la víctima no mostraba signo alguno de disconformidad con su situación.

Mientras tanto, con la misma forzada parsimonia que caracteriza los últimos contoneos de una bailarina de *striptease*, aquella bestia hizo desaparecer buena parte de su brazo derecho dentro de un largo guante de cuero rígido, adornado con pequeños remaches puntiagudos, que le llegaba hasta el codo.

Luego, sonriendo para sí, cerró el puño y lo miró mucho rato, como si necesitara concentrarse para apreciar la potencia de aquella bola erizada de puntas metálicas cuyo aspecto recordaba el de un arma medieval, antes de dirigirse hacia Jesús, que, sumido en el suelo, se había perdido el último acto.

Me descubrí a mí misma sonriendo, los dientes clavados en mi labio inferior, y me asusté, modifiqué enseguida la expresión de mi rostro, procuré adoptar un aire distante, neutro, como si todo aquello no fuera conmigo, pero no pude mantener esa apariencia de imperturbabilidad durante mucho tiempo.

Lo hizo. Nunca hubiera creído que fuera posible, que un cuerpo tan pequeño pudiera albergar una maza semejante, pero lo hizo, su antebrazo desapareció casi por completo dentro del menudo atleta, que chillaba y se retorcía, incapaz de levantarse bajo la presión del pie que ahora ya le aplastaba la nuca, lo hizo, y no contento con eso, comenzó a mover el brazo dentro de su envoltorio, recibiendo con una sonrisa los alaridos de dolor que arrancaba en cada recorrido. Lo hizo, pero él no era el único que parecía disfrutar con el espectáculo.

Lester se acercó a su novio, se apoyó lánguidamente en él y empezó a acariciarle por detrás con la mano derecha, mientras la izquierda liberaba el sexo deseado, lo encerraba en su puño y empezaba a agitar ambas cosas, acariciando la húmeda punta con la yema del pulgar. Pronto fue correspondido. Sin disminuir ni un ápice la presión del pie con el que mantenía a Jesús pegado al suelo, el otro consiguió desabrochar con la mano izquierda la hilera de corchetes que atravesaba los pantalones de cuero de mi favorito y, tras acariciar ligeramente su carne, tan dura, le hundió el dedo índice en el culo, toma, le dijo, Lester suspiró y puso cara de bobito, qué encantador, pensé, mientras advertí que mi sexo se licuaba, mi ser se escurría sin remedio entre mis muslos, nunca había podido resistir aquella visión, nunca.

El flamante adolescente de la ropa nueva también parecía muy excitado. Inclinado hacia delante, la boca entreabierta, jadeando, no se perdía un detalle. Su propietario también se había puesto cachondo, le besaba, le metía mano, le obligaba a hacer lo mismo con él, y le hablaba con una voz ronca, entrecortada. Todo esto te lo voy a hacer cuando volvamos a Alcoy, me vuelves loco, pero te encerraré en el sótano y ya no volverás a ver la calle, ni a tu madre, ni a tus hermanos, sólo me verás a mí cuando baje a pegarte con un látigo, mearé encima de tus heridas, no volveré a darte por el culo nunca más, encontraré otros más guapos y más jóvenes que tú y les llevaré a casa, me los tiraré delante de tus narices, nunca más follarás conmigo, nunca más follarás con nadie, usaré una barra de hierro para eso, te desgarraré con ella, te la dejaré dentro toda la noche, y te obligaré a que se la chupes a mi perro, eso será lo primero que hagas cuando te despiertes cada mañana, ya verás, no te servirá de nada llorar, ni suplicar, te arrastrarás de rodillas para pedirme que te dé de comer y dejaré que te mueras de hambre, te mataré, te destrozaré con un guante peor que ese de ahí, porque me vuelves loco, loco, todo esto te lo voy a hacer cuando volvamos a Alcoy...

La mujer de los pezones perforados, encaramada en una butaca, las piernas atravesadas sobre los brazos del mueble, los pies colgando en el aire, se masturbaba con un consolador metálico, negro, con la punta dorada. Me miró, sonrió, luego miró a la yonqui, le hizo una señal con la mano, acércate, la otra no se dio por enterada, entonces habló, acércate, le dijo, y por fin lo consiguió, la jovencita del brazo herido se levantó y fue hacia ella, la voz de aquella mujer acaparó toda la atención por un instante, luego extrajo su juguete de entre los muslos y apuntó con él a la boca de aquella torpe prostituta asustada, que mantuvo los labios cerrados incluso cuando el duro extremo mojado se posó sobre ellos, no debe de llevar mucho tiempo en esto, pensé, y me compadecí de ella porque no sabía calcular, la bruja la agarró entonces del pelo, la levantó en vilo, el puño cerrado sobre la melena castaña, ella chilló, dejó escapar un grito sobrecogedor, y mantuvo la boca abierta hasta que el consolador se perdió entre sus dientes. Luego, manteniéndola bien sujeta, la mujer de los pezones perforados atrajo violentamente su cabeza hacia sí misma, y dejé de verle la cara, sólo escuchaba los sonidos ahogados que producía su lengua en contacto con el sexo desnudo de la otra mujer, que, abriéndose con una mano, usando la otra para guiar el instrumento del que obtenía un placer cada vez más intenso, se retorcía en su asiento, emitiendo débiles gritos que, por un instante, la acercaban a la condición de los seres humanos.

El gigante se cansó de penetrar a Jesús con su brazo enguantado y lo extrajo por fin de su cuerpo, manchado de sangre. Después se sentó en el suelo con las piernas cruzadas, justo delante de la cabeza de su víctima, quien, libre ahora de toda presión, no se movió. No podía moverse, apenas arrastrarse con esfuerzo por el suelo, pero la misma mano que antes le había penetrado, desnuda ahora, se posó sobre su cabeza, revolviéndole el pelo, y como si respondiera a un signo convenido de antemano, el pequeño maltratado logró entonces incorporarse a medias, echó los brazos en torno al cuello de su torturador, le miró con ojos húmedos, tiernos, y le besó en la boca. Después, en silencio, dirigió los labios hacia la verga de su verdugo y empezó a lamerla con la punta de la lengua antes de hacerla desaparecer dentro de su boca, sin insinuar ningún reproche. Parecía contento. No lo podía creer, pero parecía que estaba contento a pesar del pequeño torrente rojo que descendía por sus muslos.

Las cosas comenzaron entonces a complicarse. Todo cambió muy deprisa, el alicantino reclamó a Juan Ramón y le habló al oído, cuando éste asintió, aquél le besó en la boca, abrazándole con repentina pasión, y se formaron dos nuevas parejas.

El adolescente protestó al principio, miró a su protector con ojos llorosos, alargó hacia él una mano patética, pero no le sirvió de mucho, Juan Ramón se lo llevó a una esquina, le tumbó boca abajo encima de una mesa y le dio un par de azotes, si te portas mal, yo me portaré todavía peor contigo, rey, aquello pareció tranquilizar al corderito, que se quedó inmóvil, tuve que esforzarme para distinguir lo que ocurría después, estaban demasiado lejos, el novio de Lester introdujo su polla en una especie de funda de goma con púas que incrementaba un perímetro ya de por sí bastante respetable, y después, sin avisar, abrió con las manos el culo del jovencito y se la metió dentro de golpe, hasta la base.

El cliente, desnudo, se había encaramado a cuatro patas encima del diván, para contemplar mejor el tormento de su favorito, cuando el mío, Lester, se acercó a él por detrás, con cara de circunstancias y el sexo enhiesto sólo a medias en una mano. Así y todo, no tuvo dificultad para hacerlo pasar a través del enorme hueco que se abría en aquel cuerpo añoso y blando, al tiempo que, con la otra mano, agarraba la escasa picha de su beneficiario y empezaba a agitarla mecánicamente, con desgana.

El alicantino, que no podía contemplar las divertidas muecas de asco que Lester me dedicaba mientras se lo follaba al ritmo más cansino de los posibles, no acusaba en absoluto esa falta de ardor, concentrado en la escena que se desarrollaba ante sus ojos, su pequeño chillando y revolviéndose ante las embestidas de un arma terrible, cuyas dolorosas consecuencias no era difícil calcular a la vista del miserable calibre del sexo que el pobre estaba acostumbrado a engullir. Sin embargo, en un momento determinado, la víctima dejó de chillar para generar sonidos diferentes, como si el dolor se hubiera diluido en sensaciones de otra naturaleza. Yo conocía muy bien ese proceso, podía anticipar sus consecuencias. Unos segundos después, ya era evidente para todos que le daba gusto, ahora se lo estaba pasando estupendamente. Apoyó las dos manos sobre la mesa, se irguió, comenzó a moverse, y nos dejó ver su polla, tiesa, contra el cristal.

Entonces su propietario se asustó, basta ya.

Me sonreí para mis adentros, no te va a servir de nada mandarle parar, pensé, te has pasado de listo y ya no volverá a disfrutar contigo, ha descubierto que en este mundo existen cosas mejores que tú, imbécil.

Los acontecimientos me dieron la razón.

El grado de conformidad que mostraba Lester hacia su destino cambió de repente cuando su novio, sin haber desnudado su sexo aún, se dirigió hacia él con una sonrisa en los labios, se las arregló para encontrar un sitio donde apoyar las rodillas y le penetró, acariciándole el pecho con una mano. El alicantino tuvo que notar el cambio de situación, porque a juzgar por la expresión de felicidad que se dibujó en su cara, la polla de mi favorito tenía que haberse puesto como una piedra, y debía de ser capaz de llenar por fin del todo su holgado conducto, pero eso ahora no le importaba, porque el muñeco que se había traído de Alcoy se negaba a obedecer sus órdenes, y lejos de presentarse ante él, cruzó de rodillas, con la boca abierta, toda la habitación, para satisfacer después con la boca al eventual amante del amante de su amante, el magnánimo ser que le había abierto los ojos de una vez y para siempre, y se dedicó a lamer generosamente sus testículos antes de abrir su grupa con las manos para hundir la lengua en el orificio central. Juan Ramón, sin volverse, aceptó el regalo con un gruñido.

Me lo estaba pasando bien, muy bien, pero entonces, de repente, me di cuenta de que éramos nueve, y de que ocho, todos excepto yo, habían entrado ya en juego.

Entonces me asusté, adquirí conciencia por primera vez de mi inmovilidad, e intuí que mi destino era ser el plato fuerte de la velada.

Ella vino hacia mí, me cogió por las muñecas y apretó mis manos alrededor de sus pechos perforados haciendo lo mismo conmigo, al principio sólo me acariciaba, sus dedos, sus uñas, producían una sensación agradable, pero sus dedos se desplazaron sin avisar hacia mi sexo, estiraron de mis labios hacia abajo y los pellizcaron varias veces con sus afiladas puntas, me estaba haciendo daño, así que, aunque intuía que el efecto de mi acción resultaría tal vez peor que su causa, lancé una de mis rodillas contra su cuerpo y conseguí tirarla al suelo mientras chillaba con todas mis fuerzas, llamando a Encarna a gritos, confiando todavía en poder escapar indemne de allí, nunca más, me juré a mí misma, nunca más, pero no vino nadie, nadie, los demás participantes en aquella fiesta me miraron un instante con curiosidad y ninguna intención de ponerse de mi parte, excepto la yonqui, que tenía los ojos llenos de lágrimas y lo intentó, aunque la detuvieron antes de que lograra acercarse a mí, tú no te metas, le dijo alguien, esto no es asunto tuyo, a las dos nos va a salir muy cara la dosis de esta noche, me dije, entonces esa mujer se levantó por fin, me miró, me sonrió, y agarrándome de los pies, primero el derecho, luego el izquierdo, desgajó los tacones de mis botas, tuve que agarrarme con las dos manos a la cadena para impedir que la presión provocada por la súbita disminución de mi estatura me rompiera el cuello, y conseguí un cierto equilibrio poniéndome de puntillas a cambio de la inmovilidad más absoluta, mi verdugo soltó una carcajada antes de alojar su puño en mi estómago, pero ni siquiera entonces olvidé que no podía moverme, ella también lo sabía, sus uñas se clavaron en mi escote y se desplazaron hacia abajo para marcar caminos largos, rojizos, más tarde recurrió a procedimientos más sutiles, dos pequeñas pinzas plateadas que apresaron mis pezones, unidos por una cadenita de la cual ella estiró hacia sí para que todo mi cuerpo fuera detrás de mis pechos, que yo sentía cada vez más lejos, como si fueran a rasgarse de un momento a otro, así jugó conmigo un buen rato, impulsándome hacia delante y hacia atrás con simples movimientos de su muñeca, forzándome a columpiarme sobre mis precarios apoyos, las manos desolladas ya por el roce con los eslabones de la cadena, los brazos cada vez más débiles, los músculos casi dormidos, pero también de eso se aburrió, y me concedió un par de minutos de descanso mientras iba a buscar algo que no pude distinguir muy bien al principio, luego, mientras lo golpeaba contra la palma de su mano, advertí que se trataba de un objeto bastante corriente, un calzador de metal montado sobre una caña de bambú, y no vi nada más, ella me dio la vuelta con las manos, volviéndome contra la pared, para dar comienzo a una nueva fase, y entonces fue cuando recordé aquel viejo chiste malo, porque sólo me dolieron las treinta primeras hostias, descargó el primer golpe contra mis pantorrillas y fue ascendiendo poco a poco a lo largo de mis muslos, concentrándose en el tramo que se extendía al borde de las botas, no me pegaba con las aristas, sino con el dorso del calzador, no me rompía la piel, pero el dolor era insoportable, sobre todo cuando, después, en contra de lo que yo imaginaba, se detuvo poco tiempo en mis nalgas para desencadenar a cambio una espantosa avalancha de golpes un poco más arriba, a la altura de los riñones, pero eso no era suficiente todavía, volvió a darme la vuelta y repitió el proceso en sentido inverso, de arriba abajo esta vez, azotando salvajemente mis pechos en primer lugar, me di cuenta de que eso le gustaba y me asombré al comprobar que todavía era capaz de pensar, en aquel momento el gigante se acercó a nosotras, y rodeó mis costillas con un brazo, para levantarlos e impedir que temblaran después de cada golpe, ella desprendió la pinza de mi pezón izquierdo, cerró los dientes alrededor de él, y yo pensaba que la carne estaría tumefacta, insensible ya, pero no era así, su mordisco vino a demostrarme que el estado de inconsciencia en el que confiaba sumirme de un momento a otro estaba todavía muy lejos, los golpes se redoblaron, y al final, él hizo pasar sus brazos bajo mis corvas y me sujetó con firmeza, liberando por el momento mis manos de la dolorosa obligación de sujetar la cadena, para que ella se ocupara de la piel interior de mis muslos, aproximándose poco a poco a mi sexo, lo esperaba, y esperaba desmayarme entonces de una vez, pero sentí el impacto del calzador sobre la carne contraída, temblorosa, y no pude escapar del dolor, tuve que soportarlo íntegramente, durante minutos lentos como siglos, mientras me consolaba pensando que aquello no iba a durar mucho más, porque si el calzador no me mataba, cuando él dejara de sujetarme, abandonándome otra vez a mi suerte, no iba a tener fuerzas para sujetar la cadena ni media hora más, y acabaría rompiéndome el cuello dentro del rígido collar de perro.

Qué desperdicio, pensé, porque en ningún momento pude dejar de pensar, derrochar tanto color, tanto patetismo, en la muerte de una mujer insensible, tan incapaz de disfrutar con los finales trágicos.

–¡Agua!

Ella, que venía hacia mí con un gancho que antes había calentado en un hornillo, se paró de golpe en el centro de la alfombra.

Me dije a mí misma que aquello era un espejismo, que no podía ser, que no era posible tener tanta suerte, pero era la voz de Encarna y volvió a sonar al otro lado de la puerta, acompañada por el nervioso golpeteo de unos nudillos sobre la madera.

–¡Agua!

El sonido de una sirena llegó con claridad desde la calle.

Ella miró el reloj, dejó el gancho sobre el hornillo, cogió una gabardina que había sobre una silla, se la echó encima a toda prisa y escapó por una pequeña puerta disimulada en un armario, que yo también conocía. Entonces Encarna chilló por tercera y última vez.

–¡Agua!

El alicantino, que no debía de entender lo que pasaba, se quedó sentado en el diván, el niño por fin de nuevo en sus brazos, mientras todos los demás desfilaban a toda prisa detrás de aquella arpía.

Yo lloraba, incapaz de creérmelo todavía, una redada, una bendita redada, la bendita policía que me había salvado el pellejo, toda la vida encogiendo los hombros y andando de puntillas cuando pasaba al lado de cualquier poli uniformado, aunque fuera un guardia de tráfico, y ahora, aquellos ángeles habían tenido la bendita idea de montar una redada precisamente en aquella calle, precisamente aquella noche, precisamente a aquella hora, y yo había salvado la piel, la había salvado, benditos sean, me repetía, bendita sea la policía madrileña, bendita por siempre jamás.

Los tres ocupantes iniciales del diván y yo nos habíamos quedado solos.

Ellos me miraban, desconcertados. La yonqui lloraba sin hacer ruido, estaba encogida, alguien le había roto la ropa, parecía paralizada.

–Es una redada –musité.

El alicantino se puso de pie, cogió a su amigo de la mano y salieron corriendo por la puerta, que daba al pasillo. Ella hizo ademán de ir tras ellos, pero la detuve.

–No, no salgas por ahí –estaba tan agotada que me costaba trabajo mover los labios.

Se acercó a mí y desenganchó la cadena del clavo. Al principio, apenas percibí alivio alguno, tenía los músculos entumecidos, atrofiados, al despegar las manos de los eslabones me sorprendió que mis huesos no crujieran, pero las palmas ardían, la piel me quemaba. Tenía las fuerzas justas para dejarme caer contra la pared hasta quedarme sentada en el suelo.

–El tercer panel de madera de ese armario es una puerta –añadí entonces–. Empújala fuerte y verás una escalera estrecha. Llega hasta la azotea. Escóndete allí, espera a que los maderos se abran y baja por la escalera de incendios. Irás a dar a un callejón que sale a esta misma calle. Corre...

–Ven conmigo –me agarró de la muñeca, yo negué con la cabeza.

–No, yo me quedo. Soy la víctima y estoy limpia, a mí no me pueden acusar de nada –estaba tan cansada–, pero tú tienes que marcharte ahora mismo, corre.

Desapareció por mi izquierda y me quedé sola.

A alguien le estaban dando una buena paliza, a juzgar por los ruegos y chillidos que llegaban hasta mis oídos de tanto en tanto, desde alguna parte.

Luego, una figura atravesó la puerta entreabierta.

Gus, con los puños todavía cerrados y los nudillos manchados de sangre, entró primero en la habitación.

Pablo venía detrás de él, las manos impolutas, como siempre.

Nunca me había pegado.

Nunca, en toda mi vida, me había pegado, y nunca tampoco le había visto llorar, pero insertó dos dedos debajo del collar, me levantó, me apoyó en la pared y me cruzó la cara con la mano derecha, primero la palma, luego el dorso, mientras dos lágrimas enormes resbalaban por sus mejillas.

–Largo de aquí.

Gus, eunuco contemporáneo, impotente por culpa del caballo desde hacía más de una década, estaba a mi lado, jadeando y resoplando. No se movió. Pablo le miró a la cara.

–He dicho que largo de aquí.

Le devolvió la mirada, improvisó un gesto de desprecio, se dio media vuelta y se alejó de mala gana. Nos quedamos solos.

Entonces volvió a pegarme, siempre con la mano derecha, primero la palma, luego el dorso, impulsando mi cabeza primero hacia un lado, luego hacia el otro, y yo le dejé hacer, agradecí los golpes que me rompían en pedazos, que deshacían el maleficio, que desfiguraban el rostro de aquella mujer vieja, ajena, que me había sorprendido unas horas antes desde el otro lado del espejo. Mi piel volvía a nacer, tersa y suave, con cada bofetada. Me las he ganado, pensé, me las he ganado a pulso.

Luego, los ojos todavía húmedos, me apartó un instante de sí para mirarme, recorrió mi cuerpo con sus ojos y me abrazó, sus brazos me apretaron fuerte, sus dedos acariciaron las marcas de mi espalda, su lengua lamió el hilo de sangre que manaba de la comisura de mis labios, la sangre que sus propios golpes habían hecho brotar.

–¿Puedes andar?

Moví la cabeza para decirle que no, y él me cogió en brazos, me llevó hacia una mesa, me sentó encima, me quitó las botas y tomó mi pie derecho con sus manos, frotando la planta, apretándolo después entre los dedos.

–Tienes unos pies horribles, demasiado grandes...

Moví la cabeza para decirle que sí, y él cogió mis manos y volvió las palmas hacia arriba, dejando al descubierto la carne roja, brillante, destellos de sangre entre ennegrecidas virutas de piel rota, muerta.

–Tus manos siempre me han gustado, en cambio –sus ojos estaban cargados de furia, y de misericordia–. Mala suerte...

–Perdóname –su mirada permaneció fija en mis palmas desolladas, nosotros no éramos gente corriente, recordé, no lo somos, y volví a pedirle perdón aunque no sabía con exactitud por qué lo hacía–. Perdóname.

Levantó por fin su rostro hacia mí, se quitó el abrigo, me lo puso con mucho cuidado y me sujetó por la cintura mientras bajaba de la mesa.

–Vamos.

Echó a andar por el pasillo e intenté seguirle, pero me sentía sin fuerzas para andar a su ritmo. Encarna asomó la cabeza un instante, la movió, insinuando un gesto mixto de asombro y desaprobación, y volvió a desaparecer en el cuarto de la televisión.

–Cógeme. –Él había llegado casi a la puerta de la calle, y me miraba–. Cógeme, por favor, no puedo seguir...

Volvió sobre sus pasos, tomó uno de mis brazos y lo echó alrededor de su cuello, me sujetó por la cintura y llegamos los dos hasta la puerta. Empezamos a bajar por las escaleras muy despacio, él me sostenía en cada peldaño, yo recuperaba el control de mis piernas poco a poco, y era progresivamente consciente de mi fracaso, y de su sufrimiento, que él interpretaba como su propio fracaso, y nunca en mi vida me había sentido tan estúpida. El fantasma del rechazo planeaba sobre mis despojos, y su inconsistente amenaza era mil veces más dolorosa que los golpes de aquella mujer. Bajábamos muy despacio por las escaleras y yo sentía miedo, y asco, y cansancio, miedo sobre todo, y no me atrevía a mirarle, no le miré hasta que sus palabras silbaron como balas junto a mis oídos. No habría tregua, no todavía.

–Ely me llamó una noche, parecía preocupada, quería hablarme de ti y la invité a cenar –sus ojos permanecían fijos en las agrietadas paredes de la escalera, como si los mugrientos desconchones dibujaran mensajes secretos y valiosos, vitales, que sólo él pudiera descifrar–. Los dos sabemos que Lulú no es precisamente una dama, me dijo, pero va con una gente que no me gusta nada, me da miedo lo que le pueda pasar. Entonces decidí intervenir otra vez en tu vida, a pesar de todo y de que no me corresponde, pero lo hice. Hablé con Gus, él también te había visto con tipos poco recomendables y necesitaba pasta, siempre necesita pasta, así que se la di, le puse detrás de ti y poco a poco me fui enterando de todo... Para, descansaremos un rato. –Negué con la cabeza, no quería pararme, quería seguir, llegar hasta el final, acabar de una vez, y adelanté mi pie hinchado, desnudo, hacia el siguiente escalón–. Bueno, como quieras... El caso es que me enteré de todo y yo también me asusté, por eso estoy aquí. Teníamos a la Encarna en nómina, te lo puedes figurar, fue ella quien me avisó, no quiso decirme el día, ni la hora, pero esta noche, cuando te marchaste de casa de aquella manera, tan deprisa, comprendí que seguramente vendrías aquí y llamé a Gus... Lo teníamos todo medio planeado, al principio pensaba no contártelo nunca pero ahora creo que necesito hacerlo, él puso el coche y las pipas, ya se lo había propuesto a los tíos que iban dentro y no le resultó difícil encontrar a dos o tres más que han hecho de gancho, gritando desde la calle. Yo sólo tuve que comprar la sirena y la saqué muy barata, me la consiguió ese gitano que vende zapatos en Vara del Rey, ya le conoces. Gus me ha asegurado que la policía también va incluida en el precio, aunque nunca se puede descartar que acaben deteniendo a esos cuatro chorizos, y entonces tendré que pagarles la fianza y un abogado decente, no les voy a dejar tirados, a los pobres...

En ese momento intuí que me estaba mirando, me miraba fija, implacablemente, pero yo no podía despegar mis ojos del suelo, vacilaba entre la rabia y la gratitud, entre la desesperación y la paz, entre la soberbia, recobrada en un póstumo y milagroso instante, y el sometimiento último, definitivo. Le quería, pero eso ya lo sabía, lo sabía desde el principio, siempre le había querido.

–Mírame, Lulú. Ya encontraré alguna forma de cobrártelo, no te preocupes.

Todo lo demás lo recuerdo como una confusa amalgama de detalles inconexos, el ritmo de una pesadilla, caminaba descalza por la calle, la pipera de la esquina nos miró con expresión de aburrimiento, una poderosa náusea me impulsó hacia delante, él me sujetó, su mano en mi frente, vomité en un alcorque, el abrigo se abrió, dejando al descubierto mi carne macerada, los ojos de un viejo que se hacía la cama con periódicos sobre un banco relucieron un momento, la náusea continuó atormentándome, él no hablaba, yo, tumbada en el asiento de atrás, intentaba calcular adónde me llevaba, por dónde íbamos, otra vez, después de tantos años, y luchaba con desesperación contra la demoledora sospecha que crecía a pasos agigantados dentro de mi cabeza para asumir la estructura de las certezas odiosas, las verdades sucias, las cosas ciertas que no se quieren creer, luchaba contra ella, intentaba encontrar una explicación distinta, verosímil, tranquilizadora, a los vertiginosos acontecimientos de aquella noche, me esforzaba por buscarle un sentido al verdadero origen de las marcas impresas en mi piel, a la insistencia de Remi, a la ausencia de Manolo, a la impasibilidad de Encarna, a la puntualidad de la falsa redada, a la sangre que teñía de rojo los puños de Gus, y a sus lágrimas, a las lágrimas que había visto en sus ojos, las lágrimas que habían desfigurado su voz, una voz tan distinta de la que me había echado de casa aquella misma noche, luchaba contra aquella certeza disfrazada de sospecha y no encontraba alternativa alguna, no existían alternativas, él había estado allí, moviendo los hilos a distancia, podía imaginármelo, podía ver su cara, los ojos brillantes, los labios apretados, podía escuchar sus palabras exactas, ¿quieres peligro?, toma peligro, lo habría dicho en voz baja, sin gritar, sin alterarse, le conocía demasiado bien, podía verle, escucharle, pero aquello era demasiado duro, de una dureza insoportable para las fuerzas de una niña pequeña, soy una niña pequeña, concluí, y mañana pensaré en todo esto, mañana, esta noche no, mañana todo estará mucho más claro...

Mercedes nos esperaba sentada en un sofá, retorciendo las asas del viejo maletín que le regaló mi madre cuando terminó la carrera. Pobrecita, pensé, todos recurrimos siempre a ella en las mismas ocasiones, y nunca son agradables.

Cuando nos vio entrar escrutó mi rostro con signos de inquietud, dirigió sus ojos a Pablo, luego otra vez a mí.

–Me esperaba algo peor –dijo.

Entonces, él me quitó el abrigo.

Las manos de mi cuñada empezaron a temblar, los ojos se le llenaron de lágrimas, nunca he podido comprender cómo una mujer tan frágil, tan delicada, tan asustadiza, fue capaz de escoger una profesión tan sanguinolenta como la suya.

–¡Dios mío! –volvió a miramos, primero a él, luego a mí–. Pero... ¿esto qué es?

–Nada –Pablo se acercó a ella y le puso la mano en el hombro, como si intentara tranquilizarla–. Las señales del sarampión.

Me desperté con todos los síntomas de una resaca gigantesca, y después recordé que Mercedes me había puesto una inyección para hacerme dormir.

Estaba en casa, en casa de Pablo, y era de día, la luz del

sol entraba hasta el centro de la habitación a través de las contraventanas entornadas.

Él no estaba conmigo. Las heridas me dolían. El aire apestaba a solución de yodo.

Me incorporé con muchas dificultades, y sólo entonces advertí en mi cintura una tensión familiar, el más potente de todos los signos.

Él no estaba conmigo, pero allí, debajo de mi mano, dos mariposas sostenían una guirnalda de siete pequeñas flores bordadas con diminutas cuentas blancas, redondas. Pasé los dedos sobre ellas, una y otra vez, las acaricié y las conté para comprobar que no faltaba ninguna, y estaban allí, todas mis perlas, falsas, intactas, resplandecientes, plástico incalculablemente precioso sobre mi blusa blanca, una camisa de recién nacido hecha a la medida de una niña grande, batista tan fina que parecía gasa.

Volví a tumbarme, y cerré los ojos.

Sabía que Pablo tardaría en volver, no le gustaba estar presente en los momentos decisivos.

No habría ningún otro momento decisivo.

Rodé sobre las sábanas hasta instalarme en su lado, y me concentré en rastrear su olor, el yodo no me lo puso fácil, no andaba muy fina de olfato aquella mañana, pero al final encontré una nota reveladora encima de la almohada, atrapé con los dedos un pedacito de tela para pegarlo contra mi nariz, y me quedé inmóvil, encogida, sonriendo, colgada de aquel olor, dejando pasar el tiempo.

Su llegada estuvo precedida por el inconfundible aroma de las porras recién hechas.

Luego se tumbó a mi lado, me tocó la punta de la nariz y esperó.

Intenté simular un sueño profundo pero mis labios se fueron curvando poco a poco en una sonrisa que volvía a ser inocente.

Él acercó su cabeza a la mía y me habló en un susurro.

–Abre los ojos, Lulú, sé que no estás dormida...

Obras de Almudena Grandes en Maxi

Los aires difíciles
Atlas de geografía humana
Malena es un nombre de tango
Estaciones de paso
Modelos de mujer
El corazón helado
Castillos de cartón
Las edades de Lulú
Te llamaré Viernes
Inés y la alegría
El lector de Julio Verne
Mercado de Barceló
Las tres bodas de Manolita
Los besos en el pan
Los pacientes del doctor García
La herida perpetua
La madre de Frankenstein
Todo va a mejorar
Escalera interior

MAXI
TUSQUETS
EDITORES